यार पापा

(उपन्यास)

यार पापा

दिव्य प्रकाश दुबे

पुत्र - श्रीमती शोभा दुबे

हिन्द युग्म

ISBN: 978-93-92820-84-7

प्रकाशक :
हिंद युग्म
सी-31, सेक्टर-20, नोएडा (उ.प्र.)-201301
फ़ोन- +91-120-4374046

मुद्रक : थॉमसन प्रेस
आवरण-डिज़ाइन : गरिमा शुक्ला

पहला संस्करण : नवंबर 2023
दूसरा संस्करण : फ़रवरी 2024
आठवाँ संस्करण : अप्रैल 2026
मूल्य : ₹299

Yaar Papa
A novel by *Divya Prakash Dubey*

Published By
Hind Yugm
C-31, Sector-20, Noida (UP)-201301
Phone- +91-120-4374046
Email- sampadak@hindyugm.com
Website- www.hindyugm.com

First Edition: Nov 2023
Second Edition: Feb 2024
Eighth Edition: Apr 2026
Price: ₹299

पापा जी के लिए,
इस उम्मीद में उनकी नक़ल करता रहता हूँ कि
शायद किसी दिन नक़ल करते-करते अक़्ल आ जाए।

ससुर जी के लिए,
जो अपने-आप में चलता-फिरता बनारस हैं।

शून्य से थोड़ा-सा पहले

तीन लोगों के बीच में चाय के छह कप रखे थे। तीन ख़ाली कप बीते हुए समय के लिए और तीन भरे हुए आने वाले समय के लिए। अगले दिन लॉ के फ़ाइनल ईयर का आख़िरी पेपर होने वाला था। तीन साल का साथ छूटने वाला था। मीता ने अपने बैग से तीनों की साथ वाली तस्वीर बाक़ी दोनों की तरफ़ बढ़ाई।

"क्या बे मीता, अब तू रुलाएगी क्या!" मनोज ने कहा।

"हाँ, इतना सेंटी क्यों कर रही है!" गजेंद्र ने कहा।

"कॉलेज ही तो ख़त्म हो रहा है, हम अलग थोड़े हो रहे हैं।" मनोज ने हाथ आगे बढ़ाया।

मीता की आँखों में आँसू थे। वह मनोज और गजेंद्र के सामने पहली बार रो रही थी।

तीनों ने एक-दूसरे को गले लगाया।

"सालो, मिलते रहना बे!" मीता ने कहा।

इन तीनों की क्लास का एक लड़का दूर से भागता हुआ आया और चिल्लाया, "मनोज तेरे घर से फ़ोन आया था, जल्दी जा कुछ इमरजेंसी है!"

तीनों हड़बड़ाकर उठे और आने वाले समय के लिए रखे तीन कप लुढ़क गए।

ये तीन वो थे जिनकी दोस्ती की मिसाल पुणे लॉ कॉलेज में दी जाती थी। दोस्त रहे, दोस्ती रही, पर दोस्ती का रंग वैसा नहीं रहा जैसा उस तस्वीर में था। इन तीनों को नहीं पता था कि उस कॉल के बाद मनोज की ज़िंदगी हमेशा के लिए बदलने वाली थी।

30 साल बाद

शून्य

कई बार आगे बढ़ने के लिए हमें रास्ते के पिछले सभी पुल जलाने पड़ते हैं, वरना आगे बढ़ा नहीं जा सकता। मनोज साल्वे, देश का सबसे नामी-गिरामी वकील अपने जीवन के लगभग सारे पिछले पुल जला चुका था। वह इतना आगे निकल चुका था कि जहाँ से लौट पाना असंभव था।

हम सभी अपनी परछाई ढोने के लिए अभिशप्त हैं। सूरज डूबने के बाद परछाई फैलकर रात हो जाती है। रात का अँधेरा असल में हमारे भीतर का एक छोटा-सा टुकड़ा है। इसलिए हर किसी का अँधेरा दूसरे से अलग होता है और उजाले की खोज भी। हर आदमी में कई रातें होती हैं और हर औरत में कई से कुछ ज़्यादा। तारे हमारे छूटे हुए सपने हैं। टिमटिमाती हुई रोशनी उन रास्तों की आवाज़ें हैं जो हम भटक चुके हैं।

लंदन के ओपेरा हाउस की पहली पंक्ति में बैठा हुआ मनोज क्लासिकल म्यूज़िक का आनंद ले रहा था। कॉन्सर्ट ख़त्म होने के बाद वह एक स्पेशल डिनर में शामिल हुआ जिसमें गिनती के बीस लोग थे। डिनर के बाद मनोज लंदन की गलियों में भटकता हुआ देर रात अपने रिज़ॉर्ट पहुँचा। उसने अपना फ़ोन रिज़ॉर्ट में ही छोड़ दिया था। मनोज कई दिनों से छुट्टी की तलाश में था। इससे पहले कभी भी वह लंदन अकेले नहीं आया था। वह

छुट्टियाँ मनाने एक दिन पहले ही पहुँचा था और उसकी टीम को स्पेशल इन्स्ट्रक्शन थे कि किसी भी हाल में उसे डिस्टर्ब न किया जाए, लेकिन ये फ़ोन जिस आदमी का था उसको टाला नहीं जा सकता था। मनोज ने बेमन से कान पर फ़ोन लगाया।

"यस, मनोज साल्वे स्पीकिंग।"

क़रीब 12 घंटे बाद लंदन के हीथ्रो एयरपोर्ट पर एक चार्टर प्लेन मनोज साल्वे के लिए तैयार था। ये प्लेन दिल्ली से आया था। साथ ही एक बड़ी कंपनी के ऑफ़िस का एक वाइस प्रेसिडेंट और एक डायरेक्टर लेवल का अधिकारी प्लेन में पहले से फ़ाइल लिए मनोज का इंतज़ार कर रहे थे।

मनोज अगले एक घंटे फ़ाइल पर अलग-अलग निशान लगाता रहा। उसने फ़ाइल बंद की और पूछा, "पेनाल्टी कितने की है?"

अधिकारियों ने एक-दूसरे की ओर देखा और कहा, "बारह सौ करोड़।"

मनोज साल्वे ने एक छोटी-सी नोटबुक में कुछ नोट किया। कुछ देर तक ख़ुद सारी फ़ाइलों को दुबारा पढ़ता रहा। अधिकारी बैठकर उसको देखते रहे, मनोज अपने नोट्स बनाता रहा। फ़ाइल पढ़ने के बाद मनोज की नज़र बाहर गई। सुबह होने वाली थी। वह कुछ देर तक बाहर देखता रहा। अचानक जैसे उसे कुछ याद आया हो। उसने एक पन्ना लिया और उसे पूरा भर दिया। अधिकारी बेसब्री से उसके बोलने का इंतज़ार कर रहे थे। मनोज ने पन्ना अपनी जेब में डाला।

एक अधिकारी ने मनोज से पूछा, "कोई चांस है?"

मनोज ने अपना पेन जेब में डाला और कहा, "एक हियरिंग में केस क्लीयर हो जाएगा, मेरी टीम ने बता दिया होगा मेरी फ़ीस पेनाल्टी का 10% रहेगी।"

"एक सौ बीस करोड़!" कंपनी के अधिकारी ने यह जानकारी रिपीट की। उसे लगा कि शायद उसने कुछ ग़लत सुन लिया है।

एक अधिकारी ने वहाँ से उठकर अपने सेटेलाइट फ़ोन से कॉल

किया। कुल एक मिनट की बात के बाद वह मनोज के पास आया और हाथ मिलाने के लिए हाथ आगे बढ़ा दिया। रास्ते भर मनोज अपने टैब पर वीडियो गेम खेलता रहा।

चार्टर प्लेन की खिड़की से सुबह का सूरज दिखने लगा था। एक दिन बाद के अख़बारों में ख़बर थी, 'मनोज साल्वे ने 12 मिनट में 1200 करोड़ का केस जिताया'। ये ख़बर छपने से पहले मनोज वापस उसी चार्टर प्लेन से लंदन अपनी छुट्टियाँ मनाने वापस लौट चुका था।

1.

हर शहर अपनी एक रफ़्तार के साथ खुलता है। दिल्ली में सुबह टहलने वाले अभी घर लौट रहे होते हैं कि ये शहर कुछ लोगों के लिए भागने लगता है। या यूँ कहें कि कुछ लोग अपनी रफ़्तार से दिल्ली को भगाने लगते हैं।

रोज़ सुबह सूरज के उगने से थोड़ा-सा पहले लॉन टेनिस के कोर्ट में एक आदमी के पहुँचने के समय से घड़ी मिलाई जा सकती है। ये आदमी है मनोज साल्वे, उम्र के साथ-साथ उसका खेल बेहतर होता जा रहा है। कहते हैं कि पुरानी शराब, पुराना डॉक्टर और पुराना वकील इन तीनों पर हमेशा भरोसा करना चाहिए। पता नहीं ये कहावत है भी या नहीं, अगर नहीं भी है तो नई कहावत मानकर कुछ बातों पर भरोसा किया जा सकता है। हर उस बात पर भरोसा किया जाना चाहिए जो भरोसा करने लायक़ सुनाई पड़ती है।

मनोज साल्वे ऐसी ही न जाने कितनी ही नई बातें अपने केस के रेफ़्रेन्स में कह दिया करता था।

वह अपनी उम्र के पचासवें साल में सबसे ज़्यादा फ़िट था। रात को चाहे दो बजे सोया हो, वह सुबह का टेनिस मिस नहीं करना चाहता था।

सुबह आठ बजे वह ऑफ़िस में होता। उसको चीज़ें जल्दी शुरू करके ज़्यादा जल्दी ख़त्म करने की आदत थी।

दिल्ली के हाई कोर्ट में आज देश की एक बड़ी विदेशी टेलीकॉम कंपनी पर लगे पाँच हज़ार करोड़ की पेनाल्टी का फ़ैसला आना था। टेलीकॉम कंपनी की हार लगभग तय बताई जा रही थी। साढ़े नौ बजे से शेयर मार्केट में कंपनी के शेयर लगातार लुढ़क रहे थे। मनोज साल्वे की कार जैसे ही कोर्ट के बाहर आई, पूरा मीडिया उस पर टूट पड़ा।

"क्या आज आप अपने करियर का पहला केस हारने वाले हैं?"

"क्या लगता है क्या फ़ैसला आएगा?"

"आपने ऐसा हारा हुआ केस लिया ही क्यों?"

उस दिन उसके चेहरे पर चिर-परिचित मुस्कुराहट नहीं थी। मनोज साल्वे बिना कुछ कहे हुए आगे बढ़ गया। दलीलें पहले ही दी जा चुकी थीं। आज के बड़े फ़ैसले पर देश भर की नज़र थी। मनोज के साथ उसके जूनियर्स की फ़ौज थी।

मनोज बार-बार अपने मोबाइल में शेयर मार्केट में उस शेयर के रेट चेक कर रहा था। शेयर लगातार गिरे जा रहा था। देश की तीसरे नंबर की सबसे बड़ी कंपनी का ये हाल होगा किसी ने सोचा तक नहीं था। जज तय समय पर कमरे में आए। वहाँ जो हलचल थी वो ख़त्म हो गई। ऐसी शांति पसर गई जैसे कमरे में कोई न हो। जज ने फ़ैसला सुनाना शुरू किया।

देश के सारे चैनलों की निगाहें इसी केस पर बनी हुई थीं। ऐसा बताया जा रहा था कि सरकार को इस केस में मोटी रक़म मिलने वाली है।

फ़ैसला आना शुरू हुआ, जज को ये पाँच हज़ार करोड़ की पेनाल्टी का फ़ैसला सुनाने में दस मिनट का समय लगा।

ख़बर बाहर आते ही शेयर मार्केट का रुख़ पलट गया। क्रिकेट अनिश्चितताओं का खेल है, बाज़ी कभी भी पलट सकती है इस कहावत के साथ एक और लाइन जुड़ी हुई थी जो कि इतनी पॉप्युलर नहीं हुई। क्रिकेट और कोर्ट के फ़ैसले में भी बाज़ी कभी भी पलट सकती है।

मनोज साल्वे जब बाहर निकला तो उसने हाथों को हवा में लहराकर v बनाया और उसके चेहरे पर चिर-परिचित मुस्कुराहट थी। शेयर मार्केट में ऐसा पहली बार हुआ था कि कोई शेयर एक ही दिन में गिरकर फिर पहले वाले स्तर पर तुरंत आ गया हो।

कोर्ट ने फ़ैसला कंपनी के पक्ष में दिया, ये कहते हुए कि अगर हम देश में बिज़नेस करने में इतने रेस्ट्रिक्शन लगा देंगे तो देश का ही नुक़सान होगा।

मनोज साल्वे ने बाहर निकलकर किसी सवाल का जवाब न देते हुए पहले से तैयार एक स्टेटमेंट को पढ़ा और बिना कोई जवाब दिए निकल गया। उसके मोबाइल पर दुनिया भर के मैसेज थे।

सफलता का एक पैमाना ये भी है कि हर कोई आपका दोस्त होना चाहे। आदमी जब हर तरफ़ से फँस जाता है तब वो अच्छे वकील के पास जाता है। हारे हुए केस जीतना मनोज साल्वे की आदत ही नहीं शौक़ भी था। अब वह अपने करियर के जिस मुक़ाम पर था, उसको पैसे के लिए काम नहीं करना था। वह अपने मज़े के लिए काम करता था। मनोज साल्वे को अपना वकील रख पाना किसी के लिए आसान नहीं था। क्लाइंट उसको नहीं, वह क्लाइंट को चुनता था। वह छोटे-मोटे केस पैसे के हिसाब से नहीं चुनता था। मन किया तो प्राइमरी के टीचरों का केस एक रुपये में लड़ लिया और सरकार को हरा दिया। कई मामलों में उसका केवल केस ले लेना इस बात की गारंटी होता है कि फ़ैसला क्या होने वाला है।

जब वह कोर्ट में दलील देने के लिए उठता तो जज भी अपनी कुर्सी पर पीठ सीधी करके बैठता। मनोज की दी हुई दलीलों को, उसके बोलने की स्टाइल को कॉपी करने में नए वकील अपनी शान समझते।

देश की लगभग सभी मैगज़ीन के कवर पर उसकी फ़ोटो आ चुकी थी। देश के सौ सबसे धारदार व्यक्तियों की सूची में उसका नाम पिछले दस साल से हिला नहीं था बल्कि हर साल उसका नाम ऊपर ही बढ़ रहा था। देश का बड़े-से-बड़ा अभिनेता, नेता और बिज़नेसमैन सभी मनोज साल्वे के या तो दोस्त थे या होना चाहते थे।

मीडिया की भीड़ को चीरते हुए, मनोज साल्वे की कार दिल्ली के एक फ़ाइव स्टार होटल में घुसी। मनोज ने अपनी बेटी साशा को फ़ोन मिलाया, लेकिन फ़ोन उठा नहीं। मनोज पिछले दो साल से रोज़ लगभग इसी समय पर साशा को फ़ोन करता था और फ़ोन कभी नहीं उठता था।

मनोज साल्वे के आने से पहले जो पार्टी बोरिंग लग रही थी उसमें एकदम से जान आ गई। उसके अंदर घुसते ही भीड़ ने उसको घेर लिया। सभी आगे बढ़कर उसको बधाई दे रहे थे।

मनोज साल्वे के आधे सफ़ेद, आधे काले बाल हवा में लहराते। पचास साल की उम्र के हिसाब से मनोज काफ़ी फ़िट था।

मनोज साल्वे ने उसी दिन एक मोबाइल कंपनी के लिए बहुत बड़ा केस जीता था। चाहे पार्टी किसी की भी हो, वह कभी पार्टी में दस बजे के बाद नहीं रुकता।

पार्टी में दिल्ली के बड़े-से-बड़े बिज़नेसमैन थे। मनोज साल्वे का समय मिलना ही अपने-आप में बड़ी बात मानी जाती थी। एक बात जो मनोज को बाक़ी बड़े वकीलों से अलग बनाती थी कि वह किसी अमीर आदमी या उसके बच्चे को बचाने का केस कभी नहीं लेता था।

पार्टी अपने उफान पर थी। मनोज कोने में अपना एक पेग लिए बैठा हुआ था। उसने दुबारा साशा को फ़ोन मिलाया, लेकिन फ़ोन उठा नहीं। मोबाइल कंपनी का सीईओ, मनोज के पास बैठा हुआ था। सामने टीवी पर मनोज साल्वे का दिन में कोर्ट से बाहर निकलते हुए, उँगलियों से v का निशान बनाए हुए वीडियो चल रहा था।

"आप हमारी कंपनी के एडवाइजरी बोर्ड में आ जाइए। Everything will be taken care of." सीईओ ने मनोज की तरफ़ देखते हुए कहा।

मनोज सीईओ को देखकर मुस्कुराया, "आप मुझे अफ़ोर्ड नहीं कर पाएँगे।" यह कहकर चल दिया। सीईओ को समझ ही नहीं आया कि ये क्या हुआ। घड़ी में दस बज चुके थे। अचानक पार्टी में सन्नाटा छाने लगा। एकदम से प्लेट उठाने तक की आवाज़ आने लगी। सब-के-सब अपने

मोबाइल देखने लगे। ऐसा कम होता है कि जिसकी ख़बर सामने हो वह आपके साथ कमरे में हो।

एक गुमनाम वेबसाइट ने रिपोर्ट की थी कि इस देश के सबसे बड़े वकीलों में से एक मनोज साल्वे की लॉ की डिग्री नक़ली है। उस वेबसाइट में मनोज साल्वे के बैच के सभी लोगों के नाम थे, लेकिन पास होने वालों में मनोज का नाम नहीं था।

ख़बर आग की तरह फैली। ट्विटर पर जंग छिड़ गई।

चूँकि पिछले कुछ सालों में मनोज ने सरकार को कई मामलों में आड़े हाथों लिया था इसलिए लोग मनोज के पक्ष और विपक्ष में बँटे हुए थे। कुछ को लग रहा था कि ये केवल मनोज को बदनाम करने की साज़िश है। कुछ ही मिनटों में हज़ारों ट्वीट हो चुके थे।

मनोज अपनी कार में बैठ ही रहा था कि उसकी पर्सनल असिस्टेंट प्रियंका ने उसको ख़बर दिखाई।

"सर, न्यूज़ चैनल आपका कॉमेंट माँग रहे हैं।" प्रियंका ने हिचकिचाते हुए कहा।

"बुलशिट, कोई कमेंट नहीं देना मुझे।" यह कहकर मनोज अपनी कार में बैठ गया।

कार की पिछली सीट पर स्क्रीन में भी वही न्यूज़ चल रही थी। मनोज ने स्क्रीन को ऑफ़ किया और फ़रीदा ख़ानम की अपनी मनपसंद ग़ज़ल लगा दी।

दिन भर की थकावट के बाद फ़रीदा ख़ानम की आवाज़ उसे ऐसे लगती जैसे कोई हल्के-हल्के माथे को सहला रहा हो।

वक़्त की क़ैद में ज़िंदगी है मगर
चंद घड़ियाँ यही हैं जो आज़ाद हैं
इनको खोकर कहीं, जान-ए-जाँ
उम्र भर न तरसते रहो
आज जाने की ज़िद न करो...

देश भर के कुछ हाई प्रोफ़ाइल जर्नलिस्ट के मैसेज उसके मोबाइल में पड़े थे। उसने मोबाइल का डेटा ऑफ़ कर दिया। तभी एक बड़े न्यूज़ चैनल की ऐंकर का फ़ोन आने लगा। ये ऐंकर हमेशा मनोज साल्वे के पीछे पड़ी रहती थी। मनोज ने फ़ोन नहीं उठाया। बाद में उसने कहीं फ़ोन मिलाने के लिए एक-दो बार फ़ोन उठाया, लेकिन फ़ोन लगाया नहीं। ड्राइवर ने कार घर के रास्ते पर मोड़ दी।

मनोज कुछ दिन पहले ही अपना बड़ा आलीशान घर छोड़कर एक तीन कमरे के अपार्टमेंट में शिफ़्ट हुआ था। बड़े घर का ख़ालीपन छोटे घर के ख़ालीपन से ज़्यादा बड़ा लगता है, इसलिए छोटे घरों में उतना अकेला नहीं लगता। अपार्टमेंट के कमरे से दूसरे घरों की कोई-न-कोई जलती हुई बत्ती दिखती रहती है तो सूनापन थोड़ा कम लगता है।

मनोज अब ज़्यादातर यहीं रहता था और कभी-कभार ही अपने बड़े घर में जाता था।

अपने अपार्टमेंट में पहुँचकर उसने खिड़की खोलकर बाहर देखा। घर इतना साफ़-सुथरा था कि घर नहीं लग रहा था। रहने वालों की बेतरतीबी घर बनाती है। यूँ तो घर आते ही वह कपड़े बदल लेता था, लेकिन आज ठीक वैसे ही आकर कुर्सी पर पड़ गया। घर का म्यूज़िक सिस्टम ऑटोमैटिक था तो कार वाला गाना धीमे-धीमे यहाँ भी बजने लगा।

तभी उसके मोबाइल पर उसकी बेटी साशा का मैसेज आया।

'नहीं करनी मुझे बात।'

मोबाइल देखकर मनोज ने अपनी गर्दन पर लगी टाई को ढीला किया। अपनी पढ़ने-लिखने वाली मेज़ से पुरानी सिगरेट का पैकेट निकालकर बालकनी में आ गया।

अपनी बड़ी-सी बालकनी में बैठकर सामने वाली खिड़कियों में देखने लगा। जीवन के अलग-अलग पड़ाव पर अलग-अलग लोग दिख रहे थे। कोई लड़ रहा था, कोई प्यार में था, कहीं जीवन धीरे था तो कहीं तेज़।

कोई पार्टी करने की तैयारी में था तो कहीं एक-एक क़दम मुश्किल से पड़ रहा था। ऐसा लग रहा था कि सामने खिड़कियों में पूरा जीवन बह रहा हो। डिब्बी की बची हुई दो सिगरेट ख़त्म हो चुकी थीं। बहुत महीने बाद उसने सिगरेट पी थी इसलिए मुँह में एक कसैलापन था। उसकी आँखों में नींद दूर-दूर तक नहीं थी। जैसे-जैसे रात गहराती जा रही थी सामने बिल्डिंग की बत्तियाँ धीरे-धीरे कम होती जा रही थीं। उसके कमरे की दीवार पर सजे कई मेडल उसको देख रहे थे।

वह उठा और उसने अपने ड्राइवर को फ़ोन मिलाने के लिए मोबाइल उठाया तो देखा दो बज चुके थे। उसने गाड़ी की चाभी उठाई और अपनी बिल्डिंग से निकल गया।

कार लेकर वह एक बंगले में पहुँचा। बंगले के बाहर लिखा था, गजेंद्र चौहान, प्रिंसिपल सेक्रेटरी। चूँकि इस बंगले में उसका आना-जाना लगा रहता था इसलिए उसे किसी ने रोका नहीं।

चाय आई और फिर उसके दो मिनट बाद गजेंद्र चौहान।

"क्या हो गया पार्टनर?" ये पूछते-पूछते गजेंद्र को समझ आ गया था कि कुछ तो हुआ है। मनोज के चेहरे पर जो भाव थे वो उसने क़रीब तीस साल पहले देखे थे।

गजेंद्र और मनोज एक ही समय पर कॉलेज में साथ थे, लेकिन गजेंद्र की उम्र मनोज से कम-से-कम पाँच साल ज़्यादा लग रही थी। बाल रँगे हुए, हल्की-सी तोंद। शरीर में पच्चीस साल सरकारी नौकरी करने वाली थकावट।

क्या हो गया का कोई जवाब मनोज ने नहीं दिया। मनोज ने सामने रखी चाय का आख़िरी सिप लेते हुए कहा, "चलो।"

गजेंद्र ने पूछा नहीं कि कहाँ, वे दोनों अब मनोज की कार में थे।

"बताओगे पार्टनर हुआ क्या है?" गजेंद्र ने अपने-आप को कार में एडजस्ट करते हुए पूछा।

"लॉ की डिग्री नक़ली है, ये बात बाहर आ गई है।" मनोज ने बिना

चेहरे पर शिकन लाए कहा।

गजेंद्र के चेहरे का भी रंग उड़ गया।

"कैसे?"

"मुझे नहीं मालूम।"

"फिर अब?"

"समझ नहीं आ रहा, इसीलिए तो तुम्हें साथ लाया हूँ।"

कार एयरपोर्ट के पास के चौबीस घंटे चलने वाले कैफ़े पर रुकी। ऑर्डर करने के बाद दोनों एक-दूसरे को देख रहे थे। गजेंद्र तब तक अपने मोबाइल पर ट्विटर चेक कर चुका था।

"पीछे ही पड़ गए हैं तुम्हारे।"

"वो तो पता है, लेकिन करें क्या?"

"करना क्या है, डिनाई कर दो। मैनेज कर लेंगे।" गजेंद्र ने कॉफ़ी के साथ रखी कुकी का एक टुकड़ा खाते हुए कहा।

"नहीं हो पाएगा मैनेज, जबसे प्रैक्टिस शुरू की है तबसे बस दुश्मन ही बनाए हैं। बात अब खुल चुकी है।"

"फिर क्या सोचा है?"

"सोच रहा हूँ, ग़लती मान लेता हूँ।"

"और जो ये इमेज बनाई है इतने साल में, उसको एक झटके में स्वाहा कर दोगे? It will be suicidal. एक झटके में करियर ख़त्म हो जाएगा।"

कॉफ़ी ख़त्म हो चुकी थी।

"एक-एक कॉफ़ी पीते हैं फिर सोचते हैं।" गजेंद्र ने वेटर को इशारा किया।

कॉलेज के समय के जैसे ही दूसरी कॉफ़ी ऑर्डर हुई। जब वे पीते थे तो दो बार पीते थे, एक बार में बातें ही पूरी नहीं होती थीं। दूसरी कॉफ़ी आने तक दोनों चुप थे।

सामने रखे टिशू पेपर पर मनोज कुछ-कुछ लिख रहा था।

"तुम्हारी एजुकेशन लीव का क्या हुआ?" मनोज ने पूछा।

"सेट है, जब चाहूँगा हो जाएगा। जब नौकरी शुरू की थी तो सोचा था कि दुनिया बदल देंगे। पच्चीस साल साले ऐसे निकल गए!" गजेंद्र ने कहा।

"तुम पुणे गए थे न, कोई लेक्चर था न, कैसा गया?"

"हाँ यार पार्टनर, अपने कॉलेज में लौटकर अच्छा लगता है। मीता मिली थी, अपने कॉलेज की प्रिंसिपल हो गई है। उसी ने बुलाया था। तुम्हें पूछ रही थी।"

"हाँ यार, उससे सालों से सही से बात ही नहीं हुई। कुछ दिन पहले एक कॉन्फ्रेंस में मुझे भी मिली थी, लेकिन मैं बहुत कम देर के लिए मिल पाया।" मनोज की आवाज़ में पछतावे की आहट थी।

"अब कर लेना उससे बात, वैसे कॉलेज जाकर लगा कि ब्रेक लेना चाहिए। सोच लिया है कॉलेज जाऊँगा, एक साल आराम करूँगा। नए लोगों से मिलूँगा, बोर हो गया यार ब्यूरोक्रेसी में। वही तामझाम।" गजेंद्र ने कहा।

"आइडिया बुरा नहीं है। पलक झपकते ही लाइफ़ फिसल जाती है पार्टनर, लेकिन यार कॉलेज जाने का टाइम नहीं है।" मनोज अब मुस्कुरा रहा था जैसे कि कुछ हुआ ही न हो।

"तुम साले हँस कैसे रहे हो, आग लगी हुई है। मीडिया वाले खा जाएँगे तुम्हें।"

मनोज खूब ज़ोर से हँसा, "कितनी भी बड़ी ख़बर हो कुछ घंटे में बासी हो जाती है, वो टेंशन नहीं है। एक-दो दिन चलेगा मीडिया में, फिर लोग भूल जाएँगे।"

मनोज की ये मुस्कान गजेंद्र बहुत अच्छे से पहचानता था।

"साशा कैसी है?" गजेंद्र ने पूछा।

"एक साल हो गए, बात ही नहीं कर रही, रोज़ कोशिश करता हूँ।" मनोज ने कैफ़े के बाहर तेज़ी से निकलती गाड़ियों को देखते हुए कहा।

गजेंद्र ने मनोज को बीच में काटते हुए पूछा, "मैं बात करूँ?"

“कोई फ़ायदा नहीं।”

“लोगों के केस सॉल्व करने के चक्कर में तुमने ख़ुद को इतना उलझा लिया है।” गजेंद्र ने अब सीरियस होते हुए कहा।

“साशा बात नहीं करती बस यही लगता है कि... ” मनोज कहते-कहते रुक गया। वह शायद अपनी उलझी हुई ज़िंदगी को सुलझाने का सिरा ढूँढ़ने लगा था।

कैफ़े से उगता हुआ सूरज दिख रहा था। दोनों का ध्यान सूरज पर गया।

“कॉलेज में रात भर बात करते थे यार हम लोग!” मनोज ने कहा।

“लगता था कि रात भर बात करके हमने ही सूरज को उगाया है, बात नहीं करते तो सूरज नहीं उगता।” गजेंद्र ने जोड़ा।

“सुबह हो गई है, कुछ देर सो जाओ। कल का दिन लंबा होने वाला है।” गजेंद्र यह कहकर उठ गया।

गजेंद्र को छोड़कर जब मनोज अपने घर पहुँचा तो वहाँ मीडिया वाले पहले से ही पहुँच चुके थे। वह घर के बाहर से लौट गया और वापस गजेंद्र के घर जाकर सो गया।

उसने सोने से पहले अगले दिन के सभी अप्वाइंटमेंट कैंसिल कर दिए।

2.

वह जब सुबह उठा तब तक न्यूज़ में उसकी ख़बर चल रही थी। बार काउंसिल ने उसकी प्रेक्टिस पर प्रतिबंध लगा दिया था। न्यूज़ पर मनोज का कट्टर दुश्मन ये कह रहा था कि इस तरह की घटनाएँ शर्मनाक हैं। जब तक इस मामले की पूरी जाँच नहीं हो जाती तब तक मनोज साल्वे कोई भी केस नहीं लड़ सकते।

हर न्यूज़ में बार-बार ये दोहराया जा रहा था कि हर बात में बढ़-

चढ़कर बोलने वाले मनोज साल्वे ने साधी चुप्पी। कोर्ट के बाहर के कुछ नए वकीलों के बाइट भी चल रहे थे कि इतने बड़े वकील के ऐसा करने से देश का नाम ख़राब होता है।

गजेंद्र ने टीवी बंद करने के लिए रिमोट उठाया। मनोज ने उसको रोक दिया।

मनोज के मोबाइल पर बेटी का मैसेज आया- 'You are a fake!'

बाक़ी सबसे मनोज को इतना फ़र्क़ नहीं पड़ा जितना कि अपनी बेटी के मैसेज से पड़ा।

मनोज ने रात में टिशू पेपर पर जो लिखा था उसको अपनी जेब से निकालकर, सामने पड़े एक लेटर पैड पर कुछ-कुछ लिखा। मनोज की आदत थी, बड़े-से-बड़े केस की पूरी समरी वह एक पन्ने पर लिखकर जाता था और वही पन्ना लेकर सब दलीलें देता था।

काग़ज़ पर लिखते ही वह मुस्कुराया। गजेंद्र को समझ आ गया था कि इसके दिमाग़ में कुछ ख़ुराफ़ात सूझ गई है।

3.

मनोज ने कोर्ट में सीनियर जज साहब से मिलने की एक अर्ज़ी डलवाई। उसी दिन जज के सामने ही उसको कुछ समय मिल गया। एक फ़र्ज़ी डिग्री का मामला भी अब हाई प्रोफ़ाइल हो चुका था। उसके जूनियर्स को केस के बारे में सब कुछ पता भी होता तो भी मनोज कई बार उनको दलील देते समय चौंका देता था। फिर आज तो उनको कुछ पता ही नहीं था।

इससे पहले कि जज को कुछ समझ आता, मनोज ने कहा, "सर, बहुत बड़ी ग़लती हुई है मुझसे। अब मैं इस ग़लती को सुधारना चाहता हूँ।"

"कैसे सुधारेंगे?"

"फ़ाइनल ईयर का एक पेपर नहीं दे पाया था, पहले और दूसरे साल

में मैंने टॉप किया था। मैं चाहता हूँ मुझे फिर से कॉलेज जाकर डिग्री पूरी करने का मौक़ा मिले।"

जज को ये बात सुनकर कुछ देर तो यक़ीन ही नहीं हुआ कि ये उसने क्या सुन लिया।

"मनोज जी आपको पता है आपको रोल मॉडल मानकर हर साल न जाने कितने युवा लॉयर बनना चाहते हैं! आपकी ग़लती इतनी बड़ी है कि..."

मनोज ने बात को बीच में काटते हुए कहा, "मुझे बड़ी सज़ा मिलनी चाहिए, लेकिन डिग्री नहीं होने से मेरी नॉलेज, मेरा ज्ञान कम नहीं हो जाता। आप मुझको एक मौक़ा दीजिए, मैं सब कुछ सही कर दूँगा।"

जज सोच में डूब गया। उसको यक़ीन नहीं आ रहा था कि क्या मनोज सही में ऐसा कर रहा है या फिर उसके केस की दलील के जैसा ही कोई दाँव-पेंच तो नहीं।

"सोच लीजिए, आप शायद जब डिग्री करके आएँ तब तक आपको ऐक्सेप्ट न करें।"

"मुझे अपने लिए ये करना है सर।" मनोज ने अपनी जेब में रखे टिशू पेपर को छूकर कहा।

4.

कोर्ट के बाहर मीडियावालों की भयंकर भीड़ थी। लोग दो ख़ेमों में बँटे हुए थे। पुराने वकीलों का कहना था, "मनोज बहुत चालू चीज़ है, ऐसे पकड़ में नहीं आएगा। डिग्री फ़ेक किया होगा तो भी कोई पकड़ नहीं पाएगा।"

जबकि दूसरा ख़ेमा इस बात से ख़ुश था कि इतनी बड़ी-बड़ी बातें करता था, अब आया ऊँट पहाड़ के नीचे।

लोगों में बहस भी चल रही थी। किसी को कोई आइडिया नहीं था कि ये आख़िर हो क्या रहा है। एक दिन पहले जिस मीडिया ने मनोज को सर-आँखों पर चढ़ाया था आज वही मीडिया मुश्किल सवालों के साथ तैयार था।

किसी को कुछ नहीं पता था। अचानक हलचल मची। हमेशा की तरह मनोज तेज़ क़दमों से बाहर आ रहा था। उसने स्टाइलिश काला चश्मा लगाया हुआ था। चेहरे पर वही चिर-परिचित विजयी मुस्कुराहट थी। एकदम से कैमरा और माइक उसकी ओर टूट पड़े।

"क्या आपकी डिग्री फ़ेक है?"

"आपने देश की इमेज ख़राब कर दी है।"

"जज से आपकी क्या बात हुई?"

"आप अब क्या करने वाले हैं?"

मनोज किसी भी सवाल का जवाब दिए बिना आगे बढ़ा और अपनी कार में जाकर बैठने लगा। एक-दो माइक उसके चेहरे को लगभग छू रहे थे। मनोज कोर्ट से निकलकर सीधे एयरपोर्ट की तरफ़ चल दिया।

5.

लॉ कॉलेज पुणे में आज की क्लास चल रही थी। साशा को उस दिन क्लास में सब लोग बार-बार देख रहे थे। पूरी क्लास को पता था कि साशा के पापा इस देश के सबसे बड़े वकील हैं। क्लास में कुछ खुसर-फुसुर चल रही थी। साशा पहले से ही अपने पापा से परेशान थी और अब ये डिग्री वाली बात बाहर निकलने से उसको और इरिटेशन हो रही थी।

मनोज साल्वे से नफ़रत की साशा के पास कई वजहें थीं। हर बच्चे के पास अपने माता-पिता से नफ़रत की और प्यार की हज़ार वजहें होती हैं। जो हमारे सबसे क़रीब होते हैं, वो सबसे ज़्यादा परेशान करते हैं।

साशा अपनी क्लास में काफ़ी शार्प थी। अगर कोई ये कह देता था कि वो अपने पापा के जैसी शार्प है तो भी वह चिढ़ जाती थी। माँ और बाप का नाम अपनी पहचान से अलग कर पाना आसान नहीं है। हमारी हर अच्छाई और बुराई के पीछे उनका कोई-न-कोई हिस्सा होता है। कुछ अच्छाइयाँ हमें छोड़ती नहीं और कुछ बुराइयाँ हम छुड़ा नहीं पाते। कुछ अच्छाइयाँ हममें इसलिए आती हैं क्योंकि माता-पिता की कुछ बातों से हमें नफ़रत थी और कुछ बुराइयाँ हम इसलिए अपने पास सहेजकर रखते हैं ताकि ख़ुद को दुःख देकर अपने घरवालों को दुःखी कर सकें।

क्लास में कुछ लोग उससे चिढ़ते भी थे कि कॉलेज से निकलने के बाद साशा को सब कुछ बना-बनाया मिलेगा। साशा लॉ की पढ़ाई इसलिए कर रही थी ताकि अपने पापा से बड़ी लॉयर बने। बच्चे अपने माँ-बाप से यूँ भी बदला लेते हैं, उनसे बड़ा बनकर।

साशा की लॉ की डिग्री एक तरह का बदला थी। अपनी क्लास में वह तेज़ थी, लेकिन वह लॉ के लिए पढ़ाई नहीं कर रही थी। अपने पापा से बड़ा बनने के लिए पढ़ रही थी।

क्लास के बीच में मीता पटनायक यानी कि कॉलेज की प्रिंसिपल का एक मैसेज आया। साशा को उनके केबिन में बुलाया गया था। मीता पटनायक ख़ुद पुणे लॉ कॉलेज से पढ़ी हुई थीं। एक ज़माने में बहुत बड़ी लॉयर थीं, फिर अपने पति की डेथ के बाद प्रैक्टिस छोड़कर पढ़ाने लगी थीं। वह काफ़ी तेज़-तर्रार थीं। कॉलेज के आधे से ज़्यादा लड़कों का उन पर क्रश था। चूँकि वह पूरी तरह एकेडमिक दुनिया से नहीं आई थीं, उनके तरीक़े नए थे। इसी वजह से वह स्टूडेंट में काफ़ी पॉपुलर थीं।

मीता पटनायक कभी जताती नहीं थीं, लेकिन साशा पर विशेष नज़र रखती थीं। उसकी दो वजहें थीं, पहली कि साशा उनको अपने दिनों की याद दिलाती, दूसरी, वह उनके बैचमेट मनोज साल्वे की बेटी थी।

साशा अब प्रिंसिपल के कमरे के बाहर थी। इससे पहले कभी मीता ने साशा को यूँ क्लास से नहीं बुलाया था। साशा के अंदर घुसने पर मीता

ने उसको सामने बैठने का इशारा किया। वह ख़ुद खड़ी हुई, कमरे में एक जगह से दूसरी जगह घूम रही थी।

मीता पटनायक जिसके पास शब्दों की कभी कमी नहीं होती, आज उसके पास शब्द कम नहीं पड़ रहे थे बल्कि ख़त्म हो गए थे। मीता ने एक गिलास पानी पिया।

"कुछ पिओगी?"

साशा ने ना में सिर हिलाया।

"मनोज की न्यूज़ का पता चला तुमको?"

साशा ने हाँ में सिर हिलाया।

मीता ने अपने आप को कम्पोज़ करते हुए कहा, "वो यहाँ आ रहा है।"

साशा को झटका लगा। इससे पहले कि वह कुछ और समझ पाती, मीता ने कहा, "वो तुम्हारी क्लास में ही पढ़ेगा। मैंने उसको कहा था कि वो केवल पेपर दे सकता है, लेकिन उसने क्लास करने के लिए इन्सिस्ट किया। वो तुम्हारी क्लास में ही पढ़ेगा।"

"पर क्यों मैम, this is not done."

"मैं किसी को रोक तो नहीं सकती but you don't worry. तुमको कोई प्रॉब्लम नहीं होगी। मैं प्रॉमिस करती हूँ।"

"कब से?" साशा ने सामने रखा पानी पीते हुए पूछा।

"मैंने अप्रूवल के लिए भेज दिया है। एक हफ़्ते में अप्रूवल आ जाएगा और हाँ by the way एक गुड न्यूज़ भी है!"

"I doubt कि अब कोई भी न्यूज़ गुड हो सकती है।" साशा ने कमरे में टेबल पर अपना पेन धीरे-धीरे पटकते हुए कहा।

"तुम्हारे फ़ेवरेट गजेंद्र अंकल भी स्पेशल कोर्स करने आ रहे हैं।"

"ये हो क्या रहा है!"

मीता ने आगे बढ़कर, बैठी हुई साशा को गले लगाया और उसकी पीठ पर थपथपाते हुए बोली, "कोई प्रॉब्लम नहीं होगी।"

"प्रॉब्लम ही प्रॉब्लम होगी, आप पापा को नहीं जानतीं।" साशा ने कहा।

"वेल, मैं जानती हूँ। तुम चिंता मत करो। क्लास में जाओ और अभी किसी को भी इस बारे में बोलने की ज़रूरत नहीं है।"

6.

साशा क्लास के बाद अपने कमरे में जाकर बहुत देर तक रोती रही। लड़की जिस चीज़ से भागती है वही चीज़ उसके पीछे पड़ जाती है। साशा के लिए आने वाला समय मुश्किल भरा होने वाला था। रोकर चुप होने से पहले वह एक फ़ैसला ले चुकी थी। हमारे सभी बड़े फ़ैसलों में बहते हुए पानी का बहुत बड़ा हाथ होता है, फिर नदी चाहे बाहर की हो या भीतर की, फिर चाहे बरसात आसमान की हो या मन की।

साशा ने एक लेटर लिखा और मीता के घर जाकर उसको लेटर दे दिया। मीता के कमरे में गाना चल रहा था। वह रिलैक्स थी। आराम से बैठकर रोज़ की एक वाइन के हिसाब से आधी पी चुकी थी।

मीता ने ध्यान से लेटर पढ़ा और शॉक में खड़े होकर बोली, "तुम ऐसा नहीं कर सकती साशा।"

"मैं ऐसा ही करूँगी, मैं अपनी मर्ज़ी से कुछ भी कर सकती हूँ। मुझे इस कॉलेज में पढ़ना ही नहीं है।"

मीता के पास साशा को समझाने लायक़ कोई बात नहीं थी। साशा की आँखों में आँसू थे। इस लॉ कॉलेज में एडमिशन के लिए उसने कितनी मेहनत की थी ये बस वही जानती थी। उसका सपना था ये कॉलेज, और अब वही सपना वह ख़ुद तोड़ने जा रही थी।

"साशा, तुम ज़्यादा रीऐक्ट कर रही हो, ग़लत कर रही हो।"

"मैंने डिसाइड कर लिया है मैम।"

मीता ने कुछ देर सोचा और बोली, "अगर मनोज नहीं आए तो भी तुम कॉलेज छोड़ दोगी?"

साशा ने ये बात सोची ही नहीं थी। उसने सिर ना में हिलाते हुए कहा, "पता नहीं, कुछ समझ नहीं आ रहा।"

"एक दिन सोच लो, फिर कल आकर मुझे बताओ।"

मीता ने फिर से गाना चला दिया, ये गाना वही था जो मनोज की कार में बज रहा था, वही फ़रीदा ख़ानम की ग़ज़ल।

7.

गजेंद्र सिंह के ऑफ़िस में गहमागहमी का माहौल था और ऑफ़िस के बाहर खड़े होने वाले तमाम अधिकारियों के ड्राइवर ये समझ नहीं पा रहे थे कि कोई इतनी बड़ी पोस्ट पर होते हुए पढ़ने के लिए कॉलेज क्यों जाएगा। ड्राइवर तो ड्राइवर, ऑफ़िस में भी कोई समझ नहीं पा रहा था।

गजेंद्र अपने बॉस से मिलने के लिए बाहर इंतज़ार कर रहा था। अंदर से बुलावा आने पर वह चीफ़ सेक्रेटरी के सामने जाकर बैठा।

"सर, सर!"

गजेंद्र अपने बॉस का ब्लू आइड बॉय था। चीफ़ सेक्रेटरी मिस्टर सुब्रमनियम ने ख़ुद चाय बनाई। चाय में चीनी के लिए इशारे से पूछा, गजेंद्र ने मना किया।

"I think your decision is correct, well, all the best for studies और अगर कॉलेज में मन न लगे तो बता देना, पहले बुला लेंगे।" सुब्रह्मण्यम ने मुस्कुराते हुए कहा।

"सर, सर, थैंक्स फ़ॉर योर सप्पोर्ट।" गजेंद्र एकदम फ़ॉर्मल-से अंदाज में बात कर रहा था।

सुब्रह्मण्यम चाय पीते हुए कुछ सोच रहे थे। चाय ख़त्म करके वह

बोले, "जब मैंने सर्विस जॉइन की थी, तब हमारे चीफ़ सेक्रेटरी जोसेफ़ साब एक बार दौरे पर आए। वो चाहे जितने भी बिज़ी हों अगर कोई नया अधिकारी उनसे मिलने आता था तो हमेशा पाँच मिनट का ही सही, समय ज़रूर देते थे। मैंने नया-नया जॉइन किया था। उन्होंने मिलने पर मुझसे एक चीज़ कही थी जो मैं कभी नहीं भूला। उन्होंने कहा था कि नौकरी में हर दिन ऑफ़िस ऐसे आना जैसे कि वो नौकरी का पहला दिन हो। अपने शहर में जो भी करना, लेकिन कोई ख़राब ख़बर मुझ तक नहीं आनी चाहिए। उनको इंक पेन से लिखने की आदत थी। वो अपने पास नए पेन का डब्बा रखते थे। जब कोई नया आईएएस अधिकारी मिलता तो वो उसको पेन ज़रूर गिफ़्ट देते ताकि रोज़ फ़ाइल साइन करते हुए अधिकारी सँभलकर साइन करे। I've realized over a period of time कि उनकी एडवाइज़ काफ़ी प्रफ़ाउंड थी। तुम्हारी एजुकेशन लीव का अप्रूवल करके भेज दिया है।"

सुब्रह्मण्यम साहब ने सामने रखा हुआ एक पेन का डिब्बा गजेंद्र की तरफ़ बढ़ाया।

"I wish you luck."

गजेंद्र अपनी सीट से उठा, उसने पेन को ध्यान से देखा, थैंक्स कहा और कमरे से निकल गया।

कमरे से निकलते हुए उसने मनोज को फ़ोन किया।

"मिल गया अप्रूवल।"

"बहुत बढ़िया।" उधर से आवाज़ आई।

8.

साशा अपने दोस्तों के साथ एक पब में थी। शोर-शराबे में अपनी आवाज़ को सुनने की कोशिश करती हुई। आँखों पर गहरा काजल, सूजी

हुई आँखें, चेहरे पर नक़ली मुस्कुराहट। वह पब में चारों ओर सबको देख रही थी। इतने शोर में उसे कुछ सुनाई नहीं पड़ रहा था। मन में एकदम सन्नाटा था।

वह पब से बाहर निकलकर स्मोकिंग पॉइंट पर आई। वहाँ पहले से कुछ लोग थे। स्मोकिंग पॉइंट पर उसने किसी से एक सिगरेट ली और और जला ली। कुछ देर सिगरेट पीने के बाद वह अकेले ही पब से निकलकर कोरेगाँव, पुणे की मेन रोड पर टहलने लगी।

रास्ते में कई सारे विदेशी लड़के-लड़कियाँ, आदमी-औरत दिख रहे थे। इनमें से ज़्यादातर वे लोग थे जो रजनीश के आश्रम में आए हुए थे।

वह कुछ देर चलकर जर्मन बेकरी पहुँची। वैसे वह यहाँ कभी अकेले नहीं आती थी, हमेशा अपनी गैंग के साथ आती थी।

ऐसी जगहें जहाँ आप दोस्तों के साथ आए हों वहाँ कभी अकेले पहुँचने में ज़्यादा ख़ाली लगता है।

साशा ने अपनी फ़ेवरेट पेस्ट्री ऑर्डर की और अपनी फ़ेवरेट जगह पर आकर बैठ गई। वह लोगों को देखने लगी। अपने अलावा उसे सब ख़ुश लग रहे थे। बेकरी के दूसरे कोने में एक लड़का भी साशा के जैसे ही पूरे कैफ़े को अकेले देख रहा था। दोनों की नज़रें मिलीं।

उम्र से ये लड़का स्कूल में पढ़ने वाला लगता था। साशा की पेस्ट्री आ चुकी थी। वह लड़का अब भी उसे देख रहा था।

लड़का उठकर साशा की टेबल पर आया।

इससे पहले कि वह बैठने के लिए पूछता, साशा ने ही उसे बैठने का इशारा किया।

“मैं रजनीश आश्रम के लिए घर से भागकर आया हूँ।”

साशा ने उसको ध्यान से देखा। लड़का कुछ और कहना चाहता था, लेकिन कुछ घबराकर वह चुप हो गया।

“बोलते रहो, चुप क्यों हो गए?” साशा ने कहा।

“ओशो के कुछ वीडियो देखे थे, लगा कि आश्रम बहुत कूल जगह

होगी। इसलिए भागकर आ गया, लेकिन अब यहाँ एंट्री ही नहीं मिली, 18 का नहीं हूँ न। अब डर लग रहा है। मुझे घर वापस नहीं जाना।"

साशा भी तो घर से भाग ही रही थी। ख़ुशक़िस्मत होते हैं वे लोग जिनके पास लौटने के लिए एक घर होता है। या कोई ऐसी जगह होती है जिसको घर बोला जा सके। साशा के पास घर नहीं था। या फिर वो घर था जिसको वह घर मानना बंद कर चुकी थी। जिनके घर नहीं होते वे ज़िंदगी भर भागकर भी कहीं पहुँचते नहीं, जब तक कि वे किसी एक जगह रुककर उसे अपना घर नहीं मान लेते। यूँ तो घर बस एक ख़ाली जगह है जहाँ पर सारे मुखौटे उतर जाते हैं।

"मुझे लगा कि आप शायद मेरी मदद कर पाएँ, मैं क्या करूँ? ऐसा लगा कि आप डाँटेंगी नहीं।" साशा का ध्यान उस लड़के की बात से टूटा।

"अब क्या करना चाहते हो?"

"मैं घर जाना चाहता हूँ।"

"लाओ अपना फ़ोन दो?"

"मैंने फ़ोन फेंक दिया, वे लोग मुझे ट्रेस कर लेते।"

"नंबर याद है?"

साशा ने मोबाइल निकालकर उस लड़के के घर पर फ़ोन मिलाया। लड़के की माँ का रो-रोकर बुरा हाल था। लड़के ने जैसे ही फ़ोन हाथ में लिया, वह भी रोने लगा।

साशा ने उस लड़के का रात में रुकने का इंतज़ाम कर दिया और ध्यान रखा कि वह कहीं फिर से भाग न जाए। अगले दिन सुबह ही उस लड़के के मम्मी-पापा आ चुके थे। साशा ने उस लड़के को उनके हवाले किया।

साशा को उस लड़के के घरवालों ने बार-बार धन्यवाद दिया। चलने से पहले साशा ने उस लड़के से कहा, "अब बताकर भागना।"

साशा रात भर उस लड़के के बहाने सोचती रही कि वह भी भाग जाए। क्या उसके पापा के कॉलेज में आने से उसे भी भाग जाना चाहिए।

अगर वह लड़का पिछली रात उसको न मिला होता तो वह शायद

कॉलेज छोड़ने का फ़ैसला ले लेती, लेकिन कई बार दूसरे भटके हुए लोग हमें अपनी मंज़िल के और क़रीब ले आते हैं।

साशा, मीता पटनायक के घर के बाहर थी। जवाब उसकी आँखों में था।

साशा का कॉलेज छोड़ने का मतलब था अपने-आप से भागना। वह सब कुछ कर सकती थी, लेकिन अपने आप से नहीं भाग सकती थी। वह इस ज़िंदगी का सबसे अहम इम्तिहान देने के लिए तैयार थी।

9.

मनोज साल्वे बड़े-से ऑफ़िस में अपने सीए के साथ बैठा था। सीए सामने लगे बोर्ड पर सब हिसाब-किताब कर चुका था।

"मनोज तुम श्योर हो कि ये करना है? कोई और ये करता तो मैं कहता कि फिनांशियल सूयसायड है। लेकिन तुम्हारे जैसे लोग ये काम कर सकते हैं।"

मनोज अपनी जगह से उठा और सामने बोर्ड पर लगे नंबर देखे और बोला, "मुझे ये करना है।"

उसने अपनी असिस्टेंट प्रियंका को मैसेज किया कि ऑफ़िस में सभी को इकट्ठा करो। दस मिनट में मुझे मीटिंग लेनी है।

सीए वहीं बैठा हुआ, अपनी छोटी-सी डायरी में हिसाब-किताब लगा रहा था। वह एक बार फिर क्रॉस चेक कर रहा था कि कहीं उसके हिसाब में कोई गड़बड़ तो नहीं है।

बाहर लोग इकट्ठा हो चुके थे। लोगों की आवाज़ें आ रही थीं। मनोज के ऑफ़िस में काम करने वाले लोग पिछले एक हफ़्ते में काफ़ी परेशान हो चुके थे। सभी को अपने भविष्य को लेकर चिंता थी। कुछ लोगों ने फ़र्म को छोड़ने का मन बना लिया था।

इस देश में इमेज ही सब कुछ है, एक बार वो घुस गई तो फिर आपका कुछ नहीं हो सकता। यह बात सच हो या न हो, लेकिन इमेज से फ़र्क़ तो पड़ता ही था। वकालत हो या पॉलिटिक्स, कुछ धंधे इमेज से चलते हैं। मनोज की डिग्री वाली बात से लोगों का भरोसा ही उठ गया था।

मनोज बाहर आया। सीए भी उसके साथ कमरे से बाहर आया। मनोज के आते ही जो फुसफुसाहट हो रही थी, वो शांत हो गई। मनोज की आदत थी कि बोलने से पहले घड़ी देखता था। अपने मन में कुछ भी बोलने से पहले ही तय कर चुका होता था कि उसे कितनी देर बोलना है। ऑफ़िस में अब सन्नाटा था।

मनोज ने हमेशा की तरह अपनी मुस्कुराहट के साथ बात शुरू की, "इतना सन्नाटा क्यों है?"

यह सुनकर लोग हँसने लगे। कुछ लोग समझ नहीं पा रहे थे कि वे रीऐक्ट कैसे करें।

"इतनी शॉर्ट नोटिस पर आप लोगों के इकट्ठा होने के लिए धन्यवाद।"

पूरे हॉल में एक बार फिर सन्नाटा हो गया था, एसी की आवाज़ तक सुनाई पड़ रही थी।

मनोज कुछ सेकंड के लिए रुका और उसने दुबारा बोलना शुरू किया।

"हमारी ये लॉ फ़र्म बंद नहीं होगी। मैं कुछ दिन नहीं रहूँगा। कुछ दिन क्या, एक साल नहीं रहूँगा। मैं कॉलेज जा रहा हूँ, दुबारा पढ़ाई पूरी करने। अगले छह महीने की पूरी सैलरी आपको बोनस की तरह इस महीने क्रेडिट हो जाएगी।"

ये सुनते ही हॉल में अचानक हलचल मच गई। मनोज हँसा, "चिंता मत करिए, आपने सही सुना है। अगले छह माह की सैलरी एक बार में आपको मिल जाएगी। मुझसे कुछ ग़लतियाँ हुई हैं, ग़लतियाँ सही करने की न कोई उम्र होती है न ही कभी उनके लिए डरना चाहिए। हमने अभी तक बहुत अच्छा काम किया है, मैं चाहता हूँ मेरे यहाँ न रहने पर हम अभी तक

का सबसे अच्छा काम करें।"

कुछ देर पहले तक जो माहौल बेचैनी भरा था, वो हल्का हो चुका था। कुछ लोग माहौल को हल्का कर देते हैं। मनोज को यह काम बख़ूबी आता था। कब किसी केस में राई को पहाड़ कर देना और अगले ही पल पहाड़ को तोड़कर एक पल में राई कर देना।

ऑफ़िस के नए इंटर्न ने मनोज से बहुत-से सवाल पूछे। मनोज पूरी ईमानदारी से सबके जवाब दे रहा था कि तभी एक लड़की ने पूछा, "सर आपने अपनी डिग्री पूरी क्यों नहीं की थी? झूठ क्यों बोला?"

इस सवाल से सब सकते में आ गए। सबको लगा अभी तो अच्छा माहौल बना था और ऐसे में ये सवाल सब कुछ बिगाड़ ना दे।

मनोज ने उस इंटर्न को ध्यान से देखा और कहा, "ये बहुत अच्छा सवाल है, मैं सोच ही रहा था कि अभी तक ये किसी ने क्यों नहीं पूछा। लेकिन इस सवाल का जवाब मैं लौटकर दूँगा।" मनोज कुछ सेकंड रुका, "हो सकता है मेरे लौटने से पहले ही इसका जवाब आपको मिल जाए।"

मनोज दुबारा अपने कमरे में आ चुका था। छह महीने की सैलरी के पेपर्स पर साइन करते हुए उसे हल्का महसूस हुआ।

कुछ बोझ धीरे-धीरे उतरते हैं, कुछ को उतरने में उम्र लग जाती है और कुछ कभी उतर नहीं पाते। आख़िरी पल में वही एक-आध बोझ साँस पर भारी पड़ते होंगे। आदमी पश्चाताप के बोझ तले मरने के लिए अभिशप्त है। मनोज अब अपने जीवन के हर एक बोझ से मुक्त होना चाहता था।

10.

मनोज की डिग्री वाली बात निकले हुए एक हफ़्ता बीत चुका था और अब भी अख़बार रोज़ एक-से-एक नए सनसनीखेज़ खुलासे कर रहे थे। मनोज ऑफ़िस से निकलकर उस दिन काफ़ी हल्का महसूस कर रहा था।

उसने कार में बैठकर कॉल लगाया। उस तरफ़ से एक औरत की आवाज़ आई।

"कितने बजे तक आ जाओगे?"

"चल दिया है। फ़्लाइट लेकर घर पहुँचने तक पाँच घंटे लगने चाहिए।"

दो सेकंड तक न मनोज ने कुछ कहा और न ही उधर से कोई आवाज़ आई।

"क्या खाओगे?"

"कुछ भी।"

"ठीक है, फिर बाद में मत बोलना।" उस आवाज़ ने कहा।

"अच्छा, एक छोटा-सा काम करना होगा। देर हो जाती इसलिए मैं कपड़े नहीं ले पाया। मेरे कपड़े अभी पड़े हैं वहाँ?"

"वो तो बाँट दिए। मैं देखती हूँ, नए ले लेती हूँ।"

"साइज़ याद है?"

"टीवी पर देखा अभी तुमको, साइज़ बदला नहीं है तुम्हारा!"

मनोज ने ग़ज़ल को थोड़ा तेज़ किया। कुछ ही देर में वह एयरपोर्ट पर था। फ़्लाइट में बैठते ही उसे नींद आ गई। एयर होस्टेस उसे उठाने आई।

"सर, गोवा आ गया।"

मनोज झटके-से उठा। उसने घड़ी में देखा, शाम के साढ़े पाँच बज रहे थे। फ़्लाइट से बाहर सूरज डूबने की तैयारी में था।

11.

साशा को क्लास में गहरी नींद आ रही थी। क्लास का ब्रेक होते ही उसने अपना मुँह धोया। कई बार अपने-आप पर पानी डालते हुए हम अपनी सच्चाई को बदलने की कोशिश करते हैं। बार-बार पानी डालने से सच्चाई भले न बदले, सच्चाई का सामना करने की हिम्मत हम ऐसे ही

पलों में पाते हैं।

साशा की आँखें लाल थीं। तभी उसके मोबाइल पर उस रात वाले लड़के का मैसेज आया।

"थैंक्स दीदी, मैं घर पहुँच गया।"

साशा ने एक स्माइली बनाकर भेज दिया। तभी उसके मोबाइल पर मम्मी का फ़ोन आया।

इससे पहले मम्मी कुछ बोलती, साशा ने इधर से कहा, "मम्मा, पता चला तुमको पापा का?"

"मनोज आज यहाँ आ रहा है।"

साशा को पहले तो यक़ीन नहीं हुआ, "तुम्हारे पास, हुआ क्या है मनोज साल्वे को?"

"साशा! दोस्त नहीं हैं, जो नाम ले रही हो, पापा हैं तुम्हारे!"

"तो आप क्यों मिल रहे हो?" साशा ग़ुस्से में थी।

साशा की बात अभी पूरी नहीं हुई थी कि क्लास से बुलावा आ गया।

"शाम को बात होती है।" मम्मी ने कहा।

"मुझे नहीं करनी बात।" साशा ने जवाब दिया।

कॉलेज में गेस्ट लेक्चर था जिसको अटेंड करना कंपलसरी था। लेक्चर शुरू हो चुका था और साशा की नींद उड़ चुकी थी। वह बेमन से ऑडिटोरियम में जाकर बैठ गई।

12.

कुछ सूखे पत्ते, कुछ किताबें, थोड़ा-सी धूप, चुटकी भर रात, अंजुली भर पहाड़ और घर के पीछे तालाब भर समंदर, दुनिया को अगर किसी लड़की ने बनाया होता तो उसमें बस इतनी ही चीज़ें होतीं। प्रिया ने अपनी नई दुनिया इन्हीं छोटी-मोटी चीज़ों से बनाई थी।

गोवा के छोटे-से, लेकिन सुंदर घर में प्रिया चाय बना रही थी। इस घर से समंदर दिखता था। दूर से गाने की आवाज़ आ रही थी। घर खुला हुआ था इसलिए सामने से अच्छी हवा घर में आ रही थी। इस घर को प्रिया और मनोज ने ख़रीदा था कि रिटायर होने के बाद वे यहाँ आकर रह सकें। मनोज ने अपने रिटायरमेंट के हिसाब से अलग-अलग जगहों पर कई घर ख़रीदकर रख छोड़े थे। एक-आध घर ऐसा भी था जिनको ख़रीदने के बाद वह अभी तक दुबारा कभी वहाँ नहीं गया था। हर चीज़ का फ़ैसला एक चुटकी में कर लेने वाला मनोज ये तय नहीं कर पाया था कि उसे पहाड़ में रहना है या समंदर के पास। गोवा वाला घर उसने बहुत मन से लिया था। उसको कभी ये नहीं लगा था कि वह और प्रिया अलग भी होंगे।

तलाक़ सुनते ही लगता है कि एक लंबी लड़ाई के बाद ही दो लोग अलग होते होंगे जबकि प्रिया और मनोज में कभी ऐसी कोई लड़ाई नहीं हुई थी। बस उनके बीच बात ख़त्म हो गई थी। न ही मनोज का कोई अफ़ेयर था न ही प्रिया का। मनोज ने अपने-आप को इतना बिज़ी कर लिया था कि उसके पास प्रिया के लिए समय बचा ही नहीं था। जो लोग ज़ीरो से भी थोड़ा-सा पीछे से शुरू करते हैं वे कभी जान नहीं पाते कि ज़ीरो के दूसरी तरफ़ कितना आगे तक जाना है। क्योंकि कहीं-न-कहीं एक डर काम कर रहा होता है कि कहीं ज़िंदगी दुबारा ज़ीरो के बायीं तरफ़ न पटक दे। फिर पता नहीं चलता कि एक दिन ज़ीरो के भीतर अपने ही लोग खो जाते हैं। मनोज के अकाउंट में दायीं तरफ़ के इतने ज़ीरो थे कि प्रिया और साशा दोनों ही उसमें गुम हो चुके थे।

प्रिया के लिए अकेले रहने का फ़ैसला आसान नहीं था। वह जो कभी घर में अकेले नहीं रहती थी अब इस घर में अकेले रह रही थी। शुरू में रात में हल्की-सी आवाज़ से भी उसको दिक़्क़त होती, लेकिन धीरे-धीरे उसे इसकी आदत पड़ गई। मनोज ने कभी सोचा नहीं था कि अपने काम के चक्कर में सालों से उसने अपने घरवालों से बात ही नहीं की। जब वे एक दिन पास नहीं होंगे तो लाइफ़ कैसी होगी।

मनोज, प्रिया से दूर भले हो गया था, लेकिन अब भी उसके मन में ये बात थी कि प्रिया कभी दूसरी शादी न करे।

मनोज ठीक वैसे ही आया था जैसे प्रिया से पहली बार मिला था, ख़ाली हाथ। घर में एक कमरा उसके लिए तैयार था। प्रिया हिंचकिचाहट के साथ आगे बढ़ी, मनोज हिचकिचाहट के साथ हल्का-सा पीछे हुआ, एक सेकंड के बाद मनोज हिचकिचाहट के साथ आगे बढ़ा, प्रिया हिचकिचाहट के साथ हल्का-सा पीछे हुई। दोनों की हिचकिचाहट ने आपस में बात की और उँगलियाँ पकड़ कर समंदर किनारे रेत पर मिटने के लिए चली गईं। अब कमरे में मनोज और प्रिया थे, दोनों ने आगे बढ़कर एक-दूसरे को गले लगाया। प्रिया से मनोज को वही महक आई जो महक उसके घर में हुआ करती थी। प्रिया के गले लगते ही उसे लगा कि वह घर आ गया है। एक-दो लोग ऐसे होने चाहिए जिनको गले लगाकर हम घर पहुँच जाएँ या घर की याद आना बंद हो जाए। मनोज की पलकों पर पिछले कुछ सालों की थकावट आकर बैठ गई। उसका आँख खोलने का मन नहीं कर रहा था। पल को सोखने का एक ही तरीक़ा है कि हम आँखें बंद कर लें। सबसे आत्मीय क्षणों में आँखें इसीलिए बंद हो जाती हैं क्योंकि समय को रोकने का और कोई तरीक़ा अभी हम खोज नहीं पाए हैं। इस रेलमपेल, भागमभाग में कुछ लोग घर जैसे होते हैं और कुछ ही लोगों से घर होता है। हमारे कितने घर बिखर गए इसका कोई हिसाब-किताब कभी नहीं होगा। न बना हुआ घर एक बोझ बनकर कभी हमारा पीछा नहीं छोड़ेगा।

प्रिया ने चाय रखी। मनोज पूरे घर को देखने लगा। इस घर को देखने में एक टूटा हुआ घर भी था। एक घर वो भी था जो अपना हो सकता था। तलाक़ के बाद से यह घर प्रिया के नाम था। वह यहाँ एक लोकल कपड़ों के ब्रांड के साथ काम करती थी, तो एक कमरे में उसके कपड़ों के तमाम डिज़ाइन लगे हुए थे।

"कैसी है चाय?" प्रिया ने पूछा।

चाय में वो स्वाद नहीं था जो मनोज ढूँढ़ रहा था।

मनोज उठा और किचन में जाकर ख़ुद चाय बनाने लगा। सुबह की पहली चाय हमेशा मनोज बनाता था। उसकी आदत थी सुबह उठकर चाय बनाकर टेनिस खेलने जाने की। प्रिया को उसके हाथ की चाय बहुत पसंद थी।

मनोज को किचेन में सामान ढूँढ़ने में दिक़्क़त नहीं हुई। किचन में सामान ठीक वैसे ही रखा था जैसा दिल्ली वाले घर में था। सब बदलकर भी इतना नहीं बदला था।

मनोज ने चाय लाकर रखी, प्रिया को वही स्वाद आया।

भूला हुआ स्वाद जब कई दिनों बाद आता है तो साथ में बीते हुए दिन भी ले आता है।

"कैसे हो?"

"ठीक।"

इतनी-सी बात में चाय ख़त्म हो गई।

"तुम्हारे लिए कपड़े ले आई थी।"

फिर एक बार बात ख़त्म हो गई।

"यहाँ क्यों आए हो?"

"नहीं आना चाहिए था?"

"मेरा वो मतलब नहीं था।" प्रिया ने मनोज की ओर देखते हुए कहा।

"ये डिग्री वाली बात तुमने कभी मुझे भी नहीं बताई!" प्रिया ने अगला सवाल किया।

"एक साथ तीन सवाल, इतने सवाल तो मुझसे जज भी नहीं पूछता।" मनोज ने हल्की मुस्कराहट के साथ कहा।

"ठीक है मत बताओ।" प्रिया ने थोड़ा-सा खीजते हुए कहा।

मनोज ने बात बदलते हुए कहा, "मैं दुबारा कॉलेज जा रहा हूँ।"

"पता है, साशा बहुत अपसेट है।"

"इसमें अपसेट होने वाली क्या बात है?"

प्रिया ने अपने-आप को सोफ़े में पीछे धकेला, "तुम्हें इसमें अपसेट

होने वाली कोई बात नहीं लगती? मनोज तुम्हारी प्रॉब्लम यही है कि तुम अपने आगे किसी का नहीं सोचते। अपनी बच्ची का भी नहीं।"

मनोज लड़ाई के मूड में नहीं था। वह कोर्ट में इतनी बहस कर चुका था कि कम-से-कम घर में उसे कोई भी बहस कभी भी पसंद नहीं थी।

"मेरे जाने से क्या होगा?"

"साशा परेशान होगी, तुम अपनी बच्ची को परेशान कैसे कर सकते हो?"

"अब बच्ची नहीं है वो।"

"तुम्हारे आने की ख़बर से वो बहुत परेशान है।"

मनोज को ये सुनकर ग़ुस्सा आ गया।

"तो मैं क्या करूँ?"

"ये बताना पड़ेगा कि क्या करो, तुम कॉलेज नहीं जाओगे मनोज। साशा की डिग्री हो जाने दो, फिर जाना। तुम्हें पता भी नहीं है कि तुम्हारी वजह से सबको क्या झेलना पड़ता है।"

अब मनोज से कंट्रोल नहीं हुआ। वह उठा और कमरे में एक कोने से दूसरे कोने तक चलने लगा। कुछ कहते-कहते वह रुका। कुछ सोचता रहा। किचन में जाकर पानी पिया। उसका मन बहुत ज़ोर से चिल्लाने का था, लेकिन अपने-आप को सँभालकर वह वापस आया।

"प्रिया, यही ज़रूरी है। मेरी आज तक की रेप्युटेशन स्टेक पर है। सब ख़त्म हो जाएगा।"

"रेप्युटेशन बेटी से बड़ी है क्या?"

"तुम लोगों को समझ क्यों नहीं आ रहा। वैसे भी साशा इज़ अ प्रिविलिज्ड चाइल्ड। थोड़ी-सी प्रॉब्लम आई नहीं कि नाटक शुरू हो गया।"

प्रिया ये झगड़ा नहीं चाहती थी।

"उसको तुमने बिगाड़ा है, अब तुम एक दिन उठकर ये नहीं कह सकते कि उसको दुःख तुम इसलिए दे रहे हो ताकि वो मज़बूत बने। उसको जो बनना होगा, बन जाएगी।"

मनोज के पास कोई जवाब नहीं था। आख़िर उसने ही साशा को इतने नाज़ों से पाला था। उसके कहने से पहले हर चीज़ कर देना। इससे पहले कि वह कुछ सोचे, वह सब कुछ साशा को दे देना। प्रिया कभी वैसी परवरिश नहीं चाहती थी। लेकिन मनोज जो समय साशा को नहीं दे पाता था, ऐसे ही गिफ़्ट्स और साशा की हर डिमांड को पूरा करके अपने गिल्ट को कम करता था। साशा को सब कुछ मिला सिवाय मनोज के समय के।

साशा को कभी प्रिया और मनोज के अलग होने की वजह समझ नहीं आई। वह बस इस बात से ग़ुस्सा था कि उसके दिमाग़ में जो एक पर्फ़ेक्ट फ़ैमिली इमेज थी वो टूट गई। वह इसीलिए मनोज को कभी माफ़ नहीं कर पाई।

"तुम कॉलेज नहीं जाओगे मनोज।" अचानक प्रिया ने अपना फ़ैसला सुना दिया।

मनोज ने कोई जवाब नहीं दिया।

"मैंने साशा को प्रॉमिस किया है कि पापा नहीं जाएँगे।" प्रिया ने नहीं पर ज़ोर डालते हुए कहा।

"तुम उसको कमज़ोर बना रही हो।"

"अच्छा, एक दिन में मज़बूत बना दोगे उसको? तुम अपने आगे कभी किसी का सोचोगे या नहीं?"

मनोज चुप था। उसने जेब से वही काग़ज़ निकाला जो कि उसने गजेंद्र के घर में बैठकर लिखा था।

इसी बीच साशा का फ़ोन आया। फ़ोन बीच टेबल पर रखा था। मनोज ने प्रिया को स्पीकर पर बात करने के लिए कहा। प्रिया फ़ोन लेकर अंदर कमरे में चली गई।

अंदर कमरे से प्रिया की आवाज़ आई, "मैंने समझा तो दिया है..."

इसके बाद मनोज कुछ नहीं सुन पाया।

कुछ देर बाद जब प्रिया लौटी तो उसके चेहरे पर शिकन थी।

"साशा ने कहा है कि तुम कॉलेज गए तो वो कॉलेज छोड़ देगी।"

मनोज ने खीजकर कहा, "उसको बोलो कि मैं कॉलेज जा रहा हूँ। उसको छोड़ना है तो वो छोड़ दे।"

मनोज के चेहरे पर कोई शिकन नहीं थी। ये ठीक वही चेहरा था जो कोर्ट में केस जीतने से पहले होता था। मनोज कमरे से उठा और सामने दिख रहे समंदर की ओर निकल गया।

13.

मनोज समंदर के पास, बहुत दूर तक टहलने निकल गया। कुछ दूर आगे बढ़ने पर ग़ज़ल की धीमी आवाज़ आ रही थी। मनोज उस गाने के सहारे आगे बढ़ता गया।

गोवा में ग़ज़ल सुनाई पड़े ऐसा बहुत कम होता था।

आगे चलते हुए एकदम से उसकी नज़र पीछे गई तो देखा प्रिया भी आ रही थी।

वह प्रिया के लिए रुका, उसने प्रिया के लिए हाथ बढ़ाया। बढ़ा हुआ हाथ प्रिया ने नहीं थामा। "ये आवाज़ कहाँ से आ रही है?"

"चलो, ले चलती हूँ।"

कुछ दूर चुपचाप चलने के बाद, एक छोटी-सी गली के भीतर जाकर एक कैफ़े आया। ये बहुत ही छोटा-सा कैफ़े था। मुश्किल से छोटी-मोटी चार टेबल होंगी। वहीं पर गाना चल रहा था। एक-दो विदेशी बैठे थे।

कैफ़े की मालकिन एक फ्रांस की बूढ़ी औरत थी जो हिप्पी मूवमेंट के समय इंडिया आई थी और फिर यहीं की होकर रह गई।

प्रिया अक्सर वहाँ आती थी। प्रिया को देखते ही उसने आगे बढ़कर उसे गले लगाया। उसने मनोज की ओर देखा और मुस्कुराते हुए बोली, "नमस्ते जी।"

मनोज विदेशी औरत के मुँह से हिंदी शब्द सुनकर थोड़ा चौंका।

"I'm Stephny."

"Hello I'm Manoj."

मनोज नाम सुनते ही स्टेफ़नी थोड़ा-सा चौंकी, उसने प्रिया की ओर देखा और मनोज से पूछा, "क्या लेंगे आप?"

मनोज ने सामने लगा मेनू देखा। ज़्यादा ऑप्शन नहीं थे। उसने वाइन के साथ एक गार्लिक ब्रेड का ऑर्डर दिया।

स्टेफ़नी के जाने के बाद, मनोज ने कैफ़े को ध्यान से देखना शुरू किया। सामने दीवार पर दुनिया भर की तस्वीरें लगी थीं। हर तस्वीर में स्टेफ़नी थी।

"दोस्त है तुम्हारी?"

"ऐसे ही थोड़ी-बहुत जान-पहचान है। बहुत अच्छी है। मैं कभी-कभी यहाँ आकर बैठती हूँ।"

"ग़ज़ल सुनती है ये?" मनोज ने पूछा।

"क्यों, नहीं सुन सकती?"

"अरे यार, तुम हमेशा इतना आगे बढ़कर बैटिंग क्यों करती हो! ऐसे ही पूछ रहा हूँ।"

"हाँ, पचास साल से तो यहीं है, तो इंडियन ही हो गई है। जो जहाँ लंबा रह जाता है, वहीं का होकर रह जाता है।"

"तुम गोवा वाली हो गई?"

प्रिया ने मनोज के सवाल को अनसुना कर दिया, वरना वह अगला सवाल यही करता कि इतने साल वह दिल्ली उसके साथ रही फिर वह वहाँ की होकर क्यों नहीं रह पाई।

मनोज एक बार फिर से कैफ़े को ध्यान से देखने लगा। वह बिलकुल भी लड़ने के मूड में नहीं था। उसे ये भी नहीं पता था कि वह गोवा क्यों आया था।

जबसे प्रिया गई थी उसको कोई भी जगह घर जैसी नहीं लगती थी। ये

बात मनोज प्रिया को बताना चाहता था, लेकिन बता नहीं रहा था। वे जब अलग हुए थे तो मनोज ने यह शर्त रखी थी कि प्रिया उसे कभी घर आने से मना नहीं करेगी।

"घर कैसा है?" प्रिया ने मनोज की आँखों में देखते हुए सवाल किया।

मनोज इस सवाल से हड़बड़ा गया। प्रिया अब भी मनोज की तरफ़ देखे जा रही थी।

"सब कुछ वैसा ही है जैसा तुम छोड़कर गई थी।" मनोज ने जैसे ही जवाब दिया, प्रिया बहुत ज़ोर से हँसी।

"हँस क्यों रही हो?"

प्रिया ने हँसी रोकते हुए कहा, "लाइफ़ में सब कुछ गुलज़ार की फ़िल्मों जैसा नहीं होता, मनोज।"

मनोज ये सुनकर हँसा, प्रिया मनोज को हँसता देखकर हँसी।

स्टेफ़नी ऑर्डर लेकर आ चुकी थी। वह भी अपना ड्रिंक लेकर आई और साथ बैठ गई।

बैठने के बाद उसने मनोज से पूछा, "मैं बैठ सकती हूँ ना?"

मनोज ने वाइन का गिलास उठा कर चीयर्स करते हुए कहा, "आपका कैफ़े है, आप चाहे जहाँ बैठ सकती हैं।"

स्टेफ़नी मुस्कुराई। प्रिया को भी अच्छा लगा कि मनोज ने हमेशा की तरह कुछ उल्टा-सीधा नहीं कहा।

कुछ ही देर में मनोज और स्टेफ़नी की ऐसे बात होने लगी जैसे वे पता नहीं कितने पुराने दोस्त हों। मनोज कोई मज़ाक़ करता और स्टेफ़नी और प्रिया बहुत ज़ोर से हँसते। स्टेफ़नी कुछ बोलती और मनोज गला फाड़कर हँसता। वह दिल्ली में ऐसे आख़िरी बार कब हँसा था उसे याद ही नहीं था।

साथ गला फाड़ के हँसने वाले दोस्त सभी को याद आते हैं। हम जितना अपने-आप को कंट्रोल करते जाते हैं उतनी ही ख़ुशी दूर होती चली जाती है। ख़ुशी इतनी ही आसान-सी कोई चीज़ थी, लेकिन वो ऐसे खो जाती है जैसे एक समय के बाद बिस्तर से नींद। सब कुछ वैसा ही दिखता

है, लेकिन भीतर-भीतर सब कुछ बदल जाता है।

दो घंटे के बाद वे कैफ़े से चलने वाले थे। प्रिया वॉशरूम गई हुई थी तो स्टेफ़नी ने मनोज से धीरे-से कहा, "प्रिया इतनी अच्छी है, तुम इडियट हो मनोज।"

मनोज को उम्मीद नहीं थी। उसने अपनी नज़र इधर-उधर घुमाते हुए कहा, "अब क्या कर सकते हैं!"

"बहुत कुछ कर सकते हैं। कोई कभी इतना दूर नहीं जाता कि लौट न सके।" स्टेफ़नी ने अभी इतना ही कहा था कि प्रिया वहाँ आ गई। स्टेफ़नी की आख़िरी बात कुछ देर तक मनोज के कान में गूँजती रही।

स्टेफ़नी ने दोनों को चलने से पहले गले लगाया।

समंदर के रास्ते से लौटते हुए, मनोज और प्रिया बहुत धीमे-धीमे चल रहे थे। लहरें धीरे-धीरे उनकी तरफ़ आकर लौट रही थीं।

आसपास से पार्टी के गाने की आवाज़ भी हल्की-हल्की आ रही थी। समंदर की महक कुछ बदली हुई थी। उसमें एक नयापन था जैसे कल सुबह के लिए अपने-आप को तैयार कर रहा हो।

मनोज ने अपना हाथ प्रिया की तरफ़ बढ़ा दिया। प्रिया ने मनोज के हाथ को थाम लिया। कुछ देर दोनों हाथ साथ में चलते रहे। वो मनोज और प्रिया के उन हिस्सों को वापस अपने साथ खींचते रहे जो बार-बार छूटते जा रहे थे। कोई बात नहीं हो रही थी। किसी बात की ज़रूरत नहीं थी।

"स्टेफ़नी क्या सही है?" मनोज ने कुछ देर चलने के बाद कहा।

प्रिया ने हामी में सिर हिलाया।

रास्ता कम हो रहा था। जिस उम्र में मनोज और प्रिया थे उस उम्र में प्यार इतना बूढ़ा हो चुका होता है कि कोई भी ऐसी चीज़ जो उसको पुराने समय की याद दिलाती है वो रात में आने वाले आड़े-तिरछे सपने जैसी लगती है।

हाथ साथ में थे और अब ज़्यादा पास आ चुके थे। हाथ रुका, मनोज

रुका, फिर प्रिया रुकी। हाथ आगे बढ़कर प्रिया के गाल पर गया। मनोज आगे बढ़कर प्रिया के कान पर गया। मनोज एक-एक शब्द को बोलने के बाद रुक रहा था।

"मैं तुम्हें और साशा को पहले ही बहुत परेशान कर चुका हूँ। मेरी वजह से उसको कोई परेशानी नहीं होगी। I promise and I mean it."

प्रिया ने मनोज के आँखों में उस वकील को नहीं देखा जो देश में सबसे अच्छी बातें बनाता है। जो झूठ को सच और सच को झूठ मिनटों में कर सकता है। प्रिया को मनोज में बहुत सालों बाद वो लड़का दिखा जिस पर भरोसा करने का मन करता है।

बच्चे दो मिनट में बड़ी-से-बड़ी बात भूल जाते हैं और छोटी-से-छोटी बात हमेशा याद रखते हैं। मनोज की बातें सुनकर प्रिया को बच्ची होने का मन किया कि बस वह मनोज के चेहरे से धूल झाड़े और उसको गले लगाकर बोले, कोई बात नहीं।

इससे पहले कि प्रिया कुछ बोलती, मनोज ने अपना सिर उसके कंधे पर रख दिया। प्रिया को कंधे पर गीला महसूस हुआ। उसने मनोज के सिर पर हाथ रखा और कहा, "कोई बात नहीं।"

मनोज सुनकर हल्का हो गया, प्रिया बोलकर हल्की हो गई। समंदर की छुट्टी का समय हो गया था, उसका उस दिन का काम ख़त्म हो गया था। उसका पानी पीछे की ओर लौटने लगा।

कुछ कंधे घर जैसे होते हैं। वहाँ बार-बार लौटने का मन करता है। बरसों बाद वहाँ लौटने पर लगता है कि हम पूरी दुनिया भटक ही क्यों रहे थे।

मनोज अपने पुराने घर लौट चुका था। प्रिया ने उसका सिर नहीं हटाया।

14.

गजेंद्र ने जब-से नौकरी जॉइन की थी, उसकी छुट्टी के दिन उँगलियों पर गिने जा सकते थे। सुबह सबसे पहले ऑफ़िस पहुँचना उसको पसंद था। सुबह चाय के साथ अख़बार पढ़ते हुए वह अपनी छोटी-सी नोटबुक में नीले पेन से दिन भर के सारे काम लिख लिया करता और जैसे-जैसे काम निपटता जाता, उसको लाल पेन से काटता जाता। शाम तक वो पन्ना इतना भर चुका होता कि उसे केवल गजेंद्र पढ़ सकता।

आज सब कुछ वैसे ही था, अख़बार के साथ उसने चाय पी और आदतन अपनी नोटबुक खोली। कई साल बाद पूरा-का-पूरा पन्ना कोरा था।

रोज़ के जैसे अपना मोबाइल चेक किया। कहीं कोई आग नहीं लगी थी। वह उस भागदौड़ से बाहर था। उसके बैच के एक-दो लोगों ने उसको दुबारा कॉलेज जाने की शुभकामनाएँ दीं। उसके साथ के कुछ लोग ख़ुश थे कि एक जगह ख़ाली हुई।

उस दिन उसने अपनी कार ख़ुद निकाली और दिल्ली से नोएडा की ओर चल दिया। उसने अपनी कार एक स्कूल के बाहर लगाई और कार में बैठे-बैठे ही बच्चों की छुट्टी का इंतज़ार करने लगा।

स्कूल से छूटकर निकल रहे बच्चे अपने घरवालों से मिलते हुए इतने ख़ुश लगते हैं जैसे कुछ घंटे बाद नहीं कुछ सालों बाद मिल रहे हों।

तभी गजेंद्र की नज़र एक औरत पर गई जो कि रिक्शे से उतरकर स्कूल के गेट के सामने आकर खड़ी हो गई थी।

गजेंद्र कार पार्क करके गेट के एकदम पास पहुँचा और उस औरत के बिलकुल क़रीब आकर खड़ा हो गया। उसने हाथ जोड़े और कहा, "कैसी हैं आप?"

वो औरत पलटी और गजेंद्र को देखकर चौंकी।

"आप तो आज घर आने वाले थे!"

"हाँ, लेकिन सोचा स्कूल में आकर गुनगुन को सरप्राइज़ दूँ!"

"आपको देखकर बहुत ख़ुश होगी। बहुत दिनों से पूछ रही थी।"

गजेंद्र और वो औरत दोनों निकलते हुए बच्चों में गुनगुन को खोजने लगे। सड़क पर एकदम से गाड़ियों की आवाज़ें बढ़ गई थीं। बच्चों का शोर और ख़ुशी बढ़ती जा रही थी।

गुनगुन ने जैसे ही गजेंद्र को गेट पर देखा, वह अपनी सहेली को छोड़कर भागते हुए गेट के बाहर आई और उससे चिपक गई। गजेंद्र ने उसको गले लगा लिया और कुछ देर तक गले लगाए रहा।

गुनगुन कुछ कहना चाहती थी, लेकिन गले लगाने में भूल गई। गजेंद्र कुछ सुनना चाहता था, लेकिन गले लगाए-लगाए भूल गया।

"मैं नाराज़ हूँ, आप बर्थडे पर नहीं आए!" गुनगुन ने शिकायत की।

"बेटा काम रहता है न चाचा को।" जवाब गुनगुन की मम्मी ने दिया।

गजेंद्र पलकें नहीं झपकाना चाह रहा था।

"आगे से कभी मिस नहीं होगा और बर्थडे का गिफ़्ट तो लाया हूँ न!"

गुनगुन गिफ़्ट सुनते ही उछलने लगी। तीनों कार में बैठे, गुनगुन के लिए वही शहर नया हो गया था। मम्मी के साथ रिक्शे से शहर वैसा नहीं दिखता था। गुनगुन के हाथ में एक खिलौना था। वह उसके साथ ख़ुश थी।

"जो लोग गिफ़्ट देर से देते हैं उनको दो गिफ़्ट देने होते हैं।" गुनगुन के यह बोलते ही, उसकी मम्मी ने उसकी ओर घूरकर देखा।

चाचा मुस्कुराए, "क्या चाहिए मेरे बच्चे को?"

"मुझे घूमने चलना है, मुझे जंगल सफ़ारी जाना है। मेरी एक फ्रेंड गई थी, बहुत मज़ा आता है।" गुनगुन ने अपनी बात रख दी और कार की सीट पर पड़ी चॉकलेट खाने लगी।

"हाँ तो एग्ज़ाम के बाद चलते हैं।" गजेंद्र ने कहा और कार को गुनगुन की फ़ेवरेट आइसक्रीम की शॉप पर रोक दिया।

गुनगुन के खाने के बाद जब गजेंद्र ने उनको घर छोड़ा तो गुनगुन की

मम्मी ने गजेंद्र को ऊपर बुलाया।

गजेंद्र घर में आना नहीं चाहता था, लेकिन गुनगुन की ज़िद के आगे उसे मानना पड़ा। गुनगुन गजेंद्र की दुनिया थी। वह उसकी हर बात पलक झपकते ही पूरी करना चाहता था। गजेंद्र को उस दिन कहीं जाने की जल्दी नहीं थी। उसने धीरे-से कुछ पैसे निकालकर फ्रिज के कवर के नीचे दबा दिए। भाभी ने उसको ऐसा करते देखा, लेकिन कुछ कहा नहीं।

गजेंद्र चलने ही वाला था कि भाभी ने कहा, "कुछ देर रुक जाइए, ये आते ही होंगे।"

गजेंद्र भइया के आने से पहले जाना चाहता था।

दरवाज़े की घंटी बजी, शाम के छह बजे नशे में धुत्त एक आदमी घर में घुसा और गजेंद्र को सामने देखते ही ग़ुस्से से आगबबूला हो गया।

"तू छोड़ दे मेरे बीवी-बच्चों को!"

उस आदमी यानी कि गजेंद्र के पाँच मिनट बड़े जुड़वा भाई शैलेंद्र ने ग़ुस्से में टेबल पर लात मारी और वहीं सोफ़े पर बैठ गया।

गजेंद्र ने अपने भाई को कॉलर से पकड़ा और कहा, "मना किया है न बकवास मत किया कर।"

गुनगुन अंदर थी। गजेंद्र को कॉलर पकड़ने का दुःख हुआ। घर में बस गुनगुन के खेलने की आवाज़ आ रही थी। शैलेंद्र इतने नशे में था कि कुछ बोल नहीं पा रहा था। गजेंद्र उठकर कमरे से निकल गया।

एक अच्छा जा रहा दिन, अच्छा होते-होते रह गया। गजेंद्र ने पलटकर नहीं देखा।

घर से शैलेंद्र के चिल्लाने की आवाज़ आ रही थी। गुनगुन के खेलने की आवाज़ दब चुकी थी।

शून्य-शून्य

प्रिया मनोज के कॉलेज के लिए सामान ख़रीद रही थी। मनोज आख़िरी बार कब मार्केट गया था उसको याद नहीं था। अख़बार में अब नई सुर्ख़ियाँ

आ चुकी थीं। मनोज वाली ख़बर धीरे-धीरे बासी हो रही थी।

गजेंद्र के जाने के बाद, शैलेंद्र गुनगुन को गले लगाकर बैठा रहा। गुनगुन कभी समझ नहीं पाती थी कि उसके पापा को क्या हो जाता है। वह उसको इतना प्यार करते हैं, लेकिन चाचा को देखकर इतना नाराज़ क्यों हो जाते हैं। गुनगुन की माँ ने फ्रिज के नीचे से पैसे निकालकर अपने पास सँभालकर रख लिए थे। गजेंद्र अपने घर पहुँचकर अलमारी से अपना सामान बैग में भरने लगा।

साशा उस दिन कॉलेज के बाद बैडमिटंन खेलने के लिए गई। वह तब तक खेलती रही जब तक पसीने से नहा नहीं गई। इतनी थक गई थी कि उससे चला नहीं जा रहा था। वह थककर हल्का महसूस कर रही थी।

मीता पटनायक अपने घर के बिखरे हुए सामान को समेटते हुए बिना बात के मुस्कुरा रही थी। उसने गानों की प्लेलिस्ट बहुत दिनों बाद बदली थी।

प्रिया मनोज के जाने के बाद अपने घर में एक पुरानी ख़ुशबू ढूँढ़ रही थी। मनोज के कुछ कपड़े गोवा में ही छूट गए थे।

15.

मनोज की फ़्लाइट ने पुणे में लैंड किया। उसने खिड़की से पुणे को देखा। यहाँ पहले भी वह कई बार आ चुका था। अपने कॉलेज में वह साल में एक बार लेक्चर देने आता था। शुरू में वह अपनी फ़र्म के लिए कुछ लोगों को रिक्रूट करने भी आता था, लेकिन धीरे-धीरे ये काम मनोज की फ़र्म में कोई और करने लगा था।

मनोज की असिस्टेंट प्रियंका ने ड्राइवर की डिटेल भेजी हुई थी। मनोज बाहर निकलकर अपने नाम का प्ले कार्ड ढूँढ़ ही रहा था कि सामने उसे मीता पटनायक दिखाई थी।

मनोज को उम्मीद नहीं थी कि मीता उसे लेने आएगी।

दोनों ने एक-दूसरे गले लगाया। दोनों का ध्यान एक-दूसरे के सफ़ेद बालों पर गया।

"ठीक रही फ़्लाइट?"

"Come on मीता, इतने दिनों बाद मिल रहे हैं और ये सवाल!"

"अच्छा तो क्या पूछना चाहिए?" मीता मनोज को पार्किंग की तरफ़ ले जाने लगी।

मनोज को ड्राइवर फ़ोन कर रहा था। उसने प्रियंका को मैसेज करके कैब कैंसल करने को कहा। उधर से प्रियंका का फ़ोन आया। मनोज ये फ़ोन तब उठाना नहीं चाहता था। उसने फ़ोन उठाते ही कहा, "कर दो कैंसल।" दूसरी तरफ़ से प्रियंका ने कुछ कहा।

मनोज ने कहा, "क्या, अरे पूछ के ख़रीदनी थी न। चलो कोई नहीं मैं कुछ देर में बताता हूँ।"

मनोज ने मीता की तरफ़ इशारे से कहा, "अपना ऐड्रेस भेजना।"

मनोज ने फ़ोन रखा, मीता ने मनोज को जब थोड़ा इरिटेटेड देखा तो पूछा, "क्या हुआ?"

"अरे यार इन लोगों ने कैब नहीं भेजी थी। नई कार ख़रीदकर भेज दी थी कि अब यहाँ एक साल रहना है तो दिक़्क़त न हो।"

मीता हँसी।

"मैं तुम्हारे घर पर कार मँगवा लेता हूँ। अच्छा मुझे अपना घर भी देखना था, वहाँ से होते हुए चलें?" मनोज ने गाड़ी में बैठते हुए कहा।

"घर का क्या करोगे?"

"अरे वहीं रहूँगा न!"

मीता मुस्कुराई और बोली, "मिस्टर साल्वे, आप कॉलेज में लेक्चर देने नहीं आए हैं, आपको रूम अलॉट किया जा चुका है।"

"अरे वहाँ कैसे!" मनोज कुछ देर चुप रहा। मीता ऐसा कर सकती थी। "सही में?"

मीता ने हाँ में सिर हिलाया। मनोज ने एक लंबी साँस ली, "वहाँ एसी है?"

"मेरी भी रेप्युटेशन स्टेक पर है, मैं तुम्हें वीआईपी ट्रीटमेंट नहीं दे सकती। मैंने तुम्हें पहले ही कहा था कि कॉलेज आओगे तो मेरे हिसाब से रहना होगा और तुम किसी भी बात के लिए मना नहीं करोगे। You signed up for this."

"लेकिन, पर..."

"लेकिन, पर, अगर-मगर जैसे शब्द मनोज साल्वे पर सूट नहीं करते।" मीता टोंट वाले अंदाज़ में हँसी, "वैसे भी मुझसे दोस्ती-यारी एक तरफ़ है, तुम्हारी कॉलेज लाइफ़, कॉलेज लाइफ़ जैसी ही होगी। No special treatment."

मनोज को इस झटके की उम्मीद नहीं थी। उसने फिर से पूछा, "तुम मज़ाक़ कर रही हो ना?"

मीता मुस्कुराई और बोली, "एकदम नहीं।"

कॉलेज के समय भी मीता ऐसे ही दो-टूक हुआ करती थी। मनोज अब भी सोच रहा था कि शायद ये मज़ाक़ है।

मीता आराम से गाड़ी चलाते हुए कहे जा रही थी। उसे एकदम से कुछ ध्यान आया और उसने गाना चला दिया। यह वही ग़ज़ल थी।

16.

मनोज की गाड़ी जैसे ही हॉस्टल के गेट के पास रुकी, उसे देखते ही बहुत से लोग उसके साथ सेल्फ़ी लेने के लिए आगे आने लगे। कुछ ही देर में उसके आसपास भीड़ हो गई। हर कोई उसके क़रीब जाना चाहता था। उसके कान में लगातार आवाज़ें आ रही थीं।

"बिग फ़ैन सर!"

"You are an inspiration sir!"

कुछ देर वह समझ ही नहीं पाया कि आगे कैसे बढ़े। उसको अब भी लग रहा था कि मीता ने मज़ाक़ किया है। उसने बड़ी उम्मीद से अपना फ़ोन उठाया और मीता को फ़ोन मिलाया।

"सही में जाना है?"

"हाँ, मनोज।"

मनोज ने फ़ोन काट दिया। इतने में हॉस्टल के वार्डन मिश्रा जी वहाँ आ चुके थे। उन्होंने मनोज को नमस्ते किया। उसका बैग लेने की कोशिश की, लेकिन मनोज ने मना कर दिया। लड़कों ने अभी भी मनोज को घेरा हुआ था।

मिश्रा जी ने कहा, "सर, रूम नंबर 22।"

मनोज को याद आया कि उसका रूम नंबर 22 ही हुआ करता था। ये वही रूम था जहाँ वह पहले रहा था। इतने में एक-दो लड़कों ने मनोज का सामान उठा लिया। अब तक सबकी सेल्फ़ी हो चुकी थी। कुछ लोग उसको सोशल मीडिया पर पोस्ट भी कर चुके थे।

रूम नंबर 22 का दरवाज़ा खुला हुआ था। अंदर घुसते ही धुएँ का एक छोटा-मोटा आसमान आकर मनोज और मिश्रा जी से टकराया।

बेड पर कुर्सी रखी हुई थी। उस पर पवि रंजन बैठे नहीं थे विराजमान थे। उनका नाम पवि था, लेकिन वो ख़ुद को बाबा कहलवाना पसंद करते थे और बाक़ी लोगों को भी बस बाबा नाम से पुकारा करते थे। नीचे तीन-चार लोग भक्ति भाव से बैठे थे। बाबा पवि एक कश लेते और हवा में गोले छोड़ते और कश आगे बढ़ जाता। पवि रंजन के हाथ में लॉ की किताब थी और वह बाक़ी लोगों को ऐसे पढ़ा रहे थे जैसे प्रवचन दे रहे हों।

पवि रंजन लॉ कॉलेज के सबसे कुख्यात छात्र थे। इतने कुख्यात कि उनका रूममेट कमरे में टिक ही नहीं पाता था। अपने-आप ही कमरा बदल दिया करता था। पढ़ने में तेज़ और हरामीपन में अल्ट्रा तेज़।

अंदर घुसते ही मिश्रा जी ने पवि रंजन की ओर देखा, पवि रंजन ने

मिश्रा जी ओर देखा और कमरे में धुएँ को ऐसे देखा कि जैसे अभी बरसात हो जाएगी।

पवि रंजन ने कहा, "मिश्रा बाबा क्या बात है, क्या लेंगे बताइए?"

मनोज अंदर घुसा और कमरे का ऐसा आध्यात्मिक माहौल देखा तो देखता ही रह गया। भक्तों ने जैसे ही मनोज साल्वे और मिश्रा जी को साथ देखा, वे उठ खड़े हुए और कमरे से चले गए। अब कमरे में दो बिस्तर थे, एक पर कुर्सी थी और बाबा पवि रंजन थे। दूसरा बिस्तर ख़ाली था जिसके पड़ोस में मनोज साल्वे ने सामान रखकर पर्दा खोल दिया।

मनोज ने घूमकर पवि रंजन की तरफ़ हाथ बढ़ाया। बाबा पवि रंजन ने उस पीने वाली चीज़ को मनोज साल्वे की तरफ़ बढ़ाया।

मनोज ने हाथ बढ़ाए रखा, बाबा पवि रंजन ने हाथ बढ़ाए रखा। मिश्रा जी ने कहा, "बाबा, ये मनोज जी हैं, आपके नए रूम मेट।"

बाबा पवि रंजन अपनी कुर्सी से खड़े हुए और उन्होंने माल को दूसरे हाथ में लिया और अपने बदन पर तौलिया सही करते हुए कहा, "मैं पवि रंजन, सब लोग मुझे बाबा कहते हैं, बाबा।"

मनोज ने बाबा सुनते ही कहा, "मनोज।"

पवि रंजन ने कुर्सी से उतरकर और बिस्तर से कुर्सी उतारते हुए कहा, "ठीक है बाबा।"

मनोज ने फिर से एक बार दोहराया, "मनोज, जस्ट मनोज।"

पवि रंजन ने "नाइस टू मीट यू बाबा" कहा और उसी बिस्तर पर तकिए से अपनी आँखें ढककर सो गया।

मनोज ने मिश्रा जी को घूरा, मिश्रा जी ने नज़रें बचाईं। मनोज सालों बाद अपने कमरे में वापस आया था। सालों बाद किसी जगह दुबारा लौटने से जगह नई हो जाती है। यादें ताज़ा और समय थोड़ा-सा और बूढ़ा। खिड़की से बाहर मनोज ने अपने बीते हुए कल को देखा।

हम खिड़की से बाहर वो नहीं देखते जो होता है बल्कि वो देखते हैं जो हमारे अंदर होता है। खिड़कियाँ दिखती बाहर हैं पर होती अंदर हैं।

आसमान दिखता ऊपर है, इसकी जड़ नीचे होती है, दुःख होता भीतर है, लेकिन उसकी वजह होती बाहर है।

हर चीज़ जैसी दिखती है वैसी होती नहीं। मनोज भी शायद केवल डिग्री पूरी करने नहीं आया था। उसके आने की कोई और वजह भी थी!

17.

गजेंद्र नोएडा के एक कैफ़े में पहुँचा। वहाँ पर भाभी पहले से उसका इंतज़ार कर रही थीं।

"क्या लेंगी आप?"

"कुछ नहीं।"

गजेंद्र उठकर गया और दोनों के लिए उसने एक-एक कोल्ड कॉफ़ी ऑर्डर कर दी। कैफ़े में शोर था, लेकिन गजेंद्र और भाभी उस शोर में कुछ जोड़ नहीं रहे थे।

"उस दिन..."

"रहने दो अनुभा।" गजेंद्र ने भाभी यानी अनुभा की बात को काटा।

"वही बता रही हूँ, आपके जाने के बाद, गुनगुन को पकड़कर बहुत देर तक रोते रहे। समझ नहीं आता क्या हो गया है इनको। चिंता होती है।"

गजेंद्र कुछ बोला नहीं। वह अपनी कार की चाभी को उँगली पर घुमा रहा था जैसे कि ये करने से सब कुछ सही हो जाएगा। कैफ़े के काउंटर से लड़की चिल्लाई, "ऑर्डर गुनगुन!"

कॉफ़ी बनकर तैयार थी। गजेंद्र जब भी कैफ़े में आता तो गुनगुन के नाम से ही ऑर्डर करता। गजेंद्र उठा और कॉफ़ी लेकर आया। अनुभा ने अपने मोबाइल में समय देखा। स्कूल की छुट्टी में अभी आधा घंटा था।

"एक साल के लिए जा रहे हैं आप?"

"हाँ, गुनगुन की बहुत याद आएगी, आप उसको हॉस्टल में डालना

चाहती हैं।"

"नहीं, कम-से-कम उसके बहाने मेरे पास इतना कुछ है। वो नहीं होगी तो पागल हो जाऊँगी।"

"तुम दुबारा जॉब क्यों नहीं शुरू करती?"

"थोड़ी और बड़ी हो जाए फिर करूँगी।"

"घर के माहौल से निकालो उसको बाहर, ऐसे माहौल में वो बड़ी होगी तो उस पर बुरा असर होगा।"

"घर अच्छा हो या ख़राब, होता तो घर ही है, घर से भागकर चले जाने पर घर छूट थोड़े जाता है।" अनुभा को कॉफ़ी का पहला घूँट कड़वा लगा।

"मैं भइया से बात करूँ?" गजेंद्र बीच ही में रुक गया।

"कोई फ़ायदा नहीं, उनके मन में बात बैठ गई है कि गुनगुन आपकी बेटी है।"

सरकार की बड़ी-से-बड़ी समस्या को सुलझाने का प्लान चुटकियों में बना लेने वाले गजेंद्र के पास इस सवाल का कोई जवाब नहीं था। गुनगुन के स्कूल का समय हो चुका था। अनुभा ने कॉफ़ी अधूरी छोड़ दी थी। गजेंद्र ने अनुभा की बची हुई कॉफ़ी एक बार में गटक ली।

गजेंद्र ने चलते हुए अपना एक एटीएम कार्ड ज़बर्दस्ती अनुभा के बैग में डाल दिया।

18.

मीता और मनोज पुणे की सड़कों पर थे। मीता बार-बार हँस रही थी और मनोज सीरियस था।

"तुम चाहे जो भी सोचो, ये तुम्हारा रूम मेट बाबा पिछले दो साल से कॉलेज का टॉपर है। बहुत ज़्यादा शार्प है। इन्फ़ैक्ट तुम्हारे सेकंड ईयर में कॉन्स्टिटूशन के नंबर का इतना पुराना रिकॉर्ड तुम्हारे पवि बाबा ने ही

तोड़ा है। तो मुझे लगा दो टैलेंटेड लोग एक साथ रहेंगे तो और भी रिकोर्ड टूटेंगे!" मीता हल्के से मुस्कुराई।

मनोज को हँसी नहीं आ रही थी।

"कोई सिंगल रूम नहीं था?"

मीता ने मनोज की शक्ल देखी और फिर ज़ोर-ज़ोर से हँसने लगी।

"था न, सिंगल रूम था, लेकिन तुम्हें हॉस्टल में रहना था। मैंने सोचा अब तुम्हें दुबारा कॉलेज का मौक़ा मिल रहा है तो तुम्हारे एडवेंचर में कोई कमी नहीं आनी चाहिए।"

मनोज के मोबाइल में गजेंद्र का मैसेज आया, 'बोर्डेड।'

"साशा से मिले?" मीता ने पूछा।

"अभी नहीं।"

गजेंद्र के आने में अभी समय था। मनोज को एक फ़ोन आया। वह मीता से हटकर खड़ा हुआ। उसने फ़ोन सुना और मीता के पास आकर बोला, "मैं पाँच मिनट में आया।"

19.

मनोज एयरपोर्ट के कैफ़े में था और सामने सूट-बूट में क़रीब 40 साल का आदमी, SK था। उसने एक फ़ाइल मनोज के हाथों में दी। मनोज ने पूछा, "क्या अपडेट है?"

"सर, इस फ़ाइल में हमने दस लोगों को ज़ीरो डाउन किया है जिन्होंने आपकी डिग्री वाली बात को लीक किया है। मोस्टली वे लोग हैं जिनको आपने कभी-न-कभी नुक़सान पहुँचाया है।"

मनोज ने फ़ाइल को खोलकर देखा। उसमें से एक-दो बिज़नेसमैन थे जिन्होंने मनोज पर अपना केस लेने का प्रेशर बनाया था, लेकिन मनोज ने केस नहीं लिया था। दो-तीन पॉलिटिकल पार्टी के लोग थे। कुछ-एक

वकील भी थे जिनको मनोज ने कभी-न-कभी बुरी तरह हराया था।

"गुड वर्क। लेकिन मुझे वो एक नाम चाहिए।" मनोज की आँखों में ग़ुस्सा था।

"हमारी टीम इस पर लगी हुई है सर, जल्द ही हम लोग टार्गेट तक पहुँच जाएँगे।"

मनोज के फ़ोन पर गजेंद्र का फ़ोन आ रहा था। मनोज ने चलने से पहले फ़ाइल वापस कर दी और कहा, "Keep me posted."

20.

गजेंद्र और मीता कार के बाहर ही खड़े थे। मनोज ने जाते ही गजेंद्र को गले लगा लिया।

गजेंद्र और मनोज दोनों एक साथ चिल्लाए, "और पार्टनर!"

गले लगे हुए मनोज ने पूछा, "ये सही में हो रहा है?"

जवाब गजेंद्र ने नहीं मीता ने दिया, "हाँ।"

कॉलेज के इतने साल बाद भी मनोज और गजेंद्र की दोस्ती में रत्ती भर भी फ़र्क़ नहीं आया था, ये देखकर मीता बहुत ख़ुश थी।

लौटते समय कार में आगे गजेंद्र बैठा।

"गुनगुन कैसी है?" मनोज ने पूछा।

"अच्छी है।"

"गुड।"

"साशा से मिले?"

जवाब मनोज को देना चाहिए था, लेकिन मीता ने दिया, "अभी कहाँ, अभी तो जनाब हॉस्टल में सेट हो रहे हैं।"

"हॉस्टल!" गजेंद्र ने हैरानी से पूछा।

मीता की नज़र कार के शीशे से मनोज से मिली।

"वैसे गजेंद्र भी मेरे वाले हॉस्टल में ही रहेगा न?" मनोज ने नज़रें बिना हटाए पूछा।

"नहीं, गजेंद्र गेस्ट हाउस में रहेगा क्योंकि वो ऑफ़िसर है और as per rule, government officers को वीआईपी गेस्ट हाउस में रहना होता है।" मीता ने अपने चेहरे पर शरारत लाते हुए कहा।

"गाड़ी रोको, मुझे नहीं करनी डिग्री पूरी। मैं इस घटिया रूल के अगेन्स्ट केस करूँगा।" मनोज ने खीजते हुए कहा।

"केस तो तब करोगे ना, जब डिग्री होगी।" मीता ये कहते हुए बहुत ज़ोर से हँसी और गजेंद्र भी उसके साथ हँसने लगा।

"अरे यार, कहाँ फँसा लिया मैंने अपने-आप को!" मनोज के पास सिवाय खीजने के कोई और ऑप्शन नहीं था।

मीता ने कार रोकी, ये वो जगह थी जहाँ ये तीनों कॉलेज से साथ में कॉफ़ी पीने आते थे। तीनों बैचमेट उतरे, तीनों ने पैसे देने के लिए लड़ाई की।

लोग तीन थे और कॉफ़ी छह ऑर्डर की गई। एक उस दिन के लिए और एक बीते समय के लिए।

21.

कॉलेज में इन तीनों की तिकड़ी से सब डरते थे। अपने ग्रुप का नाम इन्होंने MGM रखा हुआ था। मीता, गजेंद्र और मनोज। कॉलेज के बड़े-से-बड़े सूरमा इनसे कभी पंगा नहीं लेते थे।

मीता को हर महीने किसी-न-किसी से नया प्यार होता। मनोज को पढ़ाई से कभी फ़ुरसत नहीं थी। उसको बर्दाश्त नहीं था कि उससे ज़्यादा कोई भी जानता हो। गजेंद्र अपनी एक दुनिया में रहता। उसको कोई लड़की चिट्ठी लिखती। मनोज और मीता उस चिट्ठी को मज़े लेकर पढ़ते और

जवाब लिखवाते। उन चिट्ठियों में कभी लड़की का नाम नहीं होता। केवल शुरुआत का एक अक्षर होता। चिट्ठी 'Dear A' से शुरू होती।

हालाँकि इतनी अच्छी दोस्ती के बाद भी गजेंद्र ने कभी उस लड़की का पूरा नाम इन दोनों को नहीं बताया। मीता को तो ये भी शक था कि वह ख़ुद ही चिट्ठी लिखता है और ख़ुद ही जवाब भेजता है।

प्यार कई बार एक जगह एक व्यक्ति पर आकर ठहर जाता है। गजेंद्र का प्यार ठहर गया था। दुबारा न हुआ, न किया इसलिए उसकी 'A' की शादी होने के बाद गजेंद्र ने तय कर लिया था कि वह कभी शादी नहीं करेगा। यूँ तो इस बात को बेवक़ूफ़ी ही कहा जाएगा या कुछ लोग ऐसा भी कह सकते हैं कि यार ये आदमी तो प्रैक्टिकल ही नहीं हैं। प्रैक्टिकल लोग शायद जो करते हैं वो प्यार होता ही नहीं, बिना थोड़ी-सी बेवक़ूफ़ी और पागलपन के प्यार थोड़े होता है। "प्रैक्टिकल लोग धंधा करते हैं सर जी, प्यार नहीं," गजेंद्र ने ऐसा कभी नहीं कहा, कॉलेज के पास में सिगरेट-चाय बेचने वाला आदमी ऐसा बहुत कुछ कहता रहता था। "हमें देखो प्यार के चक्कर में साला पुणे आ गए, जिसके लिए घर छोड़ा वो साली हमें छोड़कर चली गई, पर प्यार बहुत है सर जी। अब भी लौट आए ना तो उसके लिए सब कुछ छोड़ देंगे!" चाय वाले की प्यार की कहानी सबने कई-कई बार सुन रखी थी इसीलिए उस समय के बहुत-से लड़के-लड़कियाँ प्यार में प्रैक्टिकल हो गए।

मीता प्यार में कुछ ज़्यादा प्रैक्टिकल थी। उसको लगातार प्यार होता रहा और कॉलेज के बाद लॉ प्रैक्टिस शुरू करने के दौरान फ़ाइनली उसे वो आदमी मिला जिससे उसकी तलाश पूरी हुई। पूरी ज़िंदगी उसी एक व्यक्ति तक पहुँचने की यात्रा है। बची हुई ज़िंदगी उसी व्यक्ति से बिछुड़कर दुबारा वैसे ही व्यक्ति तक पहुँचने की यात्रा है। जगह तय नहीं होती शहर नहीं आते, उस एक व्यक्ति तक पहुँचाने वाला कोई मील का पत्थर भी कहीं लिखा नहीं मिलता। जीवन में जीवन की तलाश अनंत है और हर अगला क़दम इकलौता सच। कई बार वो व्यक्ति आसपास से यूँ निकल जाता है

जैसे अनजान भीड़ हो। तय बस इतना है कि वह व्यक्ति पास आता ज़रूर है और आप उस तक पहुँचते ज़रूर हैं। दो लोग एक अदृश्य तार से जुड़े होते हैं। ये अदृश्य तार ईश्वर जैसा कुछ है जो कभी बोलकर जवाब तो नहीं देता, लेकिन कई बार बीच के सवाल गिरा ज़रूर देता है। मीता की यात्रा तो पूरी हुई, लेकिन लंबी नहीं चली। मीता ने इतना डूबकर प्यार कर लिया था कि उसके बाद प्यार कभी हुआ नहीं। वो चाय वाला प्यार को लेकर जैसी सस्ती अनप्रैक्टिकल बातें करता था असल में ठीक वैसा ही प्यार मीता को हुआ। दुनिया में प्यार के लिए सबकुछ छोड़ देने वाले लोग कम होते जा रहे थे, देश की जीडीपी बढ़ती जा रही थी, शेयर मार्केट गिर-गिरकर बढ़ता जा रहा था। दिल वाले इमोजी बढ़ते जा रहे थे। दुनिया में प्रैक्टिकल होते लोगों का परसेंटेज बढ़ता जा रहा था, ख़ुशी की दवाई देने वाले डॉक्टरों के पास महीनों-महीनों वेटिंग थी। सड़कों पर भीड़ बढ़ती जा रही थी, दूरियाँ कम हो रही थीं और मन सुनसान था। दुनिया बदलकर रोज़ नई हो रही थी। लोग पुराने हो रहे थे। पुराने सामानों में ख़ुशी ढूँढ़ रहे थे। सबका कुछ-न-कुछ कहीं खो गया था।

मनोज इन सबमें सबसे प्रैक्टिकल, सबसे तेज़ था। कॉलेज के समय से ही सबको पता था कि मनोज कुछ कर गुज़रेगा, और उसने किया भी।

पूरी दुनिया जीतकर आया हुआ आदमी अपने घर पर हार जाता है और मनोज के साथ यही हुआ। मनोज हर सुंदर जगह घर ख़रीदते-ख़रीदते भूल ही गया था कि घर ख़रीदने से घर नहीं बनता।

एक कॉफ़ी के बाद तीनों अपनी-अपनी दुनिया में थे।

वो होता है न कि हम बोलते कुछ हैं और हमारे मन में बात कुछ और चल रही होती है।

"क्या पार्टनर, कॉलेज आकर ग़लती तो नहीं हो गई?" गजेंद्र ने मज़ाक़िया अंदाज़ में पूछा।

वह कहना चाहता था, 'यार, एक साथ पहले जैसे कितना अच्छा लग रहा है!'

मनोज ने कहा, "अब अगले एक साल तो मीता के भरोसे हैं, आगे पता चलेगा कि कैसा रहा?"

मनोज कहना चाहता था, 'यार, कितने दिनों बाद इतनी फ़ुरसत मिली है, बहुत अच्छा लग रहा है।'

मीता ने अपनी पहली कोल्ड कॉफ़ी का आख़िरी घूँट पिया और बोली, "मैं पहले ही बता रही हूँ कॉलेज के अंदर मैं प्रिंसिपल हूँ, तुम लोगों की दोस्त नहीं!"

मीता कहना चाहती थी, 'यार, तुम लोग बिलकुल भी परेशान मत होना, मैं हूँ।'

तीनों ने वो कहा जो वो कहना नहीं चाहते थे, तीनों ने वो सुना जो वो कहना चाहते थे। दोस्तियाँ समय के साथ ख़ामोश होती चली जाती हैं। बातें बहुत ज़्यादा हो जाती हैं तो शब्द उनको समेट नहीं पाते।

एकदम से मनोज को पता नहीं क्या ध्यान आया, उसने मीता की तरफ़ देखते हुए कहा, "सॉरी यार!"

मीता ने मनोज को देखकर अपनी आँखें छोटी करते हुए कहा, "क्या हो गया बे तुझे?"

'बे' और 'तुझे' मनोज ने ये शब्द अपने लिए सालों बाद सुने थे। सुनकर उसको अच्छा लगा। जबसे वह पुणे आया था तबसे पहली बार उसको ऐसा लगा कि वह अपनी पुरानी दोस्त से मिल रहा है।

इससे पहले कि मनोज कुछ बोलता, गजेंद्र ने कहा, "पार्टनर, क्या हो गया बे तुझे?"

ये सुनकर तीनों हँसे।

मीता ने मनोज के माथे पर हाथ रखकर चेक किया।

"मनोज साल्वे और सॉरी, क्या हुआ बे?"

मनोज थोड़ा सीरियस हो गया।

"यार, इतने साल से तेरे टच में नहीं रहा। तू कैसी है कभी पूछा ही नहीं। इतना कुछ हो गया। कम-से-कम एक बार मिल तो सकता ही था।"

मनोज कभी ऐसे सीरियस नहीं होता था तो एकदम गजेंद्र और मीता चौंके।

मीता ने उसको गले लगा लिया और शरारती अंदाज़ में बोली, "अब ये ड्रामा बंद कर। ग़लती तो की है तूने, लेकिन ठीक है जा माफ़ किया।"

"नहीं यार, सही में..."

मीता ने मनोज को आगे कुछ बोलने नहीं दिया।

तीनों दोस्त कुछ देर ट्रांस में रहे। एक समय जो बीत रहा था और एक समय जो आने वाला था, दोनों समय मिलकर एक हो रहे थे।

मीता ने उठते हुए कहा, "तो कल से कॉलेज शुरू। और मनोज, कोई शिकायत नहीं आनी चाहिए। कॉलेज प्रोफ़ेसर को परेशान नहीं करना। सब बेचारे टेंशन में हैं कि तुम कल से क्लास आओगे।"

22.

हॉस्टल में सुबह की सरगर्मी थी। गैलरी का शोर बढ़ गया था। साशा की रूम मेट, अनुशा हमेशा की तरह जल्दी तैयार हो चुकी थी। अनुशा अपनी फ़ैमिली में पहली लड़की थी जो वकालत पढ़ रही थी। अनुशा लाइफ़ में किसी मिशन पर नहीं थी कि किसी एक वजह से उसे लॉयर बनना है। उसे बाक़ी की सारी पढ़ाइयाँ बहुत बोर करती थीं तो बस 12th के बाद लॉ की तैयारी की, सलेक्शन हुआ और आ गई। सलेक्शन उसका लगभग सभी कॉलेजों में हुआ था, लेकिन पुणे घर के सबसे ज़्यादा दूर था इसलिए यहाँ चली आई।

अनुशा मनोज को अपना आइडल मानती थी। हालाँकि ये बात उसने कभी साशा को ज़ाहिर नहीं होने दी थी। वह आज कॉलेज जाने को लेकर बहुत इक्सायटेड थी कि उसके आइडल आज उसके साथ क्लास में होंगे।

अनुशा आज पहले से जल्दी उठकर रेडी हो रही थी। साशा अपने

बिस्तर पर पड़े-पड़े सोच रही थी कि उसने कॉलेज में रुककर सही किया भी या नहीं।

रूममेट की अक्सर आपस में बहुत कम बात होती है। जिसके साथ दिन-रात का साथ हो उसके साथ बातें ख़त्म हो जाती हैं। अनुशा और साशा दोनों के अपने अलग-अलग ग्रुप थे। दोनों एक-दूसरे के साथ कभी रहती थीं तो कभी एकदम अजनबी की तरह मिलती थीं।

"चलेगी नहीं?" अनुशा ने मोबाइल में अपने चेहरे को देखते हुए पूछा।

साशा अब भी कमरे में चलते पंखे को देख रही थी। उसने कोई जवाब नहीं दिया। अनुशा को भी आगे पूछना सही नहीं लगा।

साशा की नज़र अचानक अनुशा पर गई। वह रोज़ से ज़्यादा देर तक अपने बालों को सही कर रही थी। अपने चेहरे को बार-बार देख रही थी।

साशा को वजह समझ आई, लेकिन उसने कुछ कहा नहीं। अनुशा ने अपना बेस्ट परफ़्यूम लगाया।

"क्लास में मिलते हैं।" अनुशा ने कहा और कमरे से निकल गई।

अनुशा को साशा का जवाब न देना कुछ अजीब नहीं लगा। साशा को अनुशा के अंदर नॉर्मल से ज़्यादा इक्सायटमेंट अजीब लगा।

उसने अपनी माँ को फ़ोन मिलाया।

23.

जीवन में जब सारे डर सच हो जाते हैं तब डर का सामना करने के अलावा कोई और उपाय नहीं होता। डर को एक-एक करके दूर करने के लिए पहला क़दम बढ़ाना होता है। प्रिया को पानी से डर लगता था। पहले जब भी वह गोवा आती थी, तो कभी बोटिंग नहीं करती थी। घर में स्विमिंग पूल होने के बाद भी उसने पानी में कभी क़दम नहीं रखा था।

वह समंदर के किनारे दो-तीन लोगों के साथ खड़ी थी। मन में डर न भी रहे, लेकिन उसकी याद बनी रहती है। उसने फ़ैसला लिया था कि वह अंडरवॉटर स्पोर्ट्स की कोच बनेगी। प्रिया को ऐसी चीज़ चाहिए थी जो करने में उसे डर लगे, घबराहट हो ताकि उसका पूरा ध्यान उस चीज़ पर जाए।

पिछले तीन दिन से वह अपने कोच के पास बाक़ी लोगों के साथ आती और लाख कोशिश के बाद भी पानी में जाने में डर रही थी। वह समंदर को देख रही थी और उसका कोच डेविड उसको देखकर मुस्कुरा रहा था।

"आज क्या मूड है प्रिया?"

डेविड ने उसको वो ताने नहीं मारे थे जो अक्सर लोग मारते हैं।

"अरे इसमें क्या है!"

"कुछ नहीं होगा।"

"अरे हम हैं ना!"

डेविड ने पहले ही दिन प्रिया को बताया था कि समंदर से लड़ना नहीं होता दोस्ती करनी होती है। डर से लड़कर नहीं जीत सकते, उससे दोस्ती करनी होती है। समंदर के साथ समय बिताना दोस्ती की शुरुआत थी। प्रिया का फ़ोन दूर कहीं बज रहा था। समंदर की आवाज़ में फ़ोन की आवाज़ दब गई थी।

24.

क्लास शुरू हो चुकी थी। पिछले कुछ सालों में मनोज की आदत थी, जहाँ जाता था वहाँ उसको लोग पहली सीट पर बैठाते। वह अंदर घुसा और उसके घुसते ही सब लोग खड़े हो गए। उसको अजीब लगा। मनोज ने आगे से पीछे तक पूरी क्लास को देखा और हाथ जोड़कर बोला, "ऐसे मत करो यार तुम लोग, I'm your classmate."

पूरी क्लास में नज़र फेरने के बाद भी मनोज को साशा कहीं नज़र नहीं आई। मनोज कोने में पीछे से दो सीट छोड़कर बैठ गया। सब उसकी सीट पर आकर अपने आप को इंट्रोड्यूस करने लगे।

कुछ ही मिनट में मनोज के चारों ओर घेरा बन गया।

"हाय सर!" किसी ने भीड़ से कहा।

"सर मत बोलो यार, मनोज ठीक है।"

मनोज जो भी बोल रहा था सब मुस्कुरा रहे थे। वह सबके नाम पूछ रहा था। मनोज की फ़ोटोग्रैफ़िक मेमरी बहुत अच्छी थी। उसको एक बार में नाम याद हो जाते थे।

कुछ ही देर में उसको क्लास के नाम याद हो चुके थे। क्लास के लोग पहले से ही मनोज से इतना इम्प्रेस थे। उसको एक बार में सबके नाम याद होना सबको जादू जैसा लग रहा था।

क्लास में प्रोफ़ेसर के आते ही सब अपनी-अपनी जगह जाकर बैठने लगे। अनुशा अपनी जगह बदलकर मनोज के पास आकर बैठ गई। उसने घूमकर मनोज को देखा। मनोज उसको देखकर मुस्कुराया। अनुशा ने थोड़ा-सा पास आते हुए कहा, "मैं अनुशा, साशा की रूममेट।"

अनुशा मुस्कुराई। मनोज ने उसकी बात नोटिस की और प्रोफ़ेसर को देखने लगा।

प्रोफ़ेसर ने अपनी फ़ाइल टेबल पर रखी, चारों ओर देखा।

साशा हड़बड़ाहट में क्लास में घुसी। कॉलेज का रूल था कि अगर आप देर से आते हो तो बिना क्लास डिस्टर्ब किए जाकर अपनी सीट पर बैठ जाओ।

साशा क्लास में घुसते ही बोली, "सॉरी सर!" और अपनी सीट पर जाने लगी।

प्रोफ़ेसर ने उसको रोका, "एक मिनट साशा।"

साशा घूमी, "सॉरी सर।"

प्रोफ़ेसर ने बड़े ही प्यार से पूछा, "साशा, are you sorry ?"

साशा इतने सरल सवाल के लिए तैयार नहीं थी।

प्रोफ़ेसर ने दुबारा पूछा, "Are you really sorry?"

साशा के पास कोई जवाब नहीं था। प्रोफ़ेसर ने साशा को बैठने का इशारा किया।

प्रोफ़ेसर की नज़र कोने में बैठे मनोज पर गई। वह मुस्कुराया।

प्रोफ़ेसर ने कहा, "हेलो सर।"

मनोज और पूरी क्लास हँसी और बाक़ी सब एक साथ बोले, "सर मत बोलो यार!"

साशा आगे वाली सीट पर बैठ चुकी थी। मनोज उसको देख सकता था, लेकिन साशा मनोज को नहीं देख सकती थी। अनुशा अपनी नोटबुक के पीछे वाले पेज पर कुछ डिज़ाइन बना रही थी।

ऐसा माना जाता है कि हम रैंडमली जो चीज़ें अपनी नोटबुक के पन्नों पर बना रहे होते हैं, उनसे हमारे मन के बारे में पता चलता है। साशा ने जो बनाया था वो एक गहरे कुएँ के अंदर आड़े-तिरछे फूल जैसा डिज़ाइन था। मनोज के होने से क्लास में अलग ही माहौल था। साशा अपनी जगह पर सिमटी जा रही थी।

25.

मीता कॉलेज के राउंड पर थी। मीता का होना केवल उसका होना भर नहीं था, उसके होने से जगह कम हो जाती थी। मीता की पर्सनालिटी ऐसी थी कि वह दूर से दिखती। वैसे भी मीता नो नॉन्सेंस पर्सन थी। अगर एक दिन पहले ही किसी की तारीफ़ की हो और अगले दिन वही आदमी कुछ गड़बड़ करता हुआ दिखे तो वह पिछला दिन भूल जाती थी। मीता के आज कॉलेज में राउंड पर निकलने की एक वजह मनोज भी था। वह कॉलेज की हर क्लास में गई, लेकिन शायद जान-बूझकर ही मनोज वाली

क्लास में नहीं गई।

क्लास का राउंड करने के दौरान तमाम लड़के-लड़कियाँ उसको ग्रीट कर रहे थे। उधर बाक़ी कॉलेज निपटाकर और मनोज की क्लास छोड़कर जब वह गजेंद्र की क्लास में पहुँची तो क्लास छूटने ही वाली थी।

गजेंद्र की क्लास वाले मोस्टली लोग सीनियर थे। वह मीता को घेरकर खड़े हो गए थे। उन सबका यही कहना था कि मीता भी उनकी क्लास लिया करे।

मीता ने यूँ तो कॉलेज के काम की वजह से क्लास लेना बहुत कम कर दिया था, लेकिन वह उनको मना नहीं कर पाई।

जब क्लास उसे घेरकर खड़ी थी तभी गजेंद्र ने भी कहा, "मैम, आपको क्लास लेनी चाहिए।"

मीता ने सबसे नज़र बचाकर गजेंद्र को हल्का-सा घूरा था। ऐसे जिससे किसी और को ख़बर न हो।

क्लास के लोग एक-एक करके कम होने लगे। अंत में मीता और गजेंद्र बचे।

वे साथ में लौट रहे थे। वे दोनों मीता के घर पहुँचे।

गजेंद्र ने बहुत ध्यान से मीता का घर देखा। हर एक चीज़ क़रीने से सजी हुई थी। मनोज, गजेंद्र और मीता की एक फ़ेडेड तस्वीर लगी थी। ये वही तस्वीर थी जो कॉलेज के आख़िरी पेपर से पहले मीता ने मनोज और गजेंद्र को दी थी।

26.

क्लास के ब्रेक के तुरंत बाद सब क्लास से निकल रहे थे। मनोज पहले ही निकल गया। साशा क्लास में सबसे आख़िर तक बैठी रही। अनुशा मनोज के पीछे थी। क्लास के बाक़ी लोग अब भी मनोज से बात करना

चाहते थे। लंच ब्रेक एक घंटे का था।

अनुशा ने आगे बढ़कर मनोज से पूछा, "Can we go out in the evening ?" मनोज इस तरह के सवाल के लिए एकदम तैयार नहीं था। वह समझ ही नहीं पा रहा था कि कैसे रीऐक्ट करे। अनुशा ने दुबारा कहा, "यहाँ बात नहीं हो पाएगी।"

मनोज ने उसके हाथ से किताब ली और उस पर अपना नंबर लिख दिया। दूर से देखने पर ऐसा लग रहा था कि मनोज ऑटोग्राफ़ दे रहा है क्योंकि बहुत से लड़के-लड़कियाँ उससे ऑटोग्राफ़ के लिए बोल चुके थे।

मनोज ने अनुशा को नंबर दिया और कैंटीन की तरफ़ आगे बढ़ा। उसको ध्यान आया गजेंद्र का भी ब्रेक हुआ होगा। मनोज भी मीता के यहाँ पहुँच गया। तीनों साथ में खाने के लिए बैठे।

"ये स्पेशल ट्रीटमेंट सब स्टूडेंट्स को मिलना चाहिए।" मनोज ने मज़ाक़ में मीता से कहा।

"अच्छा बेटा!" मीता अब पहले वाली मीता बन चुकी थी।

"अब्बे, वो क्या नाम था यार पार्टनर ?" मनोज ने गजेंद्र से पूछा।

"कौन ?" गजेंद्र ने पूछा।

"अरे वही प्रोफ़ेसर था ना अपना कोई जिससे मिस मीता को प्यार हुआ था। मिस मीता, मिस मीता बुलाता था इसको ?"

"हाँ था तो एक, याद नहीं आ रहा।" गजेंद्र ने दिमाग़ पर ज़ोर देते हुए कहा।

"बहुत मज़ा आ रहा है तुम लोगों को ?" मीता ने मज़ाक़ को मज़ाक़ की तरह लेते हुए कहा।

"अरे तुम ही बता दो ना क्या नाम था, उसका नाम ही मिस मीता रख दिया था।" मनोज मानने को तैयार नहीं था।

गजेंद्र ने सीरियस होते हुए कहा, "वो लॉ की भाषा में चिट्ठी लिखवाई थी ना मुझसे..."

"काफ़ी घटिया आइडिया था वो।" मीता उठी और अलमारी से एक

चिट्ठी लाकर सामने रख दी। मनोज और गजेंद्र चौंके कि अब तक वो चिट्ठी है।

मनोज ने चिट्ठी पढ़नी शुरू की।

"प्रिय प्रोफ़ेसर साहब, आपकी न्यायशास्त्र की व्याख्या ने मेरे अंदर एक आग बुझाई है, और मुझे आपके इस रूप ने आकर्षित किया है। मुझे लगता है कि आपसे वो सब कुछ सीखना चाहती हूँ जो कॉलेज की किताबों में नहीं मिलेगा। मैं अपने दिल की बात प्रस्तावित कर रही हूँ, अगर आपके दिल में भी यही विचार आते हैं। अगर आप इस प्रस्ताव को स्वीकार करने का विचार करते हैं, तो कृपया इसका लिखित जवाब दें, ताकि हम इस साझेदारी को क़ानूनी रूप से स्थापित कर सकें।

आपकी मिस मीता।"

मनोज ज़ोर-ज़ोर से चिट्ठी पढ़ रहा था और तीनों ज़ोर-ज़ोर से हँस रहे थे।

चिट्ठी ख़त्म होने के बाद, मनोज ने पूछा, "ये चिट्ठी में लाल निशान कैसे हैं?"

"प्रोफ़ेसर ने लाल पेन से ग़लतियाँ सही कर दी थीं।"

साशा अब भी क्लास में थी। मनोज लौटकर क्लास में गया। साशा ने मनोज को देखा और अपना मुँह खिड़की की तरफ़ कर लिया। मनोज उसके पास जाकर बैठ गया।

जिस रिश्ते में बातें ख़त्म हो जाती हैं उनको दुबारा शुरू करने के लिए नई भाषा ढूँढ़नी पड़ती है। मनोज को केवल क़ानून की भाषा आती थी। साशा को मनोज की किसी भी भाषा में दिलचस्पी नहीं थी।

दोनों रोना चाहते थे, दोनों के पास रोने के लिए न भाषा थी, न ही आँसू।

27.

अनुशा चार पेग पी चुकी थी, इस ख़ुशी में कि वह मनोज के साथ है। मनोज ख़ुद चार पेग पी चुका था कि अनुशा के बहाने उसे साशा के बारे में जानने को कुछ मिलेगा। अगर अनुशा साशा की रूममेट न होती तो भी क्या मनोज उसके साथ आता? इस सवाल का जवाब थोड़ा मुश्किल है, लेकिन सीधा-सीधा हाँ या ना नहीं है।

मनोज को समझदार और सुंदर महिलाओं की कंपनी पसंद थी। इसलिए वह शायद फिर भी अनुशा के साथ जाता, लेकिन कॉलेज के पहले ही दिन ही गया, इसके पीछे की वजह साशा ही थी। जिस जगह मनोज और अनुशा बैठा थे, वो कॉलेज से काफ़ी दूर थी। अनुशा जानकर मनोज को कॉलेज के पास वाले किसी कैफ़े में लेकर नहीं आई थी।

अनुशा के हाथ मनोज को हाथों पर पड़ रहे थे। मनोज के हाथ अपनी तरफ़ से कोई हरकत नहीं कर रहे थे। कुछ समय बीत चुका था।

"Hey M, मैं आपको M बोल सकती हूँ ना?" मनोज जवाब में मुस्कुरा दिया।

"आपको मेरे अलावा कोई और M बुलाता है?" मनोज इस सवाल के जवाब में भी मुस्कुरा दिया। अनुशा को जवाब चाहिए थे मुस्कुराहट नहीं।

"बताइए ना।"

"नहीं, कोई भी नहीं।"

"ग्रेट, आज से आपका नाम M है, ओके? Say okay."

"Okay."

"गुड, मुझे लगा था आप कभी मेरे साथ ऐसे बाहर नहीं आएँगे। थैंक्स M."

अनुशा अपनी ही धुन में कुछ-न-कुछ बोले जा रही थी। मनोज को

साशा के बारे में जानना था, लेकिन वह कुछ भी पूछ नहीं रहा था।

"M, आप ने एक बार में डिनर के लिए हाँ कर दिया, मुझे पता है मैं इतनी सुंदर हूँ कि आप मुझे मना कर ही नहीं सकते थे।" इससे पहले मनोज कुछ कहता, अनुशा ने फिर कहा, "मुझे पता है कि आप मेरी वजह से मुझसे मिलने नहीं आए हैं। मैं साशा की रूममेट नहीं होती तो आप कभी मेरे साथ नहीं आते, राइट न M ?"

मनोज इस बात का जवाब देकर उसकी शाम बर्बाद नहीं करना चाहता था।

"यू नो M, I'hv never been loved."

"तुम ऐसे क्यों बोल रही हो अनुशा, you are so...." मनोज अभी आगे जोड़ने के लिए सही शब्द ढूँढ़ ही रहा था कि अनुशा ने कहा, "You are so क्या, आगे बोलो M ?"

मनोज ने वेटर को बिल लाने का इशारा किया। मनोज की कार बाहर ही खड़ी थी।

"हम कुछ दूर वॉक कर सकते हैं M ?" अनुशा ने जब ये पूछा तो उसकी आँखें बिल्ली के बच्चे जैसी लग रही थीं।

उन आँखों को कोई मना नहीं कर सकता था। अनुशा ने मनोज के हाथों को ज़ोर से पकड़ रखा था, जैसे पुणे के उस शांत मौसम में कोई तूफ़ान हो जो केवल अनुशा को दिख रहा हो। भीतर के तूफ़ान बाहर के तूफ़ान से ज़्यादा तेज़ आते हैं और ज़्यादा देर तक रहते हैं। अनुशा मनोज में शायद वो प्यार ढूँढ़ रही थी जो उसको अपने पिता से नहीं मिला। पिता से न मिला हुआ प्यार, सारे प्रेमी मिलकर भी पूरा नहीं कर पाते।

मनोज के स्पर्श में वो सब कुछ था जो एक बच्चे का माथा सहलाते हुए होता है।

मनोज ने अनुशा का माथा सहलाया और तूफ़ान कुछ देर के लिए रास्ता भूल गया। अनुशा ने ज़ोर से मनोज को पकड़ लिया।

हम दूसरे के तूफ़ान का रास्ता रोक सकते हैं। इसीलिए दूसरा आदमी

और दूसरी औरत ज़रूरी होते हैं ताकि वे तूफ़ान रोक पाएँ। अकेलापन देखते ही तूफ़ान झपट पड़ता है और उसके भँवर से निकलने में एक उम्र निकल जाती है। अनुशा को उस दिन बिस्तर पर लेटते ही नींद आ गई, उसने नींद में भी मनोज का हाथ पकड़ हुआ था। मनोज चाहकर भी अनुशा से साशा की कोई बात नहीं कर पाया।

28.

रात के 12 बजे रहे थे। मनोज और गजेंद्र कॉलेज कैंपस में टहल रहे थे। नौकरी या कॉलेज का पहला दिन जैसा भी हो, वो आप ज़िंदगी भर भुला नहीं पाते।

"रूममेट है यार वो, तुम्हें नहीं जाना चाहिए था।" गजेंद्र ने कहा।

मनोज भी समझ नहीं पा रहा था कि अनुशा के साथ उसको जाना चाहिए था या नहीं।

"वो साशा को जाकर पक्का बोलेगी। उसे सही नहीं लगेगा पार्टनर। तुम साशा से दोस्ती करने यहाँ आए हो। ये हाई मोरल ग्राउंड लेकर डिग्री-विग्री पूरी करना ये सब बातें मीडिया में अच्छी लगती हैं। तुम वो सब करने थोड़े आए हो।"

मनोज गजेंद्र की इस बात से चौंका क्योंकि असली बात तो यही थी। वरना मनोज कभी कॉलेज लौटा नहीं होता, अगर उसका कॉलेज साशा के कॉलेज से अलग होता।

उसने कॉलेज आने का फ़ैसला अपनी इमेज को सही करने के लिए नहीं बल्कि साशा के क़रीब आने के लिए किया था। उसने अभी तक एक भी काम ऐसा नहीं किया था कि साशा के क़रीब जा पाए।

मनोज के मोबाइल पर अनुशा का मैसेज आया।

'थैंक्स M.' और साथ में एक हग वाला स्माइली बना था। गजेंद्र ने

भी वो मैसेज देखा।

मनोज अगर कोई भी जवाब लिखता तो वो ज़्यादा हो सकता था। उसने कुछ सोचकर गुड नाइट लिखा और भेज दिया।

"मुझे लगा कि रूममेट है इसलिए साशा को समझने में मुझे मदद मिलेगी।" मनोज ने कहा।

"बिलकुल मिलेगी, मदद लो, लेकिन नई प्रॉब्लम में मत फँसो यार पार्टनर।"

गजेंद्र टहलते हुए एक बेंच पर बैठ चुका था। मनोज अब उस बेंच के आसपास चक्कर लगा रहा था।

तभी अनुशा का एक और मैसेज आया।

'Only 'good night' is so boring M.'

मनोज ने मोबाइल गजेंद्र की ओर बढ़ाया। गजेंद्र मैसेज देखकर ज़ोर से हँसा।

"एक और नई प्रॉब्लम मुबारक हो पार्टनर!"

मनोज ने इस मैसेज का कोई जवाब नहीं दिया।

"अच्छा वो बैच वाले सिंघड़ फ़ोर्ट का दो दिन का प्लान बना रहे हैं। सभी को जाना है। तुम्हारा बैच भी चलेगा न?" मनोज ने पूछा।

"हाँ आज कुछ बता तो रहे थे। हम लोग क्या करेंगे पार्टनर। दो बुड्ढे बैठकर बोर होंगे।"

"मुझे लगता है साशा से बात वहीं हो पाएगी।"

"हाँ, लेकिन..." गजेंद्र बोलते हुए रुका और फिर कहा, "यार अनुशा से दूर ही रहो।"

मनोज ने हाँ में सिर हिलाया। दोनों अपने-अपने कमरे की ओर बढ़ गए।

कुछ देर बाद मनोज वहीं लौट आ गया। वह कुछ समय अकेला चाहता था। धीरे-धीरे कॉलेज का शोर कम होता जा रहा था। मनोज कभी बेंच पर बैठता, कभी चलने लगता। उसके मन में बार-बार प्रिया की बात

चल रही थी। क्या सही में वह बुरा इंसान था जिसको अपने अलावा कुछ नहीं सूझता था या फिर उसके दिमाग़ में कुछ ऐसा चल रहा था जो उसके आसपास वाले अभी समझ नहीं पा रहे थे।

29.

अनुशा अपने मोबाइल को ताके जा रही थी कि शायद मनोज का कुछ रिप्लाई आए। कुछ देर तक बेसब्री से देखने के बाद उसने मोबाइल को कुछ दूर रख दिया और किताब खोलकर बैठ गई। साशा अपने लैपटॉप में कुछ प्रोजेक्ट का काम कर रही थी।

"मैं M के साथ आज मलाका स्पाइस गई थी।" अनुशा ने यह बात हवा में छोड़ दी।

साशा ने कोई जवाब नहीं दिया।

अनुशा ने फिर से कहा, "मैं M के साथ आज मलाका स्पाइस गई थी।"

साशा ने ग़ुस्से से अपना लैपटॉप बंद किया, "तो मैं क्या करूँ? तुम कहीं भी जाओ, किसी के भी साथ जाओ, मैंने पूछा है?"

"तुम इतना ग़ुस्सा क्यों हो उनसे। He seems to be a nice guy."

अब साशा को पूरी तरह ग़ुस्सा आ चुका था। कई बार अपनों की तारीफ़ बर्दाश्त नहीं होती। अनुशा ने अगर मनोज की बुराई की होती तो शायद साशा झेल जाती।

"आगे से कभी उनका ज़िक्र मेरे सामने मत लाना।"

"बट..."

"नहीं, अनुशा नहीं। तुम्हें जो करना है करो मुझे मत बताओ और हाँ एक चीज़ और I don't like M, उनका नाम मनोज है।"

अनुशा को शायद नहीं बताना चाहिए था। या उसने शायद इसीलिए साशा को बताया क्योंकि उसको ख़ुशी बर्दाश्त नहीं होती थी। साशा को मनोज से नफ़रत है ये बात सबको पता थी, लेकिन वह अपने पापा को किसी से शेयर नहीं करना चाहती थी। इसीलिए उसको M पसंद नहीं आया।

अनुशा नशे में नहीं होती तो भी शायद यह बात बोलती। साशा ग़ुस्से में न भी होती तो भी शायद ऐसे ही बोलती।

30.

मनोज जब कमरे में घुसा तो धुएँ के बादल को हटाने के बाद बाबा पवि रंजन नज़र आए। बाबा पवि रंजन एकदम मस्त होकर कुछ ज्ञान बालक लोगों को दे रहे थे। मनोज को देखकर बाबा एक सेकंड के लिए रुके, लेकिन फिर चालू हो गए।

"देखो बे, कुछ रखा नहीं है लाइफ़ में। सब बोल-बचन है। आदमी मरता है तो साला कपड़े तक उतार लिए जाते हैं बे, बस यही बोल-बचन साथ जाता है। हम लोगों की औक़ात कुछ नहीं है बे। पैदा होना है, बकचोदी करनी है और मर जाना है। अपने को सीरियसली लेने का नहीं। पूरी दुनिया में हम कुछ उखाड़ नहीं रहे हैं बे। सोचो बे, पता है एक रीसर्च हुई है। अमरीका में, ख़ाली हैं साले, रीसर्च करते हैं। वहाँ साला चाय की टपरी का कॉन्सेप्ट होता तो बकचोदी से टाइम नहीं मिलता, ख़ैर रीसर्च में पता चला है कि कोई भी जानवर अपनी जात वाले जानवर को नहीं मारता। शेर ख़ुद शेर को नहीं मारता। बस एक आदमी ही है जो आदमी को मारता है। सब खेल है बे, मज़ा लो बस, कुछ रखा नहीं बे। सब बक... बोल-बचन है।" मनोज को सुनता देख बाबा ने अपनी बात को सेंसर करने की नाकाम कोशिश की।

मनोज ध्यान से सुन रहा था। मनोज को देखकर बेड पर बैठे भक्तगण उठकर जाने लगे। बाबा पवि रंजन अपनी टेबल के ऊपर कुर्सीनुमा सिंहासन पर अब भी बैठे हुए थे।

बाबा का ध्यान अब मनोज पर गया। उसने कश खींचकर मनोज की ओर बढ़ाया।

मनोज ने कश लिया। बाबा ने मनोज से सवाल किया, "बाबा, जीवन क्या है? क्या लगता है?"

मनोज को इस सवाल की उम्मीद नहीं थी।

"दो मिनट पहले तो जीवन के बारे में तुम कुछ कह रहे थे। इतने कनविक्शन से कह रहे थे कि सही ही लग रहा था।" मनोज ने जवाब देते हुए एक और कश लिया।

"अरे बाबा, वो तो मैं बोल-बचन करता हूँ इन लौंडों के साथ। मैं ख़ुद ढूँढ़ रहा हूँ जीवन क्या है।" बाबा पवि रंजन ने कश वापस खींचते हुए कहा।

"सोता हूँ, सुबह जल्दी उठना है।" मनोज ने बिस्तर पर लेटते हुए कहा।

बाबा पवि रंजन थोड़ा-सा रूठकर अपने बेड पर आ गए और रजनीश ओशो की किताब खोलकर पढ़ने लगे।

मनोज ने करवट लेते हुए कहा, "कल कमरा साफ़ कर देना। गंदा हो गया है।"

बाबा पवि रंजन, ओशो की किताब में जीवन के गूढ़ मतलब खोजते हुए डिस्टर्ब नहीं होना चाहते थे। इसलिए उन्होंने एक कान में हेड फ़ोन घुसाकर, लिंकिंग पार्क का गाना 'In the end, it doesn't event matter' फुल वॉल्यूम में चला दिया। कमरा एकदम सलीक़े से बिखरा हुआ था। मनोज को लाइट की वजह से नींद नहीं आ रही थी। उसने उठकर बाबा पवि रंजन का टेबल लैंप जला दिया और कमरे की लाइट बंद कर दी। अब धुएँ में एक चेहरा किताब पढ़ रहा था। बाबा लाल-पीले-हरे रंग

के पेन से किताब में निशान लगा रहे थे। मनोज ने सोने से पहले अपनी चद्दर से झाँककर बाबा को देखा। वह हल्के-से मुस्कुराया और करवट लेकर सो गया।

31.

अकेला आदमी आसमान के तारों से अपना अकेलापन बाँट लेता है। तारों के लिए ये कोई नई बात नहीं है। दुनिया के लिए अकेलापन कोई नई बात नहीं। पर हर आदमी का अकेलापन अपने-आप में नया होता है। हमारा अकेलापन ही हमें दूसरों से अलग से बनाता है।

साशा को नींद नहीं आ रही थी। वह हॉस्टल की बालकनी में बैठी हुई आसमान देख रही थी। उसका ग़ुस्सा अब फ्रस्ट्रेशन में बदलता जा रहा था।

"मुझे भी नींद नहीं आ रही।" एकदम से साशा का ध्यान अनुशा की आवाज़ से टूटा। साशा ने उसकी बात को अनसुना कर दिया।

अनुशा ने एक सिगरेट जलाकर साशा की तरफ़ बढ़ाई। अनुशा साशा के पास आकर बैठ गई।

अब आसमान दो लोग देख रहे थे। उन दोनों का अकेलापन मिलकर कम नहीं दोगुना हो चुका था।

"मेरी फ़ैमिली में कभी कोई बाहर पढ़ने नहीं आया। मैं पहली हूँ जो लड़-झगड़ कर पढ़ने आई। मुझे भी अपने पापा से नफ़रत थी। हम जिससे बहुत ज़्यादा नफ़रत करते हैं, उसके जैसा ही बन जाते हैं। जब वो मरे तब मुझे उनपर बहुत ग़ुस्सा आया कि मैं उनसे अब और ज़्यादा नफ़रत नहीं कर पाऊँगी। डीप डाउन मेरी ये नफ़रत ही मेरा प्यार है।" अनुशा ये बातें साशा से बोल रही थी या ख़ुद से उसको नहीं पता था। पिछले दो सालों से वे दोनों रूममेट थीं। उनको शायद ये पता ही नहीं था। वे अलग-अलग होकर भी एक ही थीं, उनकी अपने बाप के प्रति नफ़रत उनको एक जैसा

बनाती थी। अनुशा ने ये बातें कभी साशा को नहीं बताई थीं।

साशा सुनती रही। ऐसी बातें सुनने के बाद बस चुप हुआ जा सकता है। साशा चुप थी। उसके पास बोलने को बहुत कुछ था, लेकिन उसने कुछ कहा नहीं। अनुशा ने साशा के कंधे पर अपना सिर रख लिया। अपने जैसा दुःख दिखने पर कतरा भर सुख आता है। साशा को कंधे भर सुख महसूस हुआ। अनुशा ने कंधे भर दुःख को मन से हल्का कर लिया।

बहुत देर चुप रहने के बाद साशा ने कहा, "I'm sorry."

अनुशा ने जवाब दिया, "I'm sorry."

तारे अपना काम कर चुके थे। अकेलापन कुछ देर के लिए बहता हुआ बादल हो चुका था। रात अपनी धूल झाड़कर सुबह होने वाली थी।

32.

प्रिया सुबह-सुबह शांत समंदर को ध्यान से देख रही थी। उसका कोच डेविड भी साथ बैठा हुआ था। सूरज उगने को था। अभी दिख नहीं रहा था। समंदर शांत था जैसे उसने दोस्ती के लिए हाथ बढ़ा दिया हो। प्रिया ने समंदर की तरफ़ चलना शुरू किया, समंदर ने प्रिया की ओर चलना शुरू किया। प्रिया ने समंदर को छुआ, समंदर ने प्रिया को। प्रिया ने दो-चार बार पानी को छूकर देखा, समंदर ने प्रिया को उतने ही प्यार से छुआ।

डेविड किनारे पर बैठा हुआ था। वे दोनों को देखकर मुस्कुरा था।

कुछ देर में प्रिया और समंदर आपस में इक्कल-दुक्कल खेल ही रहे थे कि अचानक प्रिया का पैर फिसला, वह पानी में गिरी। उसकी नाक में पानी गया और वह घबरा गई। डेविड तुरंत आया। प्रिया की नाक और मुँह में पानी जाने से वह घबरा गई थी। डेविड ने आकर उसको सँभाल लिया। प्रिया की समंदर से दोस्ती एक क़दम आगे बढ़कर दो क़दम पीछे आ चुकी थी।

33.

क़दम-से-क़दम मिलाते हुए मीता और मनोज पुणे की सड़कों पर टहल रहे थे। उनका हर एक क़दम साथ पड़ रहा था। वे दोनों अच्छा-ख़ासा भाग चुके थे। दोनों पसीने में डूबे हुए थे। सामने सड़क पर पेड़ के पीछे से सूरज एकदम तरोताज़ा होकर सुबह से अपना मुँह धुल रहा था।

"I like this name M." यह कहकर मीता बहुत ज़ोर से हँसी।

"अरे यार, पूरी बात बता दी तो तुम मज़ाक़ उड़ाओ!" मनोज ने झेंपते हुए कहा।

"बात छुपाने की तो तुम सोचना भी मत। पूरे कॉलेज में मेरे जासूस हैं। मुझे सब पता चलता रहता है।"

"वैसे सही में मेरा रूम नहीं बदल सकता क्या?"

"क्यों क्या हुआ, बाबा लड़का तो तेज़ है।"

"तेज़ नहीं बहुत तेज़ है, उसकी कुछ बातों से मुझे अपने दिन याद आते हैं।"

"तो बढ़िया है न, यही पुराने दिन याद करने ही तो आए हो तुम।"

"नहीं यार, मैं कॉलेज करने नहीं आया।" मनोज की ये बात सुनकर मीता चौंकी।

"फिर क्यों आए हो?"

"मैं साशा से दोस्ती करने आया हूँ। I don't want to lose her."

"तुम ये केवल कह रहे हो। तुम अनुशा के साथ बाहर गए थे। उसको पता चलेगा तो उसे बुरा लगेगा।"

"मुझे मालूम है, अनुशा उसे बता देगी।"

"फिर क्यों किया तुमने ये?"

मनोज ने अपनी आँखों में सूरज भरते हुए कहा, "मैं चाहता हूँ वो मुझसे आकर झगड़ा करे।"

"मनोज, वो तुमसे पहले से ही बहुत हर्ट है, ऐसा कोई भी काम मत करना कि दूर ही हो जाए।"

दोनों कुछ देर बिना बात किए चलते रहे।

"वैसे तुमने कभी किताब लिखने का सोचा है?"

मनोज को ऐसे सवाल की उम्मीद नहीं थी, "नहीं, क्यों?"

"तुम्हें किताब लिखनी चाहिए, How to be a bad father and a bloody good lawyer?"

मनोज ये नाम सुनकर बहुत ज़ोर से हँसा, "अब तक तो नहीं सोचा था, लेकिन अब लिखूँगा।"

"प्लीज़ किताब का नाम यही रखना।"

"किताब का नाम मैंने सोच लिया है।"

"क्या?"

"How to be a good father?"

"कोई नहीं पढ़ेगा।"

"As if I care."

मीता ने थोड़ा सीरियस होते हुए कहा, "मनोज, साशा से सीधे बात करने की कोशिश करो। अच्छा हाँ, एक चीज़ तो मैं भूल ही गई। पेपर होने वाले हैं।"

"अच्छा तो मेरे टॉप करने का टाइम आ गया है।"

"रहने दो तुमसे नहीं होगा, ये बच्चे बहुत तेज़ हैं।"

34.

कॉलेज का काम तो यही है कि आपको रियल लाइफ़ के लिए तैयार करे। बावजूद इसके पूरे कॉलेज में सब एक ही जैसा लेक्चर अटेंड करके भी अलग-अलग तरीक़े से तैयार होते हैं। मीता कॉलेज को अपनी स्टाइल

से रियल लाइफ़ सिचुएशन के लिए तैयार करने के लिए अक्सर यूँ ही एक हफ़्ते के नोटिस पर पेपर अनाउंस कर दिया करती। साल के नंबर ऐसे ही छोटे-छोटे टेस्ट के नंबर को जोड़कर बनते थे। उसने वो पुराना तरीक़ा छोड़ दिया था जिसमें साल भर मौज-मस्ती करने के बाद भी फ़ाइनल पेपर से पहले मेहनत करके अच्छे नंबर लाए जा सकते थे। अब अच्छे नंबर लाने के लिए आपको साल भर के टेस्ट में अच्छा परफ़ॉर्म करना पड़ता था।

पेपर का अनाउंस होते ही कॉलेज का माहौल एकदम से बदल जाता। रोज़ शाम को डिनर के बाद टहलने वाले लोग अब कमरों में दिखते। नोट्स के लिए भागा-दौड़ी शुरू हो जाती। कोई भी टाइम वेस्ट करना नहीं चाहता।

ये नंबर इसलिए भी ज़रूरी होते क्योंकि बड़ी-से-बड़ी लॉ फ़र्म इन्हीं नंबर के बेसिस पर शॉर्टलिस्ट करती और ऑफ़र देती।

मनोज को कॉलेज जॉइन किए ज़्यादा दिन नहीं हुए थे, लेकिन वह पेपर के लिए एकदम तैयार था।

पिछले दो साल का ट्रैक रिकॉर्ड यही था कि कभी पढ़ता हुआ न दिखने के बाद भी बाबा उर्फ़ पवि रंजन की रैंक एक आती थी। सेकंड नंबर पर साशा थी और तीसरे नंबर पर लोग बदला करते थे।

पूरा कॉलेज जब तैयारी में था तो मनोज रोज़ शाम को गजेंद्र के साथ टहला करता। अनुशा कभी-कभार उसको रास्ते में मिल जाती और किसी-न-किसी चीज़ को समझने के बहाने उससे बात करती। मनोज कोशिश करता कि ये बातचीत लंबी न चले। लेकिन अनुशा चाहती कि ये बातचीत लंबी चले। गजेंद्र भी जान-बूझकर वहीं बना रहता।

मनोज ने एक भी दिन किताब उठाकर नहीं देखी।

पेपर शुरू हुए। साशा आदतन सबसे आख़िर में क्लास में पहुँची। सिटिंग अरेंजमेंट ऐसा था कि साशा की सीट मनोज के एकदम पड़ोस में पड़ी। पेपर शुरू होने में मुश्किल से पाँच मिनट बचे थे। साशा ने मनोज को देखा। मनोज ने साशा के बैठते ही कहा, "ऑल द बेस्ट!"

साशा ने कोई जवाब नहीं दिया।

पेपर का टाइम हो चुका था। पेपर बँट चुके थे कि तभी सबसे आख़िर में बाबा आराम से क्लास में घुसे। क्लास में एक उन्हीं की सीट ख़ाली थी। हर कोई पेपर देखकर हैरानी में था, लेकिन बाबा एकदम आराम से अपनी सीट की ओर बढ़ रहे थे।

अपनी सीट पर बैठने के बाद बाबा ने आसपास देखा। मनोज की सीट पास ही में थी।

बाबा ने मनोज की ओर देखा और कहा, "ऑल द बेस्ट बाबा!"

मनोज मुस्कुराया। हर कोई पेपर में डूब चुका था। पेपर दो घंटे का था। मनोज ने पेपर डेढ़ घंटे में किया और कॉपी जमा कर दी। मनोज को पेपर जमा करते हुए पूरी क्लास ने देखा। बाबा को पहली बार हल्की-सी बेचैनी हुई। मनोज के पेपर जमा करने के पाँच मिनट बाद बाबा ने पेपर जमा कर दिया। बाबा के पाँच मिनट बाद साशा ने पेपर जमा कर दिया। पूरी क्लास हैरानी से ये सब देख रही थी।

अगले दिन मनोज ने फिर से साशा से पेपर शुरू होने से पहले कहा, "ऑल द बेस्ट!" उसने कोई जवाब नहीं दिया।

आज सबसे पहले बाबा ने पेपर जमा किया।

अगले कुछ दिन साशा, बाबा और मनोज में सबसे पहले पेपर जमा करने की होड़ लग गई। ख़ैर, पेपर ख़त्म हुए। और कॉलेज की तरफ़ से हर साल की तरह दो दिन और दो रातों के लिए सिंघड़ फ़ोर्ट में ट्रेक का प्लान बना।

ये ग्रुप ट्रैवल हर साल होता था। हर बार जगह बदल जाती थी। पहले स्टूडेंट को कॉलेज जॉइन करने के तुरंत बाद साथ में ट्रैवल पर भेज दिया जाता था ताकि कॉलेज शुरू होने से पहले लोग एक-दूसरे को जान जाएँ।

मीता ने आकर ये ग्रुप ट्रैवल हर साल कर दिया था। ये ग्रुप ट्रैवल कंपलसरी था। इसको स्किप करने का कोई ऑप्शन नहीं था।

35.

पूरी बस भर चुकी थी। बस पूरे बैच से दो लोग बस में नहीं थे। एक साशा और दूसरे बाबा पवि रंजन। मीता केवल फ़ाइनल ईयर वालों के साथ ट्रिप पर जाती थी। बाक़ी लोगों के ट्रिप पर वह केवल एक लेक्चर लेने के लिए जाया करती थी।

मीता अपने घर से बाहर निकल रही थी और गेट पर साशा थी।

मीता साशा के गेट पर होने की वजह समझ चुकी थी। इससे पहले कि साशा मीता पर कोई इमोशनल प्रेशर बनाती...

"साशा, ट्रिप कैंसल नहीं होगी।"

"लेकिन मैम..."

"नहीं, see you in 15 minutes."

मीता ने कभी साशा से इतना कड़े रुख़ में बात नहीं की थी। साशा को समझ आ गया था कि जाने के अलावा कोई और ऑप्शन नहीं है।

उधर मीता जब बस के पास पहुँची तो मनोज की कार पास में ही खड़ी थी।

"तुम भी मेरे साथ कार से चले चलो।" मनोज ने कहा।

"अरे हाँ, ये तो बहुत अच्छा रहेगा।" मीता ने कहा

मनोज कार की ओर बढ़ने लगा।

"लाओ चाभी दो, कार मैं चलाऊँगी।" मीता ने हाथ बढ़ाया।

ड्राइवर ने चाभी मीता को दी और मीता ने चाभी अपने बैग में डाल ली और मनोज की ओर घूरा।

"तुम बाप-बेटी का प्रॉब्लम क्या है ?" मीता ने ये बात कही तो अपने-आप से, लेकिन इतनी ज़ोर से कही ताकि मनोज को सुनाई पड़ सके।

मनोज को समझ आ चुका था। मीता की जगह कोई और होता तो मनोज कभी नहीं मानता।

वह बिना कुछ कहे अपना बैग लेकर बस में चढ़ गया।

जब वह चढ़ रहा था तो मीता ने मुस्कुराते हुए कहा, "गुड बॉय!"

मनोज ने घूमकर मीता को घूरते हुए देखा।

पीछे से बाबा पवि रंजन शर्ट पहनते हुए, एक बैग टाँगे हुए, सिगरेट को धीरे-धीरे पीते हुए और उससे भी धीरे चलते हुए आ रहे थे।

फ़ोन जेब में अब भी बज रहा था, लेकिन उससे बाबा को कोई फ़र्क़ नहीं पड़ रहा था। बाबा के हाथ में रजनीश की किताब थी।

मीता ने उसको हाथ से इशारा किया तब बाबा ने थोड़ा तेज़ चलना शुरू किया।

मीता ज़ोर से चिल्लाई, "रन!"

तब बाबा ने थोड़ा और तेज़ चलना शुरू किया। बाबा की जो स्पीड थी उसको किसी भी लिहाज से रन कहना तो उचित नहीं होगा, लेकिन इतना तय है कि बाबा के चेहरे के रंग से पता चल रहा था कि बाबा शायद उससे ज़्यादा तेज़ अभी तक अपनी लाइफ़ में नहीं चले थे।

बस में सब बैठ चुके थे। साशा अभी तक नहीं आई थी।

उधर बाबा ने बैठते ही कहा, "इतनी जल्दी काहे बुला लिए, अभी तो सब आए भी नहीं हैं।"

बाबा यह कहते हुए बस की सबसे पीछे की सीट पर लेट चुके थे।

मनोज सबसे आगे की सीट पर बैठ चुका था। अनुशा मनोज के जस्ट पीछे वाली सीट पर बैठी थी। बाक़ी प्रोफ़ेसर अपनी-अपनी जगह ले चुके थे। मीता अब भी बाहर थी। बस स्टार्ट हो चुकी थी। एसी ने ठंडा करना शुरू कर दिया था। सभी को नाश्ते का पैकेट बँटना शुरू हो चुका था। साशा अभी तक नहीं आई थी।

मीता ने ग़ुस्से में बस को बढ़ाने को कहा। मनोज को चिंता हुई, लेकिन उसने कुछ कहा नहीं। वैसे भी उसे मीता के ग़ुस्से का पता था। जब वह ग़ुस्से में होती है तो कुछ भी कर सकती है।

मीता ने हॉस्टल की वार्डन को फ़ोन किया।

वार्डन जब कमरे में गई तो साशा अपना सामान पैक कर रही थी।

कुछ देर में साशा वार्डन के साथ आते हुए दिखाई दी। साशा के चलने में तेज़ी थी। पूरी क्लास शांत थी। उन्होंने मीता को कभी इतने ग़ुस्से में नहीं देखा था।

मनोज बस की खिड़की से साशा को आते हुए देख रहा था। साशा जैसे ही बस के पास आई और बस में चढ़ने ही वाली थी कि मीता ने कहा, "तुम मनोज के साथ बैठोगी।"

साशा के चेहरे के भाव अब ग़ुस्से से फ्रस्टेशन में बदल चुके थे।

उसने ऐसा काम कर दिया था कि बिना बात माने मीता नाराज़ हो जाती और वह मीता को नाराज़ करना नहीं चाहती थी। मीता ने हमेशा ही साशा का ख़याल रखा था। अपनी लेट आने वाली हरकत पर वह ख़ुद शर्मिंदा थी।

साशा अंदर आकर मनोज के पास बैठ गई। मीता कुछ देर तक बस की दूसरी तरफ़ देखते हुए बस में घुसी।

लोग ब्रेकफ़ास्ट कर चुके थे। कुछ लोग नींद में जा चुके थे। अनुशा जगी हुई थी। उसकी नज़र हर समय मनोज पर थी। बाबा पीछे वाली सीट पर बैठकर शिवाजी के सिंघड़ फ़ोर्ट की कहनियाँ सुना रहे थे।

बाबा के ज्ञान का दायरा केवल लॉ तक सीमित नहीं था।

पुणे से सिंघड़ फ़ोर्ट की दूरी क़रीब डेढ़ घंटे की थी। ये साशा की ज़िंदगी के सबसे लंबे डेढ़ घंटे होने वाले थे।

बस ने चलना शुरू किया। मीता बस में बीच में जाकर बैठ गई।

कुछ लोग एक नींद ले चुके थे। साशा खिड़की से बाहर देख रही थी। मनोज साशा को देख रहा था। एक समय बीत रहा था, एक समय ठहरा हुआ था। एक समय रुकने को था। तीन समय मिलकर एक हो रहे थे।

36.

प्रिया और डेविड साथ में टहल रहे थे। डेविड की उम्र क़रीब पैंतीस साल थी। प्रिया की उम्र लगभग पचास साल।

"जब मैं क्लास 10th में रही होऊँगी, तब तुम पैदा हुए होगे।" प्रिया ने मज़ाक़ में कहा।

"जब मैं 55 साल का होऊँगा तो आप केवल 70 साल की रहेंगी। उम्र को खींच दो तो उनके बीच का अंतर कम दिखने लगता है।" डेविड ने मज़ाक़ का जवाब मज़ाक़ में न देते हुए कहा।

प्रिया उसकी बात पर सोचने लगी कि कभी उसने अपनी लाइफ़ को ऐसे देखा ही नहीं था।

उसकी पूरी ज़िंदगी के केवल दो सिरे रहे थे- मनोज और साशा- और अब गोवा आकर, डेविड के साथ समंदर से दोस्ती करते हुए उसे अपनी ज़िंदगी का भटका हुआ सिरा हल्का-हल्का दिखना शुरू हुआ था।

डेविड को प्रिया के साथ अच्छा लगता था। प्रिया को डेविड के साथ अच्छा लगता था। किसी से मिलकर अच्छा लगना कैसा होता है, ये बात प्रिया भूल चुकी थी।

ज़िंदगी की आधी से ज़्यादा याद रखने लायक़ चीज़ें हम भूल जाते हैं। भूलने का ये मतलब नहीं कि आदमी अधूरा है, भूलने का बस इतना मतलब है कि वो सबकुछ पास में ही है, बस हमारी नज़र उस पर नहीं है।

डेविड और प्रिया के बीच समंदर बोल रहा था इसलिए वे दोनों चुप थे।

37.

बस को चले हुए आधा घंटा बीत चुका था। मनोज और साशा अभी तक चुप थे। एक वकील जो पूरी दुनिया की बोलती बंद कर देता था, उसकी बोलती बंद थी। एक लड़की जो समझदार थी, वह अपने ग़ुस्से से बार-बार हार जा रही थी।

बस में पीछे से अंताक्षरी की आवाज़ आना शुरू हुई। गाने सुनाई पड़ रहे थे। मीता के दोनों तरफ़ के हिस्से दो टीम हो गए थे। एक के बाद एक गाने बज रहे थे। हर सुने हुए गाने से हमारी एक याद जुड़ी होती है।

साशा कुछ देर के लिए उस गाने के सहारे एक ऐसे समय में पहुँच गई जिसका पता वह भूल चुकी थी।

साशा सात साल की हो चुकी थी।

"पापा नहीं, मुझे मम्मी बोला करो।"

"लेकिन आप तो मेरे पापा हो ना?"

"हाँ, लेकिन मुझे मम्मी ज़्यादा पसंद है।"

"क्यों पसंद है?"

"क्योंकि तुम मम्मी को 100 प्यार करती हो और मुझे 99। इसलिए मुझे मम्मी बोला करो।"

"एक नंबर आपका हमेशा कम रहेगा। अगर आप मम्मी हो जाओ तो भी।"

"क्यों क्यों क्यों साशा?"

"क्योंकि आप मम्मी हो ही नहीं सकते।"

"क्यों नहीं हो सकता?"

"क्योंकि मम्मी ने मुझे पेट में रखा था। जो पेट में रखता है उसके नंबर हमेशा ज़्यादा होते हैं, ठीक है!"

इस एक नंबर के लिए रोज़ मनोज और साशा की नोक-झोंक होती। मनोज हमेशा एक नंबर से हार जाता। प्रिया दोनों की बातों से ख़ुश होती। बच्चों के होने से ख़ुशी कोई आसानी से मिलने वाली चीज़ लगती है। बच्चों से दुनिया शायद अब तक रहने लायक़ बची थी।

मनोज जब भी कोई खिलौना साशा को दिलवाता तो साशा बेचारी कन्फ़्यूज़ हो जाती। मनोज हमेशा पूछता, "पहले बताओ 99 या 100?"

साशा पहले आसपास देखती कि प्रिया कहाँ है, फिर मनोज के गाल पर पंद्रह-बीस बार पुच्ची रखकर धीरे से कान में कहती, "पापा, प्लीज़ आपको कर दिया न प्यार, लेकिन मम्मी ही 100 है।"

प्रिया दूर से ये देखकर हँसती, मनोज 99 में ख़ुश था। अगर आज वह साशा से पूछता कि उसके नंबर कितने हैं तो साशा न असली नंबर बता पाती न ही मनोज सुन पाता।

बच्चे शिकायत के साथ बड़े होते हैं या यूँ कह लें जिन बच्चों को अपने माँ-बाप से, दुनिया से शिकायत नहीं हुई तो वे कभी बड़े हुए ही नहीं। एक उम्र में हम समझने लगते हैं कि ये माँ-बाप अपनी जगह सही हैं, लेकिन हमारे लिए क्या सही है, हम ख़ुद तय करेंगे। भीतर का विद्रोह ही है जो घिसी-पिटी दुनिया को नया कर देता है।

साशा को सफ़र में हमेशा नींद आ जाती थी। अपनी पूरी कोशिश के बाद भी वह अंताक्षरी के गाने सुनते हुए सो चुकी थी। उसका सिर मनोज के कंधे पर था।

मीता टहलते हुए आगे आई। उसने साशा का सिर मनोज के कंधे पर देखा तो धीमे से मुस्कुराई। मनोज के कंधे कब से साशा के सिर के इंतज़ार में थे।

साशा को वैसी गहरी नींद कुछ सालों से नहीं आई थी। मनोज के कंधे पर सिर रखी साशा अब पाँच साल की हो चुकी थी और मनोज उम्र के उस पड़ाव पर था जब वह पीछे जाकर सब कुछ सही करना चाहता था।

ज़िंदगी में पीछे जाकर सब सही हो सकता होता तो मनोज ने सबसे पहले सब सही कर लिया होता। ज़िंदगी में आगे बढ़कर ही सब सही किया जा सकता है।

मनोज चाहता था कि सिंघड़ फ़ोर्ट कभी न आए। उसने ये मनाते हुए अपनी आँखें बंद कर लीं। मीता ने धीरे-से उनकी एक तस्वीर खींच ली, लेकिन वो तस्वीर भेजी नहीं।

सफ़र अच्छा हो या बुरा, कभी-न-कभी ख़त्म होता ही है। साशा की जब नींद खुली तब तक मनोज नींद में था। साशा हैरान थी कि वह इतनी तरोताज़ा कैसे है। उसने सोते हुए मनोज को देखा। आख़िरी बार उसने मनोज को इतने ध्यान से कब देखा था, उसे याद नहीं था।

मौसम ठंडा हो चुका था। बस की खिड़की पर बरसात की बूँदें एक कहानी लिखने की कोशिश कर रही थीं। साशा ने सिर फिर से मनोज के कंधे पर टिका दिया।

38.

सिंघड़ फ़ोर्ट से पहले एक कैंप लगा हुआ था। इस कैंप को चलाने वाले आर्मी के रिटायर्ड कुछ लोग थे। ये अलग-अलग कॉलेज और कंपनी के लोगों को ट्रेनिंग दिया करते थे।

जब बस वहाँ पहुँची तो हल्की-हल्की बारिश हो रही थी। पहुँचने के बाद सबने चाय पी, उसके बाद सबको एक लाइन में खड़ा कर दिया गया।

सबको एक से लेकर चार तक नंबर बोलने को कहा गया। अब पूरी क्लास चार हिस्से में बँट चुकी थी। टीम एक से लेकर टीम चार तक। अगले दो दिन ये टीम ऐसे ही रहने वाली थी।

साशा और मनोज की टीम एक ही थी। मीता टीम दो का हिस्सा थी। हर टीम को अपना एक टीम लीडर चुनना था। बाबा भी मनोज और साशा

की टीम में था।

बाबा क्लास भले टॉप करता हो, बाक़ी सभी कामों में वह सबसे पीछे रहा करता था।

सबको अपनी-अपनी टीम के साथ खड़ा होना था। जब टीमें इकट्ठा हो गईं तब टीम एडवेंचर के एक-एक लीड हर टीम के पास आ गए और टीम के हिसाब से सबको अलग-अलग रंग की टी-शर्ट दे दी गई। सभी असमंजस में थे कि आख़िर अब होगा क्या। हल्की बारिश से सब थोड़ा-थोड़ा भीग चुके थे।

एडवेंचर स्पोर्ट के लीड ने कहना शुरू किया, "हम चार ग्रुप में ऊपर सिंघड़ फ़ोर्ट जाएँगे, देखते हैं कौन-सी पूरी टीम सबसे पहले पहुँचती है। याद रहे, एक टीम में अगर दस लोग हैं और 9 लोग भी पहुँच गए, लेकिन एक बचा हुआ है तो उसको पूरा नहीं माना जाएगा। यहाँ से सिंघड़ फ़ोर्ट जाने में लगभग दो घंटे लगेंगे।"

ये सुनते ही खुसर-फुसुर शुरू हो गई।

"अपनी पूरी टीम को लेकर जाने की ज़िम्मेदारी टीम के हर मेंबर के साथ-साथ टीम लीड की है। चलो गाइज़, कम ऑन, ऑल द बेस्ट। आपको कोई भी प्रॉब्लम होगी तो हमारा एक टीम मेंबर आप सबके साथ है। अब सब लोग अपना मोबाइल जमा कर दें।"

पाँच मिनट के अंदर चारों टीमें रेडी थीं। हर टीम को जीतना था। साशा ने पहले कुछ-एक ट्रेक किए हुए थे। उसको चिंता थी तो बस एक कि मनोज साल्वे से बात न करनी पड़े।

मीता दूर से दोनों को देखकर हँस रही थी। हर टीम लीडर अपनी टीम को 'पास' बोलकर हाय फ़ाइव करके अपनी स्ट्रैटेजी बना रहा था।

साशा ने सबको अपने पास बुलाया, मनोज भी साथ था। टीम में क़रीब 15 लोग थे।

"ट्रेक में साँस तुरंत फूलेगी। इसलिए कोशिश करना कि मुँह से साँस नहीं लेना। सब लोग दो के ग्रुप में रहेंगे। वो दो लोग एक-दूसरे का साथ

नहीं छोड़ेंगे। बारिश है तो रास्ता स्लिपरी होगा, इसलिए आराम से चलना है। जल्दबाज़ी नहीं करनी। हम हर 20-25 मिनट में ब्रेक लेंगे। एक साथ लंबा चलने में ज़्यादा थकान होती है, ओके। चलो फटाफट सब ग्रुप बना लो।"

साशा अभी बोल ही रही थी कि बाक़ी सभी ग्रुप आगे बढ़ चुके थे। साशा के ग्रुप वाले प्रेशर में आ गए कि कहीं वे पीछे न रह जाएँ।

सबने अपने आसपास वाले लोगों के हाथ पकड़ लिए।

साशा अपने ही खेल में फँस चुकी थी। अब उसको मनोज का हाथ पकड़ के चलना था।

मनोज ने अपना हाथ आगे किया, साशा ने उसका हाथ पकड़ लिया। मीता ने घूमकर देखा तो साशा और मनोज साथ में चलते हुए दिखे। उसे विश्वास नहीं हुआ।

बाक़ी ग्रुप वाले अलग-अलग चल रहे थे, लेकिन साशा के ग्रुप वाले लोग दो के ग्रुप में चल रहे थे।

बाबा बरसात में भी आराम से माचिस जला ले रहे थे और सिगरेट फूँक रहे थे। पूरे फ़ाइनल ईयर में सबसे पीछे बाबा चल रहे थे। जैसे कि उनको पहले से ही जीवन का ब्रह्म ज्ञान प्राप्त था कि जीवन रूपी रेस में जो पीछे है वही सबसे आगे है।

उनके साथ वाला लड़का बेचैन हो रहा था कि कहीं उसकी वजह से ही उनकी टीम सबसे पीछे न रह जाए। लेकिन बाबा को न दुनिया की चिंता थी और न ही जीतने की। अच्छे से कश मारने के बाद बाबा ने अपने अंदर एक ऊर्जा का संचार महसूस किया।

वहीं जहाँ बाक़ी ग्रुप वाले हिप-हिप हुर्रे कर रहे थे, बाबा पीछे से चिल्लाए, "हर हर महादेव, ब्रो!"

बाबा की देखा-देखी उनका पूरा ग्रुप चिल्लाया, "हर हर महादेव, ब्रो!"

साशा, बाबा की आवाज़ सुनकर हँसी।

मनोज ने बाबा की ओर घूमकर देखा और साशा से कहा, "बाबा रूममेट है मेरा।"

"क्या, सही में?"

"हाँ।"

"That's why I love Meeta aunty." साशा ख़ुशी से चिल्लाई।

"That's why I hate Meeta aunty."

साशा, ये बात सुनकर बहुत ज़ोर से हँसी। कई साल बाद वह मनोज के सामने हँसी थी। बारिश ख़ुशी से थोड़ी और तेज़ हो गई।

39.

मनोज ने जो 2000 करोड़ का केस जीता था, उस केस में एक नया पेंच आ गया। टेलीकॉम मिनिस्टर का नाम उस केस में आ गया था।

उसपर ये आरोप लगा था कि स्पेक्ट्रम के बँटवारे के दौरान उसने उस कंपनी को फ़ेवर दिए हैं। चूँकि करेंट मिनिस्टर का नाम आया था, इसलिए मामला बहुत हाई प्रोफ़ाइल हो गया था।

दिल्ली के द अशोक होटल में कब कौन चेक-इन कर रहा है, कब कौन चेक-आउट कर रहा है ये जानना बहुत मुश्किल है।

सारे मीडिया को बाहर ही रोक दिया गया था। टेलीकॉम मिनिस्टर एक इवेंट अटेंड करने होटल में आए। इवेंट में शक्ल दिखाने से पहले फ्रेश होने के लिए उनके लिए एक रूम खोला गया।

उसी समय टीवी पर न्यूज़ चल रही थी कि विपक्ष के लोग मिनिस्टर पर रिजाइन करने का दबाव बना रहे हैं। ऐसे हाई प्रोफ़ाइल मामले में सब मनोज साल्वे को याद करते थे।

उस कमरे में टेलीकॉम कंपनी के अधिकारी पहले से ही थे। इससे पहले कि वे कुछ बोलते, मिनिस्टर बोला, "मुझे मनोज साल्वे चाहिए।"

"सर, वो कॉलेज में हैं। अपनी डिग्री पूरी कर रहे हैं। उनकी लॉ फ़र्म से हम कांटैक्ट कर चुके हैं। वो नहीं आ पाएँगे।"

"आएगा कैसे नहीं, उसको टीम में लो। ये केस तुरंत ख़त्म होना चाहिए।"

मिनिस्टर के चेहरे पर शिकन थी, उसने अपने पीए को इशारा किया।

"मुझे वही चाहिए, उससे मीटिंग फ़िक्स करो। किसी पर मुझे भरोसा नहीं है।"

मिनिस्टर कमरे से निकल गए। कुछ देर बाद टेलीकॉम कंपनी के अधिकारी वहाँ से निकल गए। नीचे हो रहे इवेंट में टेलीकॉम मिनिस्टर ने सवालों के जवाब देते हुए दोहराया, "ये आरोप बेबुनियाद हैं।"

उस कंपनी के लीगल हेड को मनोज से मिलने के लिए पुणे चार्टर प्लेन से भेजा जा चुका था। लीगल हेड, सिंघड़ फ़ोर्ट पर पहले से ही खड़े थे। उनके साथ नेता जी का भी एक आदमी था।

40.

साशा का ग्रुप अब दूसरे नंबर पर था। वो शुरुआत में धीरे-धीरे चले थे, इसलिए फ़ाइनल चढ़ाई से पहले वो सभी उतना नहीं थके थे। अब बस आख़िर का एक किलोमीटर बचा था।

बाबा अपना जोश दिखाकर थोड़ा-बहुत थक चुके थे। अब उनका शरीर साथ नहीं भी दे रहा था फिर भी जोश पूरा था।

साशा बाबा के पास आई और बोली, "ब्रो, थोड़ा-सा बचा है।"

बाबा यूँ तो सपोर्टिव आदमी थे, लेकिन बस कोई उनको जल्दी करने को न कहे तब तक।

बाबा एक मामले में काफ़ी डेमोक्रैटिक क़िस्म में इंसान थे, पुरुष हो या औरत, लड़का हो या लड़की, वो सबको बाबा ही कहते थे। हाँ बस

लड़कियों के केस में लड़की का नाम ज़रूर ले लेते थे।

बाबा ने कश लगाते हुए कहा, "साशा बाबा, फिर नई रेस आ जाएगी, कब तक फ़र्स्ट आओगी!"

साशा ज्ञान सुनने के मूड में बिलकुल भी नहीं थी, "बाबा, कितनी अच्छी बात कही तुमने, आँसू ही आ गए। वो तो बारिश है इसलिए दिख नहीं रहे। अब जल्दी से ये फ़िनिश करें?"

बाबा का बस चलता तो वहीं डेरा जमाकर बैठ जाते, लेकिन तभी सबसे आगे चल रहे ग्रुप वालों में से कोई चिढ़ाते हुए चिल्लाया, "हो हो हो हो ... क्या बाबा!"

बाबा सब कुछ बर्दाश्त कर सकते थे, लेकिन अपना अपमान, कभी नहीं।

बाबा वहीं से चिल्लाए, "बाबा से उद्दंडता!"

बाबा अब नए जोश में थे। बाबा ने साशा की तरफ़ हवा में हाथ हाय फ़ाइव के स्टाइल में लहराया। साशा ने भी हाथ बढ़ा दिया।

मनोज को ये देखकर ख़ुशी हुई कि बाबा को कितनी आसानी से साशा ने समझा लिया था।

साशा अब वापस लौटकर मनोज के पास आ चुकी थी। अभी दस मिनट चले ही होंगे कि मनोज का पैर सरक के मचक गया। उसको पैर में बहुत ज़ोर से दर्द हुआ। मनोज दर्द की वजह से वहीं बैठ गया। साशा ने पहले नंबर वाली टीम को आगे बढ़ते हुए देखा फिर मनोज की ओर देखा। साशा के चेहरे की उदासी मनोज से देखी नहीं गई।

चोट जब ताज़ा लगती है तो समझ नहीं आता कि कितनी गहरी है। मनोज की चोट गहरी थी, लेकिन वह अपनी वजह से पूरी टीम को स्लो नहीं करना चाहता था।

वह हिम्मत करके उठ तो गया, लेकिन उसको दर्द बहुत हो रहा था।

"ज़्यादा दर्द हो रहा है?" साशा ने पूछा

"थोड़ा-सा।" मनोज ने मुस्कुराने का नाटक करते हुए कहा।

अगले पंद्रह मिनट में साशा की टीम, पहले नंबर वाली टीम के एकदम पास आ चुकी थी।

अक्सर जो लोग पीछे रह जाते हैं, वे ज़्यादा जोश में होते हैं। साशा की टीम पूरे जोश में थी। मनोज का दर्द बढ़ चुका था, लेकिन वह अपनी बेटी के लिए हारना नहीं चाहता था।

बाबा लीड लेते हुए सबसे आगे निकलकर आ गए और वहीं से हर हर महादेव ब्रो चिल्लाने लगा। उन सभी के लिए ये अब एक ऐसा खेल हो चुका था जिसमें हारने या जीतने से ज़्यादा खेल का मज़ा लेना ज़रूरी था।

हर क़दम के साथ मनोज को चलने में दिक़्क़त बढ़ती जा रही थी।

साशा ने मनोज से पूछा, "रुक जाएँ?"

मनोज ने अंदर से सारी हिम्मत जोड़ते हुए कहा, "नहीं, थोड़ा-सा ही तो बचा है।"

और आख़िरी के दो सौ मीटर में जब चढ़ाई सबसे सीधी थी, उसमें साशा की टीम ने पहले नंबर की टीम को पीछे छोड़ दिया। फ़ोर्ट पहुँचते ही मनोज बैठ गया। अब वह एक भी और क़दम चलने की हालत में नहीं था। साशा ने ख़ुशी से मनोज को हाय फ़ाइव दिया। पूरा ग्रुप शोर मचा रहा था।

उधर बाबा खड़े होकर चिल्ला रहे थे, "हो हो हो हो हो..."

जिस लड़के ने बाबा को चिढ़ाया था, जैसे ही वह आया बाबा ने ज़ोर से उसको पकड़ लिया और बोले, "बाबा से बातें की जा सकती है उद्दंडता नहीं, समझे? बाबा, हम चाहते तो तुमको यहीं भस्म कर देते, लेकिन..."

बाबा एक सेकंड को चुप हुए और मुँह उस लड़के के कान के पास ले जाकर खूब ज़ोर से चिल्लाए, "हर हर महादेव ब्रो!"

बाबा इतनी ज़ोर से चिल्लाए थे कि उस लड़के का कान सुन्न हो गया। एक ही सेकंड में उसको बाबा से पंगा लेने का फल मिल चुका था। वह परेशान होकर वहीं बैठ गया। बाबा ने एक कश लिया और अपना रेनकोट हटाकर बारिश में भीगने लगे।

मनोज अब दर्द से कराह रहा था।

मीता ने वहाँ पहुँचते ही मनोज से पूछा, "ज़्यादा है ?"

मनोज बाक़ी सभी का मूड ख़राब नहीं करना चाहता था फिर भी दर्द अब सहन नहीं हो रहा था, "हो तो रहा है।"

एडवेंचर वाली टीम ने फ़र्स्ट-एड किट से तुरंत कुछ स्प्रे किए। मनोज को कुछ आराम मिला। साशा इस भीड़भाड़ से दूर खड़ी थी। बारिश-बादल के बीच में वह आसमान को देख रही थी।

इसी बीच लीगल हेड और कुछ security के लोगों ने आकर मनोज को घेर लिया। बाक़ी बैच वालों को कुछ समझ नहीं आ रहा था क्या हो रहा है।

लीगल हेड को मनोज पहचान चुका था। उसने आगे बढ़कर कहा, "सर, ज़रूरी है।"

मनोज उठकर चलने की हालत में नहीं था। उसने वहीं बैठे-बैठे कहा, "आप दिल्ली की टीम से मिल लीजिए।"

लीगल हेड के साथ में नेता जी का जो आदमी था, उसने भीड़ को हटाया और मनोज से कहा, "साथ चलना होगा!"

उसकी आवाज़ में नेता जी वाली खनक थी। मनोज को इस तरह के लोगों से मिलने की आदत नहीं थी।

लीगल हेड ने बात सँभालते हुए, दो-तीन मिनट लेकर मनोज को पूरा मसला समझाया। मनोज ने शांति से बात सुनी।

उसने कहा कि टेलीकॉम मिनिस्टर से बात कराओ।

तुरंत फ़ोन मिलाकर उसे दिया गया। स्प्रे ने अपना असर दिखाया था, मनोज का दर्द कुछ कम हुआ था।

टेलीकॉम मिनिस्टर लाइन पर थे। मनोज ने मोबाइल हाथ में लिया और उसको स्पीकर पर डाला और बड़े ही प्यार से कहा, "बस छोटी-छोटी दो बातें। मुझसे मिलने के लिए ख़ुद आना चाहिए था और दूसरी बात ये कि आगे से मुझसे बिना पूछे मुझे डिस्टर्ब न किया जाए।"

टेलीकॉम मिनिस्टर ने क्या कहा क्या नहीं, ये मनोज को सुनना नहीं था। वह उठा और लँगड़ाते हुए मीता और बाक़ी बैच वालों की तरफ़ बढ़ गया। मनोज के दुश्मनों की लिस्ट में एक नाम बढ़ चुका था।

41.

टेलीकॉम मिनिस्टर एक कमरे के बाहर चुपचाप बैठा हुआ था। बाहर मीडिया वालों की भीड़ थी। मिनिस्टर को कमरे में बुलाया गया।

राजनीति और जीवन दोनों ही अन्प्रेडिक्टबल हैं और यही इनको मज़ेदार भी बनाता है। टेलीकॉम मिनिस्टर ने टेलीकॉम कंपनियों को स्पेक्ट्रम के बँटवारे में फ़ेवर दिए थे। ये बात ऐसी नहीं थी जिसको सीबीआई अपनी जाँच में ढूँढ़ निकाले।

सच सामने था, डोर पतली थी, टेलीकॉम मिनिस्टर का जाना तय था।

"आपको एक मौक़ा और दे रहे हैं," कमरे में ये आवाज़ सुनाई पड़ी। ये बात किसने कही, उससे इस कहानी में फ़र्क़ नहीं पड़ता।

ये दिल्ली के गलियारों का एक चाणक्य था जिसको पता था कि अगर भ्रष्टाचार में कोई मंत्री इस्तीफ़ा दे तो सरकार पर ज़्यादा सवाल उठते हैं।

भ्रष्टाचार ख़त्म करना है, कर ही देंगे, बर्दाश्त नहीं करेंगे, ये घिसी-पिटी बातें कभी पुरानी नहीं पड़तीं।

टेलीकॉम मिनिस्टर ने सारा दोष मनोज साल्वे पर डाल दिया था।

सीट बचने की चमक टेलीकॉम मिनिस्टर के चेहरे पर अलग ही थी।

"मैं किसी भी जाँच के लिए तैयार हूँ!" जब टेलीकॉम मिनिस्टर ने यह बात बाहर आकर मीडिया में कही तो साथ में एक बात और जोड़ी, "कुछ फ़र्ज़ी वकीलों ने चीज़ों को मैनिपुलेट करके देश को मिलने वाले टैक्स का भारी नुक़सान किया है।"

मिनिस्टर ने जानबूझकर मनोज साल्वे का नाम नहीं लिया, ताकि

मीडिया वाले नाम लें।

नक़ली डिग्री वाली बात का बवाल बनना अभी ख़त्म ही हुआ था कि मिनिस्टर ने नई चिंगारी लगा दी।

42.

जो टीम मनोज के लिए काम कर रही थी, उसकी लिस्ट में नाम कम हो रहे थे, लेकिन मनोज की डिग्री फ़ेक है ऐसा कोई क्यों करेगा ये जानकारी अभी भी मिल नहीं पा रही थी। किसी के पास भी ऐसा कोई मोटिवेशन नहीं था कि ये बात बाहर निकाली जाए। सबसे बड़ी बात यह भी थी कि मनोज की यह डिग्री वाली बात ज़्यादा लोगों को पता भी नहीं थी। मनोज के दुश्मन जितने बड़े-बड़े थे, उनके पास मनोज को बदनाम करने के और भी तरीक़े थे, लेकिन कोई डिग्री पर ही क्यों गया इसकी कोई भी ठोस वजह निकल के नहीं आ रही थी।

43.

मनोज पर लगने वाले आरोप बड़े थे और दिल्ली के हर चैनल में मनोज की तस्वीर के साथ ख़बरें चल रही थीं, 'फ़र्ज़ी डिग्री वाले वकील का बड़ा कारनामा', 'वकील नहीं, टैक्स चोरों का साथ देने वाला दलाल-मनोज साल्वे' ...

उधर कॉलेज के कैंप के बाहर कई मीडिया वाले पहुँच चुके थे। मनोज के पैर का दर्द अब कम था। उसको फ़ोर्ट से गाड़ी से नीचे लाया गया था।

शाम हो चुकी थी, मौसम में नमी थी, बारिश के बाद हल्की-सी ठंड थी। कुछ-एक बच्चे एक कोने पर गिटार के साथ गाने गा रहे थे। सभी थके

हुए थे। कुछ लोग एक छोटी नींद ले चुके थे।

एक बड़े-से ग्राउंड के चारों ओर पूरा बैच लेटा या बैठा हुआ था। चाय मिलना शुरू हो चुकी थी। कुछ लोगों की थकावट अब पहले से कम थी। बाबा एक कोने में पैर दीवार से टिकाए रजनीश की किताब पढ़ रहे थे। मनोज सामने आसमान को देख रहा था।

कैंप वाले बाहर मीडिया वालों के आने से परेशान थे। साशा हल्की नींद लेने के बाद चुपचाप बैठी थी। अनुशा लगातार मनोज, यानी कि अपने M, को देखे जा रही थी।

मीता इतनी फ्रेश थी जैसे अभी सुबह हुई हो।

मीता मनोज के पास चाय लेकर आई। मनोज ने उठने की हल्की-सी कोशिश की, लेकिन उठ नहीं पाया।

"बैठे रहो, इज़्ज़त देने का नाटक करने की कोई ज़रूरत नहीं है।"

मनोज हँसा और कप हाथ में लेकर उसने उसको अपने चेहरे से छुआया। चाय की गर्मी से उसको अच्छा लगा।

"दर्द कुछ कम हुआ नहीं तो तुम्हें पुणे भेज सकते हैं।"

"नहीं मुझे रुकना है।" मनोज ने चाय का घूँट लेते हुए कहा।

"कौन लोग मिलने आए थे, ये बाहर मीडिया वाले क्यों खड़े हैं?"

मनोज ने आसमान में देखते हुए कहा, "ज़्यादा कुछ नहीं, देश के टेलीकॉम मिनिस्टर से पंगे ले लिए हैं, थोड़ा-बहुत तो छटपटाएगा ही, साले ख़ुद को भगवान समझते हैं।"

"क्यों करते हो तुम ऐसे?"

"मैं क्या करता हूँ! मैं यहाँ कॉलेज इसलिए नहीं आया कि मुझे डिग्री चाहिए। ये लोग चाहते हैं कि मैं निकलकर वही करूँ जो ये करवाना चाहते हैं।" मनोज ने कहा।

"साशा के लिए कुछ परेशानी तो नहीं खड़ी करेंगे ना?"

"जिसको परेशान करना होता है वो कर लेता है, पहले धमकाता नहीं है।"

"फिर भी, कुछ तो परेशान करेगा ही ना।"

"बदनाम करेंगे, करता रहे, कुछ और बात करो यार।" मनोज ने कहा।

पीछे जो गाने की आवाज़ आ रही थी वो तेज़ हो रही थी। कुछ लोग लकड़ियाँ लगाकर आग जलाने में जुटे थे। लकड़ी के धुएँ की महक, बारिश से गीली हुई मिट्टी की महक में घुल रही थी। हर शाम की एक महक होती है, उस दिन कई सालों बाद मनोज ने शाम को इतना धीरे बहते हुए देखा था। दवा का असर अब कम हो रहा था। उसका दर्द बढ़ रहा था, लेकिन मनोज दूर से साशा को देख रहा था जो कि शाम को देख रही थी।

सबके मोबाइल अगले दिन शाम तक जमा थे इसलिए लोगों के सिर झुके हुए नहीं थे, वे एक-दूसरे को देख रहे थे और बातें कर रहे थे।

आग जल चुकी थी, हर बैच में जो दो-चार सिंगर टाइप लोग होते हैं वो गाना गाने के लिए तैयार थे। बोन फ़ायर के चारों ओर लोग घेरा बनाकर बैठ चुके थे।

मनोज ने बाहर मीडिया वालों को चाय पहुँचवा दी थी और कोई भी स्टेटमेंट न देने के लिए पर्ची भी पहुँचवा दी थी। वे सभी बिना ख़बर के लौट रहे थे।

दिल्ली की राजनीति में नई दोस्तियाँ और दुश्मनियाँ रोज़ होती हैं। आज मनोज ने अपने कुछ दुश्मन बढ़ा लिए थे।

गाना-बजाना, पीना-पिलाना शुरू हो चुका था। पूरे बैच को अच्छा लग रहा था। मीता घूम-घूमकर सबका हाल ले रही थी। इतने में बाबा मनोज के पास आए, "बाबा, दर्द कैसा है अब?"

मनोज बाबा के हाल-चाल लेने से थोड़ा-सा चौंका फिर कुछ सोचकर बोला, "हल्का-फुल्का है बाबा।"

बाबा को ये पता नहीं था कि केयर कैसे की जाती है, उन्होंने बड़ा ज़ोर लगाकर कहा, "कुछ भी दिक़्क़त हो तो बताना बाबा, आख़िर रूममेट हो आप।"

"तुम रहने वाला कहाँ के हो बाबा?" मनोज ने पूछा।

बाबा ने कॉलेज में ऐसा माहौल बना रखा था कि उनसे कोई सवाल पूछता नहीं था, हमेशा वही पूछते थे।

"बाबा, बहुत स्कूल बदले मैंने, पिताजी आर्मी में थे। साला लगता है कि... अपना कोई घर है ही नहीं।" बाबा के हाथ में जो गिलास था वो लगभग ख़ाली हो चुका था। बाबा ने जेब से एक काग़ज़ निकाला और कुछ माल रूपी चीज़ मिलाकर सिगरेट जैसा कुछ बनाया और दो-तीन कश लेने के बाद मनोज की ओर बढ़ाया। मनोज ने एक-दो कश लिए।

"मैं क्या बता रहा था..." बाबा ने सिगरेट हाथ में लेते हुए याद किया।

"यही कि कोई घर है नहीं।"

"हाँ बाबा, साला घर जाओ तो घर जैसा नहीं लगता। ये सब किताबें-विताबें पढ़ो तो घर की याद नहीं आती, बस इसलिए पढ़ता हूँ।" ये कहते हुए बाबा आसमान देख रहे थे।

वहाँ से तारे साफ़ दिख रहे थे। बाबा शायद ये बात कह नहीं रहे थे, ख़ुद को समझा रहे थे। मनोज ने बीच में डिस्टर्ब करना ठीक नहीं समझा। बाबा की बातें भी इतनी धीमी होती जा रही थीं कि मनोज तक सही से आ नहीं रही थीं और मनोज भी बाबा को उस ट्रांस मोड में परेशान नहीं करना चाहता था।

पता नहीं कैसे बाबा ने एकदम पूछ लिया, "आपका घर कहाँ पर है?"

"मैं दिल्ली में रहता हूँ।" मनोज ने जवाब दिया।

मीता मनोज के लिए ड्रिंक ला चुकी थी। मीता वहीं आकर बैठ गई थी। मीता के आने से न मनोज और न ही बाबा, को कुछ फ़र्क़ पड़ा था। आग की दूसरी ओर अनुशा थी जो ठीक मनोज के सामने थी। साशा के हाथ में भी ड्रिंक थी, वह मनोज से एक ख़ास ऐंगल पर बैठी थी। उसकी नज़र रह-रहकर मनोज पर जा रही थी। साशा को अब भी दिन वाली नींद का ख़याल आ रहा था। आग की हल्की-सी गर्मी सर्द मौसम में अच्छी लग रही थी।

गाने बदलते जा रहे थे, उन गानों में किशोर कुमार से लेकर बुल्ला की जाणाँ मैं कौन जैसा सब कुछ था।

"आपने बताया नहीं..." बाबा ने दुबारा पूछा।

"बताया तो दिल्ली में रहता हूँ।" मनोज ने कहा।

"दिल्ली में रहते हो, लेकिन घर कहाँ है?" बाबा ने मनोज की आँखों में आँखें डालकर ये सवाल किया।

मनोज को वो सारे घर याद आए जो घर हो सकते थे, लेकिन वह एक भी घर याद नहीं आया जिसको घर बोल सकता था।

"बाबा, शेर सुनोगे?" बाबा ने पूछा।

मनोज ने कोई जवाब नहीं दिया। बाबा को शायद जवाब सुनना भी नहीं था।

"तुम राह में चुपचाप खड़े हो तो गए हो, किस-किस को बताओगे कि घर क्यों नहीं जाते!"

"तुमने लिखा है?"

"नहीं बाबा हम कहाँ, अच्छा पढ़ने की आदत है, अच्छा लिख थोड़े पाते हैं, अमीर कजलबाश का शेर है।"

ये सब बातें सुनते हुए मीता को अपने खोए हुए घर की याद आई। उसको ख़याल आया कि जब कॉलेज का उसका स्टिंट ख़त्म हो जाएगा तो वह लौटकर जहाँ जाएगी क्या उसको घर कहा जा सकता है!

घर आख़िर होता क्या है, ये सवाल बाबा, मनोज और मीता तीनों के मन में था। तीनों के पास एक-एक पर्मानेंट एड्रेस था, तीनों का अपना घर खो चुका था। तीनों चुपचाप आसमान देखते हुए तारों में अपना घर ढूँढ़ने लगे। ज़मीन पर खोए हुए घर आसमान में दिखते हैं।

44.

साशा ने बहुत दिनों बाद मनोज को इतने ध्यान से देखा था। कई बार आदमी दूसरों से नाराज़ इसलिए होता है क्योंकि वह अपने-आप से नाराज़ होता है। साशा की उम्र नाराज़ होने वाली थी।

अनुशा उसके पास आकर बैठी। साशा ने अनुशा को देखा और कुछ नहीं कहा। अनुशा ने एक गिलास साशा की तरफ़ बढ़ाया, उसने वो गिलास ले लिया और अनुशा की ओर देखकर हल्का-सा मुस्कुराई।

एडवेंचर स्पोर्ट वाले लोग सबसे हालचाल ले रहे थे। एक-दो लोग और थे जिनके हाथ-पैर में दर्द था, लेकिन शाम के अच्छे मौसम ने सारी थकावट मिटा दी थी।

इसी बीच किसी ने स्पीकर पर पार्टी वाले गाने बजा दिए। अनुशा सबसे पहले डांस फ़्लोर पर गई। उसको देखकर बैच के कुछ और लोगों ने भी जॉइन कर लिया। और देखते-ही-देखते डांस फ़्लोर पर अच्छे-ख़ासे लोग हो गए।

मीता बैठी हुई देख रही थी। डांस करना साशा की कमज़ोरी ही नहीं मजबूरी भी थी। वह ठीक-ठाक नशे में थी। वह मीता के पास आई और उसको ज़बरदस्ती खींचकर ताज़ा-ताज़ा बने हुए डांस फ़्लोर पर ले गई। मीता के फ़्लोर पर आते ही सभी एकदम जोश में आ गए। बहुत से ऐसे लड़के जिनका मीता क्रश थी, वे भी आसपास आने की कोशिश कर रहे थे। साशा अपनी ही धुन में थी।

धीरे-धीरे डांस फ़्लोर पर भीड़ बढ़ती जा रही थी। मीता भी एंजॉय कर रही थी। मनोज सबको दूर से देखकर अपनी ड्रिंक ले रहा था।

बाबा पवि रंजन ट्रांस में थे। उनको डांस में घसीटने की कोशिश बहुत लोगों ने की पर बाबा कहाँ मानने वाले थे! बाबा की क्लास की लड़की जब बाबा को बुलाने आई तो बाबा ने उसे ही अपने पास बैठा लिया और

ज्ञान देने लगे, "बाबा, नृत्य जो है वो तन में नहीं मन में होना चाहिए।" उस लड़की को बात अजीब तो लगी, लेकिन उसे ऐसी फ़ालतू-सी लगने वाली फ़िलोसोफ़िकल बातें अच्छी लगती थीं इसलिए वह कुछ नहीं बोली।

बाबा के पास अब एक श्रोता था इसलिए बाबा के पास दुनिया भर की बातें थीं। बाबा को ख़ुद भी नहीं पता था, वह बोल क्या रहे हैं, लड़की को भी नहीं पता था कि ये बोल क्या रहा है, पर दोनों में बातें हो रही थीं। कुछ लोगों पार्टी में बोर हो जाते हैं, लेकिन मजबूरी में जब पार्टी में बैठना ही पड़ जाए तो दो चीज़ें खोजते हैं, एक कोना और एक साथ। बाबा के पास दोनों थे।

लड़की जिस तरह सिर हिला रही थी, दूर से देखकर ऐसा कहा जा सकता था कि वह बाबा से अच्छा-ख़ासा इंप्रेस्ड थी।

मनोज की नज़र साशा पर थी, वह आज के समय की एक परत काटकर, एक पुराने समय में था। उस पुराने समय में साशा भी उसके साथ थी। सामने नाचती हुई साशा के साथ में एक बच्ची साशा भी उसके सामने थी।

हम एक साथ कई सारे समय के बीच में रहते हैं। समय जो एक-दूसरे में गड्डमड्ड हो रहे होते हैं। इसीलिए हमारी असली उम्र केवल उतनी नहीं होती जितनी जन्मदिन पर होती है। इसीलिए गाँव के बूढ़े पैर छूने पर आशीर्वाद देते थे कि 'जियो' क्योंकि लंबी उम्र के लिए याद करने लायक़ पल होना ज़रूरी हैं। यादें घिस जाएँ तो उम्र एक बोझ हो जाती है। मनोज को जीवन में कभी यादों को दोहराने का टाइम ही नहीं मिला था इसीलिए शायद वह कॉलेज लौटा भी जहाँ से ठहरकर पीछे देख सके।

"पापा आप डांस क्यों नहीं करते? मम्मी कितना अच्छा करती है।"

"तुम मुझे सिखा दो ना।"

"इसमें सिखाना क्या है पापा, बस डांस करने लगो। बहुत मज़ा आता है। चलो करो अब।"

"अच्छा नेक्स्ट बर्थडे पर पक्का।"

"नहीं, आप झूठ बोलते हो। आज करना पड़ेगा, मुझे देखो, ऐसे करो, सिंपल तो है ना।"

बीच-बीच में उठता हुआ दर्द उसको आज में वापस खींच रहा था। अब दर्द इतना था कि उससे सहन नहीं हो रहा था। दर्द से कराहता मनोज साशा को दिखा। उसने मीता को बताया पर ख़ुद नहीं आई।

अगले कुछ ही मिनटों में मनोज को लेकर एक गाड़ी अस्पताल की ओर बढ़ चली थी। मनोज दर्द से बेहोश हो गया था।

45.

सुबह जब मनोज की आँख खुली तो उसके बेड के पास वाले सोफ़े पर अनुशा सो रही थी। मनोज कुछ देर तक उसको देखता रहा। वह बहुत धीमे-से बोला, "अनुशा!" फिर बोलने के बाद उसको लगा कि नहीं, उसे अनुशा को जगाना नहीं चाहिए। मनोज ने पास ही पड़े अपने मोबाइल को उठाया और गजेंद्र को फ़ोन किया।

गजेंद्र वैसे भी हॉस्पिटल पहुँचने ही वाला था। उसने कमरे में घुसते ही कहा, "क्या पार्टनर, दर्द कैसा है, बुढ़ापा आ ही गया?"

मनोज ये सुनकर हँसा और बैठने की कोशिश करने लगा। अनुशा की नींद खुली। अनुशा ने उठते ही गजेंद्र को ग्रीट किया और मनोज से पूछा, "दर्द कैसा है?"

"अभी तो ठीक लग रहा है।" मनोज ने बैठते हुए कहा।

गजेंद्र, अनुशा के सामने कुछ बोलना नहीं चाहता था। अनुशा को भी थोड़ा अजीब लगा। उसने कहा, "मैं साशा को बुलाकर लाती हूँ।"

"साशा है यहाँ?"

"हाँ, वही थी यहाँ रात भर, एक-दो घंटे पहले ही मैंने ही उससे कहा कि कुछ देर सो जाओ।" अनुशा यह कहकर कमरे से निकल गई।

अनुशा के जाते ही गजेंद्र थोड़ा नॉर्मल हुआ।

"समझा दो इसको, तुम्हारे चक्कर में फ़ालतू परेशान होगी।" गजेंद्र ने सोफ़े पर बैठते हुए कहा।

"अरे, मैं क्या करूँ अब!"

"रहने दो, कैसा गया ट्रिप?"

"अच्छा ही जा रहा था, फ़ाइनली कल साशा ने थोड़ी-बहुत बात की।"

"गुड!" गजेंद्र ने सोफ़े पर बैठते हुए चाय ऑर्डर की।

"साशा को बुलाओगे क्या?" मनोज ने गजेंद्र से कहा

"हाँ, मैं भी मिल लेता हूँ।" यह कहकर गजेंद्र उठकर बाहर गया।

गजेंद्र कुछ देर बाद वापस लौटा और बोला, "तुम्हारे होश में आने का सुनकर वो चली गई। मैंने समझाया भी पर..."

गजेंद्र की चाय ठंडी हो चुकी थी। मनोज को दर्द का ख़याल आया जो कि था पर अब इतना नहीं था।

"मुझे दिल्ली से फ़ोन आया था, मिनिस्टर से पंगे ले लिए हैं तुमने, परेशान करेगा तुमको।" गजेंद्र ने कहा।

"भाड़ में जाए!"

"क्यों कर रहे हो, ऐसे भी इतना कुछ चल रहा है। तुम अकेले नहीं हो पार्टनर, कंपनी है, इतने सारे लोगों का फ़्यूचर स्टेक पर है।"

"हाँ, तो डर जाऊँ?"

"नहीं, लेकिन फिर भी ध्यान से। लाइमलाइट से बचो।" गजेंद्र अभी कह ही रहा था कि मनोज के फ़ोन पर दिल्ली से फ़ोन आया।

मनोज के दिल्ली वाले ऑफ़िस पर इनकम टैक्स की रेड पड़ गई थी।

46.

प्रिया की समंदर से दोस्ती अब गाढ़ी होती जा रही थी। ऐसा नहीं था कि वह पानी से अब बहुत कंफ़र्टेबल थी, लेकिन हाँ रोज़ उसका डर एक क़दम पीछे हटता जा रहा था। रोज़ की प्रैक्टिस के बाद दोनों साथ नाश्ता करते, फिर टहलते और डेविड के अगले बैच का टाइम हो गया होता।

कभी-कभी प्रिया डेविड के अगले बैच के समय भी उसके साथ रहती और नए लोगों को पानी से डरता देख अपने आप को याद करती।

डेविड की उम्र भले ही प्रिया से कम से थी, लेकिन वह कभी-कभी बातें बहुत ही फ़िलॉसॉफ़िकल किया करता था। यूँ तो उम्र का फ़िलॉसफ़ी से लेना-देना नहीं है, फिर भी।

डेविड साल में कुछ महीनों के लिए गोवा आता था। बाक़ी बचे हुए समय उसकी अपनी एक दुनिया थी। वह उस दुनिया को छोड़ना नहीं चाहता था। कई साल से इंडिया आते-आते उसकी हिंदी में अब वैसा ऐक्सेंट नहीं रहा था। कई लोग उसको हिंदी बोलते देख हैरान भी होते थे।

सुबह अपने सेशन के बाद एक घंटे तक टहलना दिन भर में डेविड का सबसे फ़ेवरेट समय हुआ करता। उस टहलने में कई बार ऐसा भी होता कि दस-पंद्रह मिनट तक दोनों कुछ नहीं बोलते। यूँ ही टहलते हुए डेविड ने पूछा, "शाम को मिलें?"

"मिलकर क्या करेंगे?"

"बातें करेंगे, टहलेंगे और क्या!"

"तो अभी क्या कर रहे हैं?" प्रिया ने डेविड को थोड़ा परेशान करने वाली टोन में कहा और मुस्कुराने लगी।

शरारत वाली मुस्कुराहट की एक ख़ास शक्ल होती है, प्रिया बिल्ली के बच्चे के जैसे डेविड को देख रही थी। जैसे उसे पता हो कि बेचारा आगे जो भी बोलेगा उसे जवाब उल्टा ही देना है।

"शाम को मैं तुम्हारे लिए कुछ स्पेशल बनाऊँगा, डिनर एंड ड्रिंक्स, बोलो?" डेविड ने कहा।

'मैं कुछ स्पेशल बनाऊँगा' से प्रिया को याद आया कि जब उनकी नई-नई शादी हुई थी तो हर संडे मनोज कुछ-न-कुछ स्पेशल बनाने की कोशिश करता था। वह किताब खोलकर पूछता, "क्या खाएँगी क्वीन प्रिया, इंडियन, चाइनीज़, पोर्तगीज़? बस आप नाम लीजिए मैडम, बंदा अभी वो हाज़िर करता है।"

हालाँकि मनोज कोशिश पूरी करता पर किताब में लिखी हुई चीज़ से कुछ अलग ही बन जाता। उस अलग बने हुए में भी एक स्वाद होता। स्वाद केवल अच्छी बनी हुई चीज़ों में नहीं होता, समय का भी एक स्वाद होता जो केवल समय बीतने के बाद ही आता है। कुछ लोगों को याद करने से दिन का स्वाद बदल जाता है। कड़वाहट उसी स्वाद के नीचे छुपी होती है। रखे हुए दिन अपना स्वाद छोड़कर उड़ जाते हैं और आने वाले दिन स्वाद की अलग-अलग शक्ल के ख़्याल के साथ आते हैं।

प्रिया को ठीक-ठीक याद नहीं आ रहा था कि वो कौन-सा संडे था जब मनोज ने कुछ स्पेशल बनाना छोड़ा और प्रिया को वो स्वाद आना बंद हो गया।

डेविड की आवाज़ से प्रिया का ध्यान टूटा, "इंडियन, चाइनीज़, पोर्तगीज़, आप जो बोलिए वो।"

प्रिया ने कुछ सेकंड सोचा और कहा, "किसी और दिन, पक्का। आज कुछ काम है।"

डेविड पूछ सकता था कि क्या काम है, आज क्यों नहीं? पर वह समझदार था, उसने पूछा नहीं।

प्रिया इस बात से बेख़बर थी कि मनोज के पैर में चोट लगी है या फिर मनोज के दिल्ली वाले ऑफ़िस में इनकम टैक्स का छापा पड़ा है।

डेविड ने प्रिया का समंदर वाला डर तो कम कर दिया था, लेकिन वह ख़ुद प्रिया की लाइफ़ में एक नया समंदर होना चाहता था। वो समंदर

जिसका डर प्रिया पहले ही दूर कर चुकी थी। वे लोग जो हमारे अंदर का एक डर दूर करते हैं अनजाने में वही नए डर लेकर आते हैं।

प्रिया के घर लौटने का समय हो चुका था। डेविड की अगली क्लास का टाइम हो चुका था।

रास्ते में एक 'इंडियन, चाइनीज़, पोर्तगीज़' रेस्तराँ अभी खुलने की तैयारी कर रहा था।

47.

मीडिया में अभी तक यही ख़बर चल रही थी कि मनोज साल्वे के ऑफ़िस में पड़ी रेड और करोड़ों की टैक्स चोरी का अंदेशा। ये ख़बर हर चैनल पर अलग-अलग तरीक़े से चल रही थी। कुछ लोगों ने अपने हिसाब से मनोज को चोर-बेईमान सब बना दिया। कुछ हेडलाइन इतनी बुरी थीं कि मनोज को भी हँसी आ गई। 'डिग्री चोर बना टैक्स चोर...'

प्रिया को घर पहुँचने पर ख़बर मिली। उसने मनोज को फ़ोन किया। इससे पहले कि प्रिया अपनी घबराहट ज़ाहिर करती, मनोज बोला, "सब ठीक है, कुछ नहीं हुआ है।"

"फिर ये न्यूज़?"

"कुछ नहीं है, गजेंद्र ने अपने सोर्स से पता किया है, रेड में कुछ भी नहीं मिला है।"

"तुम्हारे कॉलेज जाते ही कुछ-न-कुछ हो रहा है।"

"प्रिया..." मनोज अभी समझा ही रहा था कि गजेंद्र ने फ़ोन हाथ में लिया।

"प्रिया, आप परेशान न हों, पार्टनर ने एक नेता जी से पंगे लिए थे, थोड़ा-बहुत तो लगा ही रहेगा।"

गजेंद्र की बात से प्रिया को सुकून मिला। ये सब देखकर प्रिया को

साशा की ज़्यादा चिंता होती कि मनोज के चक्कर में बाक़ी लोगों पर कोई असर न हो।

"आप कैसे हैं, गोवा आइए।" प्रिया ने गजेंद्र से कहा।

"पक्का आएँगे, इतनी बार प्लान बना, हर बार रह गया। अब फ़ुर्सत मिली है, अब पक्का आते हैं।" गजेंद्र की आवाज़ में एक दोस्त वाला विश्वास था जिसकी बात पर यक़ीन करके लगता है कि दुनिया में सब ठीक है।

"आपको भी कॉलेज ले गया, मैंने बोला है आपको, मनोज के चक्कर में मत पड़ो।" प्रिया ये कहकर खिलखिलाई, गजेंद्र यह सुनकर। सच्चे दोस्त वो होते हैं जिनसे मीठी शिकायतें की जा सकें।

"अब क्या करें भाभी, दोस्त है छोड़ भी तो नहीं सकते।"

गजेंद्र को बोलने के बाद तुरंत याद आया कि भाभी बोलना शायद ठीक नहीं था। अच्छी और बुरी दोनों आदतें जाते-जाते जाती हैं।

"साशा का ख़याल रखना, मनोज के जाने से बहुत परेशान है।" प्रिया ने बात काट दी।

"वो रात भर यहीं हॉस्पिटल में ही थी।"

प्रिया को हॉस्पिटल वाली बात पता नहीं थी। उसको चिंता भी हुई और ये जानकर अच्छा भी लगा कि वह मनोज के साथ हॉस्पिटल में रुकी थी।

प्रिया को मनोज, साशा और गजेंद्र का एक साथ पुणे में होना अच्छा लगा।

प्रिया के फ़ोन पर डेविड का मैसेज आया, 'एक बार फिर सोच लो। मेरी गर्लफ्रेंड कहती थी कि मैं दुनिया का सबसे अच्छा कुक हूँ।'

प्रिया मैसेज देखकर मुस्कुराई और जवाब दिया, 'ठीक है, फिर देखते हैं।'

डेविड का एक स्माइली आ गया।

48.

साशा कैंप में वापस आ चुकी थी। पिछले दिन की थकावट सभी को थी, फिर साशा तो कुछ ज़्यादा थकी हुई थी।

कैंप के पास ही एक नदी थी जहाँ पर बाबा बैठे हुए थे। चाहे जो भी हो जाए मीता हमेशा रन या वॉक के लिए जाती थी। वह भी कुछ किलोमीटर भागने के बाद आकर नदी के पास बैठी हुई थी। उसने बाबा को वहाँ ध्यानमग्न देखा तो डिस्टर्ब करना ठीक नहीं समझा।

कुछ देर बाद बाबा की नज़र मीता पर गई। कॉलेज का कोई भी लड़का होता तो मीता को ग्रीट करता, लेकिन ये बाबा थे। अपने-आप उठकर मीता के पास आकर बैठ गए।

मीता अभी भी बहती हुई नदी में देख रही थी। लाइफ़ में मीता वैसे भी बाबा से कई क़दम आगे थी, उसने बाबा के बैठते ही कहा, "पवि!"

बाबा बोले, "एक आप ही हैं जो पवि बोलती हैं, बाक़ी किसी की हिम्मत नहीं है।"

मीता ने मुस्कुराते हुए कहा, "बाबा बोलूँ?"

"जो आपको ठीक लगे।" बाबा हल्का-सा शरमाए।

"तो बाबा, क्या लगता है, जीवन क्या है?" मीता ने बहती हुई नदी की ओर देखते हुए पूछा।

"ये सवाल तो हमारा है। हम आपको यहाँ पर मीता कह सकते हैं? वो क्या है कि मैम बोलने का मन नहीं है।"

मीता मुस्कुराई, "आप बाबा हैं, आप कुछ भी बोल सकते हैं।"

मीता भी सामान्य प्रिंसिपल जैसी नहीं थी, कॉलेज में कोई भी उसको मीता नाम से पुकार सकता था, हालाँकि सब लिहाज में मैम बोलते थे।

"फिर क्या लगता है, जीवन क्या है?"

"सही बताएँ, हमको नहीं पता। बैठ के बाक़ी लोगों के साथ किताबें

पढ़कर टाइम पास कर लेते हैं, लेकिन सही में नहीं पता। कभी-कभी साला बिना बात के रोना आ जाता है। बड़े-से-बड़े दुःख जब आए तो रोना ही नहीं आया। कुछ समझ नहीं आता, बस एक बेचैनी है। ये बाबा-वाबा सब ड्रामा है। मुझे कोई जान न जाए शायद इसलिए मैंने अपनी एक इमेज बना ली है। मैं सच में कौन हूँ, मुझे डर है कि कोई मुझे जान न जाए।"

मीता को एक हल्के-फुल्के सवाल के इतने लंबे जवाब की उम्मीद नहीं थी। बाबा की आँखों में नदी का थोड़ा-सा पानी आ गया था या फिर कल रात का पानी अटका था ये कहना मुश्किल था।

मीता ने कोई जवाब नहीं दिया। बाबा पास पड़े कंकड़ पानी में डालते रहे। जैसे अपने सवालों का नदी में तर्पण कर रहे हों।

नदी के पास जाकर अक्सर हम इसलिए भी शांत हो जाते क्योंकि हमें या तो जवाब मिल जाते हैं या फिर हम चुपचाप सवालों को बहा देते हैं। सवालों को बहा सकें ऐसे नदी जैसे लोग भी होते हैं, लेकिन मुश्किल से मिलते हैं, मिल भी जाते हैं तो आसानी से खो जाते हैं।

"घर पर कौन-कौन हैं?" मीता ने नदी को रोककर पूछा।

बाबा ने नदी को दुबारा चलाते हुए कहा, "माँ है, बाप हैं, एक बड़ा भाई है।" बाबा रुके, नदी को तेज़ी से बहने दिया और एक साँस डुबकी लगाकर बोले, "मुझे अपनी माँ से नफ़रत है।"

मीता ने पूछा नहीं क्यों? नदी अपने-आप रुक गई, पत्ते हल्के-हल्के हिलकर नदी के बहने जैसी आवाज़ कर रहे थे। पास ही अभी-अभी उठे हुए पंछी पत्तों की तरह सरसराहट की आवाज़ कर रहे थे। बाबा की आवाज़ आदमियों नहीं, चिड़िया जैसी हो गई थी। मीता की ख़ामोशी बाबा के सिर को सहला रही थी।

बाबा ने जोड़ा, "मैं पाँच साल का था तब माँ ने दूसरी शादी कर ली। एक दिन सुबह उठा और वो जा चुकी थी। मुझे वो संडे-संडे मिलने आती। मुझे आज भी संडे हफ़्ते का सबसे नक़ली दिन लगता है। एक नक़ली भुलावा कि सब ठीक है। मुझे डर है कि एक दिन मैं अपनी माँ जैसा बन

जाऊँगा। मैंने किसी किताब में पढ़ा था, हम जिससे नफ़रत करते हैं धीरे-धीरे उसके जैसे ही बन जाते हैं।"

बाबा ने अपना सिर अपने पैरों में छुपा लिया था।

"आपको ग़ुस्सा आता है?"

"हाँ, बहुत।"

"किस पर?"

"अपने पति पर, कि वो मुझे अकेला छोड़ कर कैसे जा सकता है!"

बाबा चाहते तो कह सकते थे कि आप बहुत स्ट्रॉन्ग हैं, बहुत बहादुर हैं, लेकिन बाबा ने इतनी किताबें पढ़ रखी थीं कि वह ऐसी नक़ली, बोरिंग बातें कभी नहीं करते थे।

कभी-कभी हमें सांत्वना केवल दूसरे के दुःख से मिलती है। हम सभी कुछ-न-कुछ झेल रहे हैं और यही इस दुनिया को रहने लायक़ बनाता है। इस दुनिया को दुःख ने ही जोड़कर रखा है वरना उम्मीद पर दुनिया इतना लंबा नहीं टिक सकती थी।

49.

डेविड के रहने वाली जगह छोटी थी, लेकिन बहुत सुंदर थी। कमरे का एक हिस्सा समंदर के ठीक सामने खुलता था। डेविड ने टेबल-कुर्सी ठीक समंदर के पास में रखी थी। टेबल पर एक मोमबत्ती जल रही थी। कुर्सी पर बैठने पर समंदर का पानी बार-बार पैरों को हल्के-से थपकी देकर आ और जा रहा था।

प्रिया ने हल्का-सा मेकअप किया हुआ था। उसने लाल रंग की ड्रेस पहनी थी। अपने साथ वह कुछ फूल लेकर आई थी। जब से प्रिया, डेविड से मिली थी वह पहली बार इतना तैयार होकर मिल रहा था।

टेबल पर एक शैम्पेन की बोतल थी। डेविड बहुत ख़ुश था। उसके पूरे

घर में छोटी-छोटी डिम लाइट लगी हुई थीं।

"इतना रोमांटिक माहौल बनाया हुआ है तुमने, कोई और आने वाला है क्या?" प्रिया ने फूलों के गुलदस्ते को डेविड को देते हुए कहा। डेविड मुस्कुराया।

डेविड ने प्रिया का हाथ पकड़कर वेलकम किया। उसने चेहरा आगे बढ़ाया, प्रिया ने अपना चेहरा पीछे नहीं किया।

वह हाथ पकड़कर उसको टेबल-कुर्सी तक ले गया। प्रिया को याद नहीं था कि इतना स्पेशल उसने कब महसूस किया था। डेविड ने जो कुछ बनाया था उस हर एक चीज़ में दुलार था।

प्यार इतना घिसा हुआ इमोशन है कि नए तरीक़े से प्यार जताना इस दुनिया का सबसे मुश्किल काम है। प्यार के आविष्कार के बाद से एक आविष्कार इस बात का भी होना चाहिए कि प्यार को नया कैसे करें। हर साल इसको जताने के शब्द बदल देने चाहिए ताकि सब कुछ वही होकर भी नया हो जाए। चीज़ें घिसें, लेकिन पिटें नहीं।

सिंगल थिएटर में कोला की आवाज़-सा बजते आए प्यार, रद्दी हो चुके लाल पोस्ट बॉक्स की तह में पड़ी रह गई चिट्ठी की बेचैनी जैसा आए प्यार, ठंडी हो चुकी चाय में कुछ दूध और चाय की पत्ती मिलाकर एक से दो आधे कप से थोड़ा-सा ज़्यादा होकर लौटे प्यार, बच्चों के दुनिया को पहली बार देखने के अचरज से भरे हुए शब्द लेकर लौटे प्यार, अलमारी की तह में रखे अख़बार के नीचे खोई हुई ज़रूरी चीज़-सा अचानक लौटे प्यार, प्लेटफ़ॉर्म छोड़ चुकी ट्रेन अचानक किसी प्रार्थना से रुक जाए, दो हाथों के मिलने के बीच की जगह जैसा मिल जाए प्यार। किसी का सिर सहला दिया और बाल बिगाड़ दिए, किसी की उँगलियाँ पकड़कर थोड़ा-सा समय रोक लिया, किसी के दर्द को बिना अपना दर्द जताते हुए सुन लिया, किसी के लिए रो लिए, किसी न आने वाले का इंतज़ार कर लिया। बिना कुछ चाहे किसी का भला कर दिया, किसी को कुछ पल को ही सही स्पेशल फ़ील करा दिया।

प्यार ने अपने पुराने तरीक़े बदल लिए हैं और किसी को बताया नहीं है, सही कहते हैं कि प्यार में लोग बदल जाते हैं, पर कहना चाहिए था कि प्यार में लोग नए हो जाते हैं। घिसी-पिटी दुनिया में किसी के लिए अपने-आप को नया कर लेना ही प्यार है। एक ऐसी किताब जिसको एक बार में बस दो वही लोग पढ़ सकते हैं जिन्होंने मिलकर उसे लिखा है।

डेविड उसी बात को कहने के नए तरीक़े ढूँढ़ रहा था। प्रिया को इसलिए प्यार आ रहा था क्योंकि डेविड के तरीक़े नए थे।

"खाना तो अच्छा बना लेते हो, अपना कैफ़े खोल लो।" प्रिया ने डेविड की टाँग खींचते हुए कहा। डेविड मुस्कुरा रहा था, वह कोई भी ग़लती नहीं करना चाहता था। उसको पहली बार गोवा इतना अच्छा लग रहा था।

50.

गजेंद्र को सुबह-सुबह कमरे में अपने लिए एक चिट्ठी मिली, ये चिट्ठी नोएडा से आई थी। गुनगुन ने गजेंद्र को वादा किया था कि हर महीने एक चिट्ठी तो पक्का लिखेगी। गजेंद्र को इस चिट्ठी का बेसब्री से इंतज़ार रहता।

डियर चाचा,

मैंने अपनी बेस्ट फ्रेंड को बताया कि मेरे चाचा कॉलेज पढ़ने गए हैं तो उसने पूछा कि क्या चाचा फेल हो गए थे जो फिर से अपने कॉलेज वाले स्कूल में पढ़ने गए हैं। तो आप प्लीज़ मुझे बताना कि आप पढ़ने क्यों गए हैं?

मैं मम्मी की सभी बात मानती हूँ। आप भूलना नहीं मम्मी का बर्थडे आने वाला है। वैसे तो मैंने एक कार्ड बना लिया है, लेकिन मैं सोच रही हूँ कि उनको कुछ अच्छा-सा गिफ़्ट दूँ।

जल्दी आना। पुच्ची, गुनगुन।

गजेंद्र ने इस चिट्ठी को अपने माथे से लगाया और सामने लगे कैलेंडर पर उसकी नज़र गई। आज ही अनुभा का बर्थडे था।

उसने झट से अनुभा को फ़ोन मिलाया।

"ठीक हैं आप?"

"बढ़िया।"

"आपका कॉलेज कैसा जा रहा है?"

"ठीक-ठाक, यहाँ आकर आराम है। दिल्ली में काम कर-कर के थक गया था।"

"बीच में आना नहीं होगा यहाँ?"

"शायद। क्यों, क्या हुआ?"

"नहीं कुछ नहीं, आइएगा तो मिलिएगा। गुनगुन आपको पूछती रहती है।"

"उसकी चिट्ठी मिली।"

"कभी जवाब भी भेज दीजिएगा, ख़ुश होगी।"

"हाँ, कोशिश करूँगा।"

"और कुछ नहीं कहना आपको?"

"हैपी बर्थडे!"

"थैंक यू!"

कुछ देर तक दोनों चुप रहे। फ़ोन पर गजेंद्र के कमरे से चिड़ियों के चहचहाने की आवाज़ अनुभा के पास जाती रही और अनुभा के आसपास से किचन और ट्रैफ़िक की आवाज़ गजेंद्र के पास आती रही। रोज़मर्रा की चीज़ों में कितनी आवाज़ें दब जाती हैं! कुकर की सीटी ने चुपचाप होती बातों की लय को झटके से तोड़ दिया।

दोनों बहुत कुछ बोलना चाहते थे, लेकिन कुछ कहा नहीं। गजेंद्र का हाथ लगातार चिट्ठी को सहलाता रहा, जैसे वो चिट्ठी न होकर अनुभा का माथा हो।

51.

एडवेंचर कैंप से लौटने के बाद का पहला दिन था। मनोज का इनकम टैक्स वाला मामला फ़िलहाल शांत पड़ चुका था। मनोज अगर कॉलेज में नहीं होता तो पूरे डिपार्टमेंट को हिलाकर रख देता या क़ानून का कोई पेंच निकालकर उल्टा सरकार को परेशान करता, लेकिन कॉलेज आने के बाद से उसने अपने-आप को काट लिया था। उसको कुछ चीज़ों का फ़र्क़ पड़ना बंद हो गया था। सुबह का नाश्ता वह गजेंद्र के साथ करता। नाश्ते के बाद दोनों दोस्त टहलते हुए अपनी-अपनी क्लास में जाते।

"पार्टनर, अगर एक वकील जवाब न दे तो एक बात पूछूँ?" गजेंद्र से कभी मनोज को इतना घुमाकर पूछने की आदत नहीं थी।

मनोज ने हँसते हुए कहा, "पूछो, वैसे तो ये सवाल पर डिपेंड करता है कि जवाब वकील देगा या दोस्त।"

"तुम कॉलेज आने के लिए इतनी आसानी से मान गए इसकी वजह क्या है? तुम साशा के लिए नहीं आए, कोई और बात है?" गजेंद्र का सवाल सीधा था।

"ऐसा क्यों लगता है तुम्हें?"

"क्यों लगता है छोड़ो ना, ये बताओ क्यों आए?"

"साशा के लिए ही आया।"

"नहीं यार पार्टनर, इससे अच्छा तो बोल देते कि नहीं बताऊँगा।" गजेंद्र ने आसमान में देखते हुए कहा। उसको मनोज का जवाब न देना ठीक नहीं लगा।

कुछ देर वे चुपचाप चलते रहे, गजेंद्र की क्लास आने ही वाली थी।

मनोज ने कहा, "पार्टनर, तुमसे ज़्यादा मुझे कोई नहीं जानता, मैं बताऊँगा कि क्यों आया हूँ, लेकिन कुछ दिन बाद।"

गजेंद्र मुस्कुराया, "चलो ये तो माना कि वजह कुछ और है, शाम को

मिलते हैं।"

गजेंद्र को क्लास के बाहर छोड़कर, मनोज की चाल धीमी हो गई। उसने आसमान में देखा। वह क्लास से थोड़ा-सा पहले एक बेंच पर जाकर बैठ गया।

गजेंद्र ने कुछ ऐसा पूछ लिया था जिसका जवाब मनोज के लिए कोर्ट रूम के आरग्यूमेंट जैसा आसान नहीं था।

मनोज भीतर-भीतर टूट रहा था। आए हुए इतने दिन हो गए थे, अभी तक उसके और साशा के बीच की दूरी उतनी ही बनी हुई थी। दूसरी ऐसी क्या वजह थी जो वह अपने सबसे जिगरी दोस्तों को भी नहीं बता रहा था। मनोज की बेचैनी जो कि सामने से दिखती नहीं थी लेकिन थी। अक्सर हॉस्टल की रातें वह करवट बदलकर काटा करता था। उसके मन में एक अटकी हुई उम्मीद थी कि साशा एक दिन उससे आकर पूछेगी और वह सब कुछ बताकर कॉलेज छोड़ देगा।

52.

मनोज क्लास में कुछ देर से पहुँचा। उस दिन मीता क्लास में पहले से आई हुई थी। यूँ भी कभी-कभी वह लेक्चर के लिए आ जाया करती थी।

मनोज के घुसते ही मीता ने मौज ली, "सर, आप लेट आएँगे तो कैसे चलेगा?"

वैसे भी कैंप के बाद फ़ाइनल ईयर की क्लास का माहौल अच्छा ही था। मीता भी फ़ाइनल ईयर वाले छात्रों से ही इतने हल्के-फुल्के अंदाज़ में बात करती थी।

मनोज अब भी गजेंद्र के सवाल में उलझा हुआ था।

"सॉरी," उसने कहा और कोने में जाकर अपनी सीट पकड़ ली।

मीता एक कोने से दूसरे कोने तक टहल रही थी। उसके हाथ में कुछ

पेपर थे। फ़ाइनल ईयर की क्लास प्रिंसिपल के आने पर वैसे भी ख़ुश हो जाती थी क्योंकि जब भी मीता आती, कोई-न-कोई ज़रूरी ख़बर लेकर आती।

"आप सभी को दो बातें बतानी थीं, पहली कि आप लोग तैयारी शुरू कर दीजिए। हमारी प्लेसमेंट सेल को लीगल फ़र्म्स से बहुत अच्छे रेस्पॉन्स मिल रहे हैं। हमें उम्मीद है कि इस साल का प्लेसमेंट पिछले सारे रिकॉर्ड तोड़ देगा।" मीता की यह बात सुनते ही पूरी क्लास में ख़ुशी की लहर दौड़ गई। लोगों में फुसफुसाहट भी होने लगी। मीता भी यह बताते हुए बहुत ख़ुश थी। उसको ख़ुशी होती थी कि कम-से-कम जबसे उसने जॉइन किया था, पुणे लॉ कॉलेज पढ़ाई और प्लेसमेंट दोनों में बहुत तेज़ी से ऊपर चढ़ता जा रहा था।

"मैम, मैं भी प्लेसमेंट में बैठ सकता हूँ न?" मनोज ने चुटकी लेते हुए कहा और पूरी क्लास खिलखिला उठी।

"एकदम बैठ सकते हैं, वैसे अच्छा लगेगा आपकी फ़र्म इस कॉलेज से कुछ स्टूडेंट्स को लेकर जाए।" मीता ने कहा।

पूरी क्लास ने ये सुनकर ताली बजाई। क्लास में हो रहे हो-हल्ले को शांत करने का इशारा करते हुए उसने फिर बोलना शुरू किया, "दूसरी ख़बर ये है कि आपके पेपर की मार्किंग हो गई है। आप सबको रिज़ल्ट आज मिल जाएँगे। मैं बस टॉप के तीन लोगों के नाम बताती हूँ।"

ये सुनकर पूरी क्लास में सन्नाटा छा गया था। साशा ने बाबा की ओर देखा। बाबा ने मीता की ओर। मनोज अपनी सीट से क्लास के बाहर की तरफ़ देख रहा था।

मीता क्लास के बीच में ठहर गई, "वैसे तो ज़्यादा कुछ चेंज नहीं है, हर बार बाबा... मेरा मतलब है पवि रंजन फ़र्स्ट आते थे और साशा सेकंड, इस बार हमारी क्लास का यंगेस्ट स्टूडेंट फ़र्स्ट आया है, साशा सेकंड और बाबा थर्ड, कॉन्ग्रेट्स मनोज।"

साशा ने दाँत पीसे, बाबा को झटका लगा, क्लास सन्नाटे में थी।

मीता के जाने के बाद सबसे पहले अनुशा ने मनोज को मुबारकबाद दी। क्लास के कई बच्चों ने आकर मनोज से पार्टी माँगी।

मनोज बधाइयाँ लेते हुए साशा की ओर देख रहा था। बाक़ी लोग भी साशा को सेकंड आने की बधाइयाँ दे रहे थे, लेकिन साशा को सब बधाइयाँ फीकी लग रही थीं। साशा ने इस बार अपनी पूरी जान लगा दी थी। मनोज अगर कॉलेज नहीं आया होता तो साशा फ़र्स्ट आती। साशा को फिर से एक बार मनोज पर ग़ुस्सा आया।

साशा ने रिज़ल्ट चेक किया तो पहली बार वह बाबा से काफ़ी लंबे मार्जिन से आगे थी पर मनोज से वह बस दो नंबर कम थी।

53.

शाम को मीता ने अपने घर डिनर पर गजेंद्र और मनोज को बुलाया था। मीता ने खाना ख़ुद बनाया था। गजेंद्र पहले से वहाँ मौजूद था। उसने भी अपने मन से खाना बनाया था। पुणे के मौसम में अब हल्की-सी ठंड थी। गार्डन में कुछ लकड़ियाँ जल रही थीं। मनोज अभी तक पहुँचा नहीं था।

"यार गजेंद्र, ये बता, वो तेरी चिट्ठियों वाली 'A' कौन थी?" मीता ने टेबल लगाते हुए पूछा।

"छोड़ो, अब तो पुरानी बात हो गई।" गजेंद्र ने टालते हुए कहा।

"पुरानी है तो छोड़ें क्यों! बताओ, ऐसा कौन था कि तुमने शादी नहीं की?" मीता ने ज़ोर देते हुए कहा।

"डिनर पर मुझे परेशान करने के लिए बुलाया है?"

"हाँ और क्या, अब तो इतने साल हो गए, अब तो बता दो।" मीता ने टेबल पर गिलास रखकर, टेबल क्लॉथ को एक बार बराबर किया। इसी बीच घंटी बजी। मनोज आ चुका था।

गजेंद्र को बात बदलने का मौक़ा मिल गया।

"सही टाइम से आए पार्टनर, वैसे क्या यार पार्टनर, क्या ज़रूरत थी टॉप करने की, छोटे-छोटे बच्चों को परेशान करते हो!" गजेंद्र ने गिलास में वाइन डालना शुरू की।

"मुझे क्या पता था टॉप कर जाऊँगा, मैं तो जानकर कुछ नंबर के सवाल छोड़ आया था।"

ये सुनकर तीनों हँसे, मनोज और मीता भी अपने-अपने गिलास ले चुके थे। मनोज और गजेंद्र दोनों को खाना बहुत पसंद आया। शाम धीरे-धीरे बीत रही थी। इधर-उधर की बातों के बीच पुराने समय को याद करते हुए तीनों ख़ुश थे। अगर पुराने दोस्त साथ हों तो ख़ुशी ढूँढ़नी नहीं पड़ती।

ख़ुशी को कभी उस पल में उतना नहीं पकड़ा जा सकता जितना कि ठीक उसी पल पर कुछ साल बाद लौटकर। सामने जल रही लकड़ियाँ दो-तीन बार बदली जा चुकी थीं।

आज मीता ने मूड बना रखा था, वह आज गजेंद्र को छोड़ने वाली नहीं थी।

"अब ये बताओ वो चिट्ठी वाली A कौन थी?" मीता को कहते हुए समझ में आया कि गजेंद्र शायद बताएगा नहीं। उसने मनोज से पूछा, "तुम्हें पता है इसने शादी क्यों नहीं की?"

"हाँ पता है।" मनोज ने बहुत ही कैज़ूअली कहा।

"तुम्हें पता है! बस मुझे ही नहीं पता!!" मीता ने चौंकते हुए कहा, "मुझे बताओ क्या बात है?"

गजेंद्र आज घिर चुका था।

"बताओ मनोज?"

मनोज ने दो सिप ली और बहुत ही सीरियस होकर बोला, "ये बेचारा आईएएस की तैयारी करता रहा, A के घरवालों ने अच्छा लड़का देखकर शादी कर दी।"

मनोज चुप हो गया, मीता बड़ी उम्मीद से आगे की कहानी का इंतज़ार कर रही थी, "बस इतनी-सी बात, अरे तो रोकना चाहिए था ना।"

मीता को इतना सीरियस देख मनोज हँसने लगा। मीता की बेचारगी देखकर गजेंद्र भी हँसने लगा।

"यार तुम लोग न, बताओ, सही में जानना है मुझे।"

अब मनोज सीरियस होकर बोला, "वैसे पार्टनर बता ही दो आज।"

गजेंद्र को समझ आ चुका था कि आज ये छोड़ने वाले नहीं हैं। गजेंद्र ने अपना मोबाइल बाहर निकाला और उन दोनों की तरफ़ बढ़ाते हुए कहा, "गुनगुन मेरी बेटी है और A... अनुभा है। मेरे जुड़वा भाई की वाइफ़।"

गजेंद्र ने अपने मन का सबसे बड़ा बोझ आज बाहर रख दिया था। ये ऐसी बात थी जो उसने कभी किसी से नहीं कही थी। मनोज या मीता दोनों ही वैसे दोस्त नहीं थे जो कहते कि ये तो ग़लत है, ये तुमने क्यों किया, फिर भी गजेंद्र ने यह सच सबसे छुपाकर रखा था।

हम सबके कुछ सच ऐसे होते हैं जो ख़ुद से भी छुपाकर रखने पड़ते हैं कि वो कहीं याद न आ जाएँ। याद आ भी जाएँ तो हमें ये याद न आए कि हम सही में हैं कौन। शीशे के सामने दिखने वाला सच है जिसको हम इधर-उधर टहला देते हैं। दुनिया का हर शख़्स इस सवाल से जूझा है कि वो सच में है कौन! नाम, काम, पता, परिवार, शहर सब जानने के बाद भी कितना कुछ रह जाता है! हम वही हैं जो हमारे गहनतम राज़ हैं, बाक़ी सब ऊपर से किया हुआ पेंट है जो समय के साथ धुँधला पड़ जाता है।

क़ायदे से इस समय मीता के घर की हवा में कई सवाल होने चाहिए थे पर इस शाम के पास कोई सवाल नहीं थे। मनोज को वो बात याद आई कि वह वास्तव में इस कॉलेज में क्यों आया। पर आज का दिन एक बड़े राज़ के लिए काफ़ी था।

"गुनगुन से मिलवाओ कभी।" मीता ने ख़ामोशी को काटते हुए कहा।

"पता है, सबसे बड़ा दुःख क्या है..." गजेंद्र ने ये सवाल उन दोनों से नहीं बल्कि ख़ुद से पूछा था।

"अपने बच्चे को अपने से दूर बड़े होते हुए देखना। गुनगुन जब मुझे गले लगाती है तो मेरे सारे दुःख पिघल जाते हैं। दुनिया से सारी शिकायतें

एक पल में ग़ायब हो जाती हैं। जीने का मन करता है, वरना क्या रखा है यार लाइफ़ में!" गजेंद्र कभी इतना नहीं बोलता था। सरकारी नौकरी में रहते हुए वैसे भी उसे कम शब्दों की आदत हो गई थी।

गजेंद्र की बातों का सिरा पकड़कर मनोज को साशा की बहुत ज़ोर-से याद आई। उसका मन हुआ कि बस अभी उसको बुलाकर सॉरी बोले और गले लगा ले।

मीता को याद आया कि वह बच्चा प्लान कर रही थी। उसको अपने उस बच्चे की याद आई जो कभी हुआ ही नहीं।

अनुभा से उसकी शादी क्यों नहीं हुई, उसके भाई से कैसे हुई, क्या उसके भाई को भी ये बात पता है, ये सब सवाल उस दिन के लिए ज़रूरी नहीं थे। असल चीज़ थी गजेंद्र का खुलना, उसका दुःख। वो पार्टी कब ख़त्म हुई, सुबह कब हुई किसी को याद नहीं था।

54.

डेविड कॉफ़ी बना रहा था। प्रिया अभी सो रही थी। कॉफ़ी बनाने के बाद डेविड ने बहुत ही धीमे-से कॉफ़ी बेड के पास रखी। वह हौले-हौले प्रिया का माथा सहला रहा था। डेविड चाहता था कि प्रिया की नींद न खुले। प्रिया को माथा सहलाना अच्छा लग रहा था। जैसे कोई रुई के फाहे को भिगोकर हल्के-हल्के शरीर का वो दर्द दूर कर रहा हो, जो तब तक पता नहीं चलता जब तक कोई सहलाए न।

प्रिया ने आँखें खोलीं और डेविड सकपका गया। उसने अपने-आप को सँभालते हुए कहा, "कॉफ़ी।"

प्रिया ने उठते हुए कहा, "अगर अच्छी नहीं हुई तो?"

"तो दुबारा सो जाना, फिर से ट्राई करूँगा!"

प्रिया मुस्कुराई।

सुबह अच्छी होने के लिए कुछ नहीं चाहिए, सिवाए इसके कि हमें अपने काम की याद न आए और कोई पास में, हौले-से सहलाने वाला हो।

जो पहले अधूरे प्यार के बाद से प्यार से भरोसा उठा लेते हैं या जिनका पहला प्यार पूरा हो जाता है वो कभी जान नहीं पाते कि एक उम्र के बाद होने वाला दूसरा, तीसरा या चौथा प्यार कितना ख़ूबसूरत हो सकता है।

"मुझे कुछ कहना है..." डेविड ने कहा।

"कल इतना कुछ कह तो दिया, अभी तक तुम्हारी बातें ख़त्म नहीं हुईं?" प्रिया ने कॉफ़ी का पहला सिप लिया।

"अच्छी बनी है।"

"पक्का?"

"हाँ, थोड़ी और अच्छी हो सकती है।" प्रिया मुस्कुराई, उसको सुबह अच्छी लग रही थी।

55.

अनुशा जब सोकर उठी तो देखा साशा कमरे में नहीं थी। रात में जब वह सोने गई थी तो भी साशा कमरे में नहीं थी। अनुशा ने जब साशा को फ़ोन लगाया तो देखा, उसका फ़ोन वहीं कमरे में बज रहा है। साशा पुणे की सड़कों पर बदहवास भाग रही थी। उसको याद नहीं था कि वह कितने किलोमीटर भाग चुकी थी। उसका पूरा शरीर पसीने से लथपथ था। अब साँस फूल चुकी थी। हाथ में जो पानी की बोतल थी वो ख़ाली हो चुकी थी।

जब वह थककर रुकी तो रजनीश (ओशो) का आश्रम सामने था। आश्रम के आसपास भगवा और सफ़ेद कपड़े पहने हुए बहुत-से देशी-विदेशी दिखे। वहीं कोरेगाँव पार्क में एक चाय वाला गुनगुनाते हुए चाय बना रहा था। साशा को याद आया कि उसने रात में भी कुछ खाया नहीं था। वह चाय वाले की दुकान पर रुकी।

चाय वाले ने पोहा की प्लेट के साथ चाय साशा को दी। एक प्लेट खाने के बाद भी साशा की भूख कम नहीं हुई बल्कि बढ़ गई। उसने दो प्लेट पोहे खाए और दो कप चाय पीने के बाद कुछ शांत हुई।

वह वहीं पर बैठकर आते-जाते लोगों को देख रही थी और सड़क देखकर उसे समझ नहीं आ रहा था कि वह कहाँ जाए।

ऐसा कई बार होता है कि रास्ते सब याद होते हैं पर घर खो जाता है। पुणे वैसे भी साशा का घर तो था नहीं। यही पुणे उसे अपने पापा के आने से पहले कितना अच्छा लगता था! देश के हर बड़े कॉलेज में उसका एडमिशन हुआ था फिर भी वह पुणे केवल इसलिए आई थी ताकि अपने बाप का रिकॉर्ड तोड़ पाए।

कल के रिज़ल्ट के बाद से वह हिल गई थी। जिस काम के लिए उसने इतनी मेहनत की थी मनोज ने आकर सब ख़राब कर दिया था। यही उसकी मनोज से शिकायत भी थी कि वह अपने आगे किसी को कुछ नहीं समझते।

वह ग़ुस्सा थी क्यों? मनोज ने कभी प्रिया को बुरा नहीं कहा। वह काम में इतना बिज़ी था कि घर पर ध्यान न देना बहुत छोटी बात थी। मनोज ने हमेशा ख़्याल रखा कि साशा अच्छी से अच्छी जगह पढ़े, सबसे अच्छा एक्सपोजर उसको मिले। फिर ग़लती हुई कहाँ?

ऐसी क्या बात थी जो सिर्फ़ मनोज और साशा जानते थे, कोई और नहीं?

साशा का पसीना सूखना शुरू हो चुका था। शरीर पर पसीने के सूखने से होने वाली ठंडक लग रही थी।

ऐसा क्यों था कि कॉलेज में उसका दोस्तों का ग्रुप तो था, लेकिन कोई भी ऐसा नहीं था जिससे वह सारी बातें करती हो।

साशा बचपन से क्लास में फ़र्स्ट आ रही थी इसलिए कॉलेज आकर पहली बार सेकंड आने में उसको दिक़्क़त हो रही थी। सेकंड तो पहले भी दो साल से आ रही थी, लेकिन इस बार मनोज का फ़र्स्ट आना उसको इतना क्यों अखर गया?

साशा ये सब सोच ही रही थी कि बूढ़े विदेशी अंकल की आवाज़ से उसका ध्यान टूटा, "नाराज़ हो?"

पहले तो साशा को लगा कि वह किसी और से बात कर रहे हैं। अंकल ने दुबारा पूछा, "नाराज़ हो?"

साशा चाहती तो बोल सकती थी, आपसे मतलब?

पर अंकल की आवाज़ में ठहराव था, उनको ऐसा जवाब नहीं दिया जा सकता था।

साशा ने सिर हाँ में हिलाया।

"किससे नाराज़ हो?" अंकल ने पूछा।

हालाँकि ये किसी चाय वाले की दुकान पर बैठे किसी रैंडम अजनबी से आया पर्सनल सवाल था, लेकिन साशा को बुरा नहीं लगा। वह बुरा और अच्छा लगने वाली स्टेज से बाहर थी।

साशा को इस समय एक सायकॉलजिस्ट की ज़रूरत थी जो उसकी बात सुन सके। अंकल ने दुबारा नहीं पूछा।

साशा ने एक और चाय का इशारा किया। चाय का सिप लेने के बाद अपने-आप को अंकल की ओर मोड़कर उसने कहा, "सबसे!"

अंकल का चेहरा अब पहली बार उसने ध्यान से देखा। उनकी आँखों में ग़ज़ब की शांति थी। उनकी दाढ़ी के आधे से ज़्यादा बाल सफ़ेद थे। अंकल की आँखें ऐसे देख रही थीं जैसे किसी पहाड़ी मंदिर पर बनी मूर्ति की ज़िंदा आँखें।

अंकल ने मुस्कुराते हुए कहा, "सबसे ज़्यादा नाराज़ हम ख़ुद से होते हैं।"

साशा के दिमाग़ में जैसे कोई बिजली चमकी, वो सही में मनोज से नाराज़ थी या अपने आप से?

"आपको कैसे पता?" साशा ने पूछा।

चाय वाला कोई गाना गुनगुना रहा था। सड़क पर ट्रैफ़िक की आवाज़ बढ़ रही थी, लेकिन अंकल की आँखें अब पहले से ज़्यादा शांत थीं।

"क्योंकि मैं सालों तक अपने आप से नाराज़ था, इसीलिए इंडिया आया, यहाँ आश्रम आया।"

"अब आपका ग़ुस्सा ख़त्म हो गया?"

"हाँ।"

"फिर आप लौटे क्यों नहीं?" साशा ने पूछा।

"ऐसा लगा कि नाराज़ लोगों की मदद करूँगा तभी शांति मिलेगी।"

"आप चाय की दुकान पर नाराज़ लोगों को ढूँढ़ते हैं?" साशा ने हँसते हुए पूछा।

अंकल हँसते हुए बोले, "नाराज़ लोग हर जगह हैं, आसपास देखो।"

साशा को लगा कि अंकल मज़ाक़ कर रहे हैं। उन्होंने दुबारा कहा, "आसपास देखो।"

साशा सही में आसपास देखने लगी। एक-एक चेहरा ध्यान से देखने लगी। गाड़ियों में बैठे लोग, ऑटो में जाते हुए लोग, टैक्सी में बैठे लोग, दुकान पर सुबह-सुबह सामान लेने आते लोग, बाइक से निकलते लोग।

"दिखे?" अंकल ने पूछा।

साशा हैरान थी कि उसने कभी अपने आसपास इतने ध्यान से देखा क्यों नहीं था। हर चेहरे पर एक शिकन, एक थकावट थी।

"तुम्हारी परेशानी नई नहीं है।"

"आपको मेरी परेशानी के बारे में पता है?" साशा ने चौंकते हुए पूछा।

"नहीं, बस तुम अपने-आप से नाराज़ हो इतना पता है।"

साशा ने एक काग़ज़ लेकर अंकल का नंबर नोट किया।

"शायद कॉल करूँ।"

अंकल ने मुस्कुराकर साशा को विदा किया। साशा ने कोई बात नहीं बताई फिर भी हल्का महसूस किया।

जब वह लौट रही थी तो रास्ते में एक ब्यूटी पार्लर पर उसकी नज़र गई। अभी वो बस खुल ही रहा था। एक-दो लोग ही मौजूद थे।

"हेयर कट।" साशा ने कहा।

ब्यूटी पार्लर की मालकिन ने साशा के बाल छूकर देखे, "बहुत अच्छे हैं। थोड़ा-सा ट्रिम करके और अच्छे हो जाएँगे।"

साशा अब कुर्सी पर बैठ चुकी थी। उसने अपना चेहरा शीशे में देखा और बोली, "एकदम छोटे कर दो।"

ब्यूटी पार्लर की मालकिन को लगा कि शायद उसने कुछ ग़लत सुन लिया है। उसने दुबारा कन्फ़र्म किया। साशा ने हाँ में सिर हिलाया।

कुछ देर में साशा नई हो चुकी थी। अपने-आप से लड़ने के लिए कई बार अपने-आप को नया करना होता है। साशा अपने आप को नया करने की दिशा में पहला क़दम चल चुकी थी।

जब वह कमरे पर पहुँची तब तक अनुशा क्लास में जा चुकी थी। वह काफ़ी थकी हुई थी पर उसने आकर कमरे को एक कोने से साफ़ करना शुरू किया और कुछ ही घंटों में कमरे को झाड़-पोंछकर नया कर दिया।

उसने अंकल का नंबर अपने मोबाइल में सेव कर लिया था और उनका नाम लिखा- 'स्माइलिंग अंकल'।

हम सभी शायद ऐसे स्माइलिंग अंकल का इंतज़ार कर रहे हैं जो हमें न जानते हुए भी पहचान लें और हमारी सारी समस्याओं पर मुस्कुराकर कोई आसान-सी तरकीब बात दें। साशा को तरकीब तो नहीं मिली थी, लेकिन उस सुबह कुछ ऐसा मिला था जो उसे अभी ख़ुद भी नहीं पता था।

56.

कॉलेज ख़त्म करके मनोज उस दिन अपने रूम पर न जाकर पुणे के एक कैफ़े में गया। वहाँ पर एक आदमी उसका इंतज़ार कर रहा था। मनोज के सामने एक फ़ाइल थी।

"सर, हमने पूरी तरह से चेक कर लिया है। आपके किसी भी राइवल ने आपकी डिग्री वाली बात लीक नहीं की है।"

"इम्पॉसिबल!" मनोज ने फ़ाइल बंद की और झुँझलाते हुए कहा, "और इनकम टैक्स की रेड?"

"सर, वो टेलीकॉम मिनिस्टर ने इनिशिएट करवाई थी। हमें लगता है कि आपके नाम की कोई फ़ाइल सरकार के पास नहीं है। इसलिए वो आपके नाम की एक फ़ाइल रखना चाहते हैं ताकि जब चाहे आपसे अपने काम करवा सकें।" सामने बैठे आदमी ने पूरी गंभीरता से यह बात कही।

"What rubbish!"

"सर, अभी एक बहुत बड़े ऐक्टर के बेटे को ड्रग केस में इसीलिए फँसाया था और बाद में फ्री भी कर दिया, ताकि बाद में कभी भी उस ऐक्टर से कोई फ़ेवर ले सकें।"

ये बातें कहीं भी हो रही होतीं तो एक सस्ता गॉसिप लगती, लेकिन मनोज के सामने ऐसी बातें तभी कही जा सकती थीं जब वो बातें पूरी तरह से पक्की हों।

मनोज को अब भी ये विश्वास नहीं हो रहा था कि उसकी डिग्री वाली बात आख़िर बाहर आई कैसे। मनोज अभी उधेड़बुन में ही था कि सामने वाले आदमी ने कहा, "सर, आपके ऑफ़िस में एक-दो रेड और पड़ सकती हैं। आपकी रेप्युटेशन अभी बहुत नाज़ुक है। इसका फ़ायदा कई लोग उठाना चाहेंगे।"

मनोज सोच में डूब गया।

कैफ़े से निकलकर उसने अपने ऑफ़िस के लिए कुछ इन्स्ट्रक्शन रिकॉर्ड करके छोड़े।

57.

M-Mobile International Voldings vrs Uninon of India Civil Appeal no. 423.

भारत की जनसंख्या कितनी ज़्यादा है इसका अंदाज़ा इस बात से लगाया जा सकता है कि किसी भी दिन भारत में लगभग 65 हज़ार बच्चे पैदा होते हैं। जिन दीवारों पर लिखा होता है कि यहाँ पेशाब करना मना है, उन दीवारों पर किसी भी मिनट कम-से-कम 15 से 20 लाख लोग पेशाब कर रहे होते हैं।

इसीलिए ये समझने के लिए कि भारत मोबाइल कनेक्शन के लिए बहुत बड़ा मार्केट है, बहुत ज़्यादा गणित लगाने की ज़रूरत नहीं थी। इसीलिए भारत में पैसा कमाने की अकूत संभावना दुनिया की कई बड़ी कंपनियाँ देख रही थीं।

ब्रिटेन की एक कंपनी को भी ये गणित समझ में आया। वो यहाँ सीधे नहीं आ सकती थी तो उसने यहाँ के छोटे मोबाइल ऑपरेटर में क़रीब 70% स्टेक ख़रीद लिए।

दोनों कंपनियों की कई सारी छोटी कंपनियाँ भी थीं। इस बात का ध्यान रखते हुए कि होने वाली ख़रीद-फ़रोख़्त में कोई दिक़्क़त न आए, ये सारी डील एक ऐसे आइलैंड पर की गई जो कि टैक्स हैवन[1] था। टैक्स हैवन

---

1. टैक्स हैवन (Tax Haven) देश उन्हें कहा जाता है जहाँ अन्य देशों की अपेक्षा बहुत कम कर लगता है या बिलकुल नहीं लगता। ग़ौरतलब है कि ये ऐसे देश होते हैं जो विदेशी नागरिकों, निवेशकों एवं उद्यमियों को वह सुविधा प्रदान करते हैं कि वे उस देश में रहकर जो व्यवसाय या निवेश करेंगे या वहाँ किसी उद्यम की स्थापना करेंगे तो उस पर उनको कर नहीं देना होगा या कर की दरें बहुत ही कम होंगी। ऐसे देश टैक्स में किसी प्रकार की पारदर्शिता नहीं रखते, न ही किसी प्रकार

को अगर आम भाषा में समझें तो जैसे उत्तराखंड बनने पर कमाई के लिए सरकार ने ये सुविधा दी थी कि अगर आप अपनी कंपनी वहाँ सेटअप करते हैं तो तीन साल तक कोई टैक्स नहीं देना होगा।

ऐसे ही एक छोटे आइलैंड (देश) के माध्यम से यह डील संपन्न हुई। डील के बाद ये कंपनी देश की तीसरी सबसे बड़ी कंपनी बन गई। इस कंपनी ने हिंदुस्तानी लॉ के हिसाब से सभी रेगुलेटरी अप्रूवल ले रखे थे पर बाद में इनकम टैक्स डिपार्टमेंट ने बड़ी कंपनी को शो कॉज़ नोटिस भेज दिया था कि डील के दौरान टैक्स की चोरी हुई है।

बॉम्बे हाई कोर्ट में केस दर्ज हुआ था और कंपनी को दोषी पाया गया था।

अब सारी समस्या और मनोज साल्वे का इस केस में आना इसी वजह से शुरू होता है। कोई भी बड़ा बिज़नेस शुरू करने की एक क़ीमत, एक तरीक़ा होता है। जैसे भारत के कुछ प्रदेश में एक समय पर कुछ अनकहे नियम थे कि शराब की बोतल पर जो टैक्स था वो तो था ही, एक राजनैतिक परिवार को भी शराब की हर बोतल की बिक्री पर एक कर देना पड़ता था। ऐसे ही एक-दो बीयर के ब्रांड चल रहे हैं जो प्रॉफ़िट का कुछ हिस्सा उस प्रदेश के शक्तिशाली परिवारों या नेताओं को देते रहते हैं।

टेलीकॉम बहुत बड़ा मार्केट था ये बात समझने के लिए किसी भी नेता को बहुत ज़्यादा गुणा-भाग करने की ज़रूरत नहीं थी। हुआ कुछ ऐसा था कि कंपनी ने कुछ पैसे टेलीकॉम मिनिस्टर को इस बात के लिए दिए थे कि वो इस देश में बिज़नेस करना चाहते हैं।

वन टाइम फ़ी दे दी गई, लेकिन जब बिज़नेस बढ़ा और इतना बढ़ा जितने की किसी को उम्मीद नहीं थी तब तो मिनिस्टर का लालच बढ़ा।

की वित्तीय जानकारी को साझा करते हैं। ये देश उन लोगों के लिए स्वर्ग (हैवन) के समान हैं, जो टैक्स चोरी करके पैसे इन देशों में जमा कर देते हैं। ऐसे देशों में पैसे जमा करने पर वे पैसे जमा करने वाले व्यक्ति या संस्था के बारे में कुछ भी नहीं पूछते। यही कारण है कि टैक्स चोरों के लिए ऐसे देश स्वर्ग जैसे होते हैं, जो अपने देश से पैसे लाकर इन देशों में काले धन के रूप में जमा कर देते हैं।

उसको लगा कि ये तो कैश काउ है, इसको ऐसे नहीं छोड़ा जा सकता। उसको अपना हिस्सा मिल चुका था फिर भी उसको लगा कि नुक़सान हो गया है। इसी बात का दबाव बनाने के लिए उसने मनोज को बुलाया था। जिसके बाद मनोज ने अपने मीडिया के दोस्तों के थ्रू बात लीक कर दी थी।

ये सब होना ही था, लेकिन टाइमिंग थोड़ी गड़बड़ हो गई। मनोज की डिग्री वाली बात बाहर निकल आई। इसलिए मनोज का ये जानना बहुत ज़रूरी था कि इसके पीछे कौन है क्योंकि अगर ये कोई अंदर का है तो मनोज के लिए मुश्किलें ख़त्म होने वाली नहीं थीं।

58.

मनोज ने जो मैसेज अपने ऑफ़िस के लिए दिए थे, उनके हिसाब से उसकी एक मीटिंग टेलीकॉम मिनिस्टर के साथ फ़िक्स होनी थी। मनोज वैसे भी भागने वालों में से नहीं था। उसको समस्या से सीधा टकराने में मज़ा आता था।

मनोज ने दिल्ली पहुँचकर एक होटल में चेक-इन किया।

दिल्ली इस मामले में दुनिया के सबसे तेज़ शहरों में है कि यहाँ जो ख़बर टीवी पर ब्रेकिंग न्यूज़ के नाम से आ रही होती है उसके पीछे कितनी ही सारी असली ब्रेकिंग न्यूज़ छुप जाती हैं।

मनोज के ही फ़्लोर पर कुछ देर में मिनिस्टर भी था। मनोज को ऐसे मिलना पसंद नहीं था, लेकिन इस बार ये ज़रूरी हो गया था।

मनोज की एक ही शर्त थी कि वह एकदम अकेले मिलना चाहता था। मिनिस्टर पहले तो इसके लिए तैयार नहीं हुआ, लेकिन मनोज इस कंडिशन के बिना मिलने को तैयार नहीं था तो आख़िरकार मिनिस्टर को मानना पड़ा।

मिनिस्टर कमरे में आया, मनोज अपनी सीट से नहीं उठा। मिनिस्टर ने ये बात नोट की पर बड़ी चीज़ के लिए वह छोटी चीज़ों पर ध्यान नहीं

देना चाहता था।

मनोज की जेब में एक काग़ज़ था, ठीक वैसा जो वह बड़े केस की दलील के पहले अपने लिए बनाकर रखता था। उसने काग़ज़ को छूकर देखा।

"मनोज जी," मिनिस्टर की आवाज़ में उलाहना थी, "आप तो हाथ में ही नहीं आते!"

"सर, आप..."

"मनोज जी, मैं आपकी इतनी इज़्ज़त करता हूँ, आप सर मत बोलिए।"

"सर..." मनोज ने आँखों में आँखें डालकर कहा, "इज़्ज़त में नहीं, मैं सबको सर बोलता हूँ।"

मिनिस्टर ये सुनकर हँसा। उसके पास और कोई ऑप्शन भी नहीं था।

"मुझे वकीलों जैसे बातें घुमाना-फिराना नहीं आता।" मिनिस्टर ने कहना शुरू किया।

मनोज ज़ोर-से हँसा।

"इसमें हँसने वाली क्या बात है?"

"मुझे नेताओं जैसे बातें फिराना-घुमाना नहीं आता सर!"

दोनों हँसे, दोनों को पता था कि उनकी हँसी नक़ली है। मिनिस्टर को लगा कि जल्द-से-जल्द काम की बात पर आ जाना चाहिए।

"M-mobile के पास बहुत पैसा है, आप साथ दीजिए बस, केस या तो लटका के रखिए या फिर हार जाइए, कहने की ज़रूरत नहीं है इस अकेले केस में आप उतना पैसा कमा लेंगे जितना अगले दस साल में कमाते।" मिनिस्टर ने पानी पिया और जेब से एक लिफ़ाफ़ा निकालकर आगे बढ़ाया और खोलने का इशारा किया। "आप आराम से सोच लीजिए।"

लिफ़ाफ़े में मनोज की अनुशा के साथ की तस्वीरें थीं। हालाँकि तस्वीरों में ऐसा आपत्तिजनक कुछ भी नहीं था। मनोज अंदर-ही-अंदर उबल रहा था, लेकिन उसके चेहरे पर एक भी शिकन नहीं थी।

“मनोज सर, हम दोनों के धंधे में इमेज ही सब कुछ है, न्यूज़ में सुनने में अच्छा थोड़े लगेगा कि आपके जैसा बड़ा वकील अपने से आधी उम्र की लड़की के साथ... और आपकी बेटी भी तो उसी कॉलेज में...” मिनिस्टर ने अपनी बात पूरी नहीं की।

मनोज ने जेब में हाथ डाला, उसके चेहरे पर अब भी एक भी शिकन नहीं थी। मनोज ने जेब के काग़ज़ को छूकर कहा, “मुझे पैसा नहीं चाहिए, मैं कंपनी को रिप्रेज़ेंट करूँगा, लेकिन आपके हिसाब से। मैं जो कहूँगा वो आपको करना होगा।”

“आप तो इतनी जल्दी मान गए!”

“मैं पहले से ही माना हुआ था, वरना आपसे मिलने आया ही नहीं होता...” मनोज ने थोड़ा रुककर कहा, “सर! बस एक रिक्वेस्ट है...”

“हाँ, कहिए।”

“सर, पिछली सरकार में एक मंत्री जी ने मुझे हड़काने की कोशिश की थी, पॉलिटिक्स में जितने अच्छे हो सकते थे उतने अच्छे आदमी थे। ख़ैर छोड़िए, जितने दिन भी मैं कॉलेज में हूँ अगर मुझे धमकाने की छोटी-सी कोशिश भी हुई तो मैं... इतना डायरेक्टली आपसे कहना नहीं चाहता था, लेकिन आपने मजबूर किया इसलिए कहना पड़ रहा है, मैं आपको बर्बाद कर दूँगा सर।”

मनोज की आँखें पत्थर-सी हो गई थीं, वो उबल रही थीं। “अब आप जा सकते हैं।”

मिनिस्टर उठकर जाने लगा। वह दरवाज़े तक गया था कि मनोज उठकर अपना पेग बनाने लगा। मिनिस्टर अभी कुछ सोच में ही था कि आख़िर ये हुआ क्या।

मनोज ने पहला सिप लिया और बोला, “सर, अभी आप बहुत यंग हैं, उन नेता जी का बुढ़ापा जेल में बीता... पिछले साल जेल में ही मर गए, I feel sad for him.”

मिनिस्टर को मैसेज मिल चुका था। मनोज ने ध्यान नहीं दिया कि

मिनिस्टर कब वहाँ से गया। वह खिड़की पर आकर जगमगाती हुई दिल्ली को देखने लगा।

मनोज होटल से निकलकर अपने पुराने घर गया। वहाँ पर बहुत देर तक प्रिया और साशा की तस्वीरें देखता रहा। वह बहुत देर तक पीता रहा और तस्वीर को अपने सीने से चिपकाकर बैठा रहा। घर में एक उदास गाना चल रहा था।

सभी के उदासी के कुछ गाने होते हैं। मनोज की उदास गानों की प्लेलिस्ट बड़ी होती जा रही थी।

उसने घर का एक-एक कमरा देखा। दिल्ली के सबसे महँगे इलाक़े में सबसे बड़ा घर सबसे सूना था। वह घर की छत पर आया, जहाँ जाड़े के दिनों में लकड़ियाँ जलाकर वह बैठा करता था।

छत पर अब भी जली हुई लकड़ियों की महक थी। उसने आसमान में देखा। हम आसमान में बहुत ख़ुश होकर देखते हैं या फिर बहुत उदास होकर। मनोज को बहुत साल बाद आसमान भर अकेला लगा। उसने प्रिया को फ़ोन मिलाया।

प्रिया डेविड के साथ डेफनी के कैफ़े पर बैठी थी। पीछे से ग़ज़ल की धीमी आवाज़ आ रही थी।

"हेलो।"

मनोज ने कोई जवाब नहीं दिया। प्रिया ने दुबारा कहा, "मनोज!"

मनोज जैसे किसी नींद से जागा, वह बोला, "घर आया हूँ।"

प्रिया को मनोज की आवाज़ में उदासी सुनाई पड़ी। वह कैफ़े से बाहर आ गई।

"तुम ठीक हो?"

मनोज ने कोई जवाब नहीं दिया।

"क्या हुआ है तुमको?"

प्रिया कुछ-कुछ पूछती रही, मनोज रुँधे गले से कुछ कहना नहीं चाहता था। इतने सालों में उसे बस दो लोगों ने रोते हुए देखा था, एक प्रिया और

दूसरे उसके पिता जी।

प्रिया को चिंता हुई कि क्या हुआ। वह हैरान थी कि ये पुणे से दिल्ली क्यों पहुँचा। ऐसा क्या हुआ कि मनोज घर गया।

"क्या हुआ मनोज?"

"डर लग रहा है... अकेले डर लग रहा है यार।" मनोज ने अपने-आप को सँभालते हुए कह तो दिया पर प्रिया समझ गई कि मनोज रो रहा है।

रात के सबसे डरावने सपने असल में जीवन के गहनतम सच हैं। हमारा डर झूठे सपने का नहीं असल में सच का है। डरावने सपने के बाद जैसे कोई साथ चाहिए होता है जिसको जगाया जा सके। जो यक़ीन दिलाए तो एक बार में यक़ीन आ जाए कि जो देखा वो झूठ था और ये साथ सच है। कुल इतना-सा साथ जीवन के हर मुश्किल सवाल को ख़त्म कर देता है। मनोज के सपने उसे डराने लगे थे यहाँ तक कि वह गहरी नींद में जाने से डरता था कि कोई सपना न दिख जाए।

प्रिया चुप थी, मनोज चुप था, मेंहदी हसन के गाने की आवाज़ फ़ोन के एक तरफ़ से दूसरी तरफ़ आ रही थी। कुछ पर्सनल आवाज़ें और कुछ ख़ामोशियाँ न हों तो दर्द को समेटना असंभव हो जाए। कुछ लोग दवा जैसे होते हैं, प्रिया वही दवा थी जो हर मनोज को चाहिए होती है। प्रिया तो मनोज के लिए दवा बनती रही थी, पर मनोज प्रिया के लिए कुछ नहीं हो पाया।

दो लोग जब बिना लड़े अलग होते हैं तो उनकी वापसी के रास्ते सबसे मुश्किल होते हैं।

59.

डेविड प्रिया का इंतज़ार कर रहा था। प्रिया को याद आया कि जब बचपन में साशा की तबियत बहुत ज़्यादा बिगड़ी थी तब मनोज ज़ार-ज़ार रोया था। उसको किसी वैद्य, पंडित पर विश्वास नहीं था, लेकिन उन एक-

दो दिनों में वह जो-जो मान सकता था उसने मान लिया था। वह इतना रोया था कि प्रिया घबरा गई थी। साशा जब ठीक हुई तो महीनों घूम-घूमकर वह मंदिर-मस्जिद-गुरुद्वारे गया। मनोज का हिसाब-किताब पक्का था। हर एक चीज़ जो उसने मानी थी, वह पूरी करके फिर कभी किसी धर्मस्थल नहीं गया।

प्रिया कैफ़े से लौटते हुए चुप थी। प्रिया डेविड को कुछ भी बताना नहीं चाहती थी। डेविड को विदा करने के बाद प्रिया ने घर में घुसते ही साशा को फ़ोन किया। साशा का फ़ोन बंद था। उसने मैसेज डालकर छोड़ दिया।

प्रिया को चिंता में नींद नहीं आ रही थी। उसने मनोज को दुबारा फ़ोन मिलाया।

"मनु!" प्रिया ने कई साल बाद मनोज को मनु कहा था, "तुम यहाँ आ जाओ।"

"आऊँगा, कभी बाद में। अभी बहुत काम निपटाने हैं।" मनोज फ़ोन रखना नहीं चाहता था पर बात भी नहीं करना चाहता था।

"मैं आ जाऊँ?" प्रिया ने बहुत धीमे-से पूछा था, इतना धीमे कि मनोज को लगा कि शायद उसने ऐसा सुना है, प्रिया ने कुछ बोला नहीं है।

प्रिया सामने होती तो वह कुछ देर उसका हाथ पकड़कर बैठा रहता। मनोज का ध्यान अपने ख़ाली हाथों पर गया, कितना कुछ इन हाथों से फिसल गया।

हर हाथ में दुनिया का अपना अलग नक़्शा होता है, वो रास्ते जो हम चल चुके और वो धुँधली रेखाएँ भी, जो रास्ते हम चल नहीं पाए। एक-आध कटी हुईं लकीरें, वे लोग होते हैं, जिन तक पहुँचने के रास्ते अभी पूरी तरह मिटे नहीं हैं।

प्रिया मनोज को गले लगाकर उसके आँसू बह जाने देती। उसने बिस्तर के ख़ालीपन को गले लगाते हुए सोचा कि घर में कितनी ख़ाली जगह बची हुई है!

समंदर की आवाज़ प्रिया को ऐसे लग रही थी जैसे कोई तूफ़ान आने

वाला हो और ये आख़िरी पल हो, जब कोई किसी अपने का हाथ इसीलिए ढूँढ़ता है ताकि उसको पकड़कर आँखें बंद कर सके। हाथ, पतवार हो जाते हैं और साँसें लहरें।

पाँच मिनट तक न मनोज बोला न प्रिया, और उन दोनों को ऐसा लगा कि इतनी बातें किए हुए तो सालों हो गए थे।

"तुम आ जाओ।" प्रिया ने कहा।

मनोज ने रुँधे हुए गले से कहा, "तुम आ जाओ।"

'तुम आ जाओ' या 'तुम वापस आ जाओ', 'तुम चली क्यों गई', 'मुझे तुम्हें रोकना चाहिए था...'

प्रिया को बहुत कुछ सुनाई पड़ा। दोनों में से किसी ने रात भर फ़ोन नहीं काटा। दोनों एक-दूसरे के साथ बहुत दिनों बाद सोए थे। सुबह को इतनी गहरी नींद बहुत दिनों बाद आई थी।

सुबह उठकर मनोज ने जब फ़ोन कान पर लगाया तो समंदर की आवाज़ें ज़ोर-ज़ोर से आ रही थीं। प्रिया का फ़ोन किनारे पर था। मनोज को डेविड की हल्की-हल्की आवाज़ सुनाई पड़ी, प्रिया की ख़ुशी की आवाज़ भी सुनाई पड़ी। मनोज ने फ़ोन काट दिया।

कुछ देर बाद, प्रिया ने बड़ी उम्मीद से फ़ोन देखा, कॉल कट चुकी थी। मनोज के दो मैसेज पड़े थे, पहला 'थैंक्स' और दूसरा 'तुम आ जाओ'।

प्रिया ने समंदर को देखा और फिर आसमान को देखा। उसने कोई जवाब नहीं दिया। उसने समंदर से अपने घर की दूरी देखी। वह एक लंबी दूरी तय कर चुकी थी।

दो लोग मिलकर एक पुरानी भाषा ढूँढ़ते हैं और भाषा नई हो जाती है। एक बच्चा तुतलाकर भाषा को नए शब्द देता है। तुतलाना यह बताता है कि इस दुनिया में नया कितना कम है! कोई ऐसी जगह है ही नहीं जहाँ दो अजनबी हो चुके लोग बिन सवाल रह सकें।

मंदिर- जहाँ भगवान भी माँगने जाते हों।

समंदर - जहाँ भीगकर कोई बिसरा हुआ दुःख सूख जाए।

भाषा - जो रोज़ नए प्रेमियों से हार जाती हो।

प्रिया की जब मनोज से शादी हुई थी तब उसमें वो लड़की थी जो केवल रंगों में बात करती थी। ग़ुस्सा होती तो पीला रंग, हँसती तो लाल, प्यार में होती तो कई सारे रंग घोल कर आसमान में इंद्रधनुष बनाने लगती।

मनोज में कभी एक वो लड़का था जिसको लॉ की भाषा इतनी नहीं आती जितनी कि रंगों की।

मनोज को उस दिन अपने अंदर के उसी लड़के की याद आई, उसे वही लड़की याद आई, प्रिया की हँसी में उसी लड़की की महक थी। उसको एक भी याद नहीं थी जो सच हो।

यादों की तासीर ही शायद भूल जाना होती है। इसीलिए किए हुए वादे और याद किए हुए रास्ते हम एक दिन भूल जाते हैं।

60.

साशा जल्दी उठ गई थी। उसने फ़ोन खोलकर सबसे पहले स्माइलिंग अंकल के नंबर को देखा फिर फ़ोन रख दिया।

साशा को एक दिन पहले भागकर बहुत अच्छा लगा था इसलिए आज फिर वह भागते हुए उसी चाय की दुकान तक पहुँची। स्माइलिंग अंकल वहाँ पर नहीं थे। वह चाय पीते हुए उनका इंतज़ार करने लगी।

साशा को अपने ऊपर ग़ुस्सा आया कि किसी अजनबी से उसने इतनी उम्मीद कैसे लगा ली! वह लौटने लगी। पता नहीं क्यों चलने से पहले उसने स्माइलिंग अंकल को कॉल लगा दिया।

पता चला अंकल आज कहीं काम में फँस गए हैं, उन्होंने साशा को वहीं बुला लिया। साशा ने हाँ तो कर दिया फिर उसे लगा कि कहीं वह कोई बेवक़ूफ़ी तो नहीं करने जा रही।

वह जहाँ पहुँची वो एक सरकारी स्कूल था।

साशा इतने बड़े स्कूल में पढ़ी थी कि पहले तो उसे यक़ीन नहीं हुआ कि ऐसा कोई स्कूल भी हो सकता है। अंकल एक क्लास में बच्चों को कहानी सुना रहे थे।

बच्चे बात-बात पर हँस रहे थे। अंकल जैसे-जैसे कहानी सुना रहे थे ख़ुद भी किरदार के हिसाब से अपनी आवाज़ चेंज कर रहे थे। साशा क्लास में जाकर पीछे बैठ गई।

आवाज़ बदलने से उसे मनोज की याद आई कि वह कैसे कोर्ट में जैसे मनोज बोलता था वैसी ही नक़ल किया करती थी। जब मनोज घर में घुसता तो साशा बोलती, "माई लॉर्ड!"

और मनोज एक जज की आवाज़ की नक़ल करके फ़ैसले सुनाता।

क्लास ख़त्म होने के बाद अंकल ने एक-एक बच्चे को बुलाकर अपने गले लगाया। पूरी क्लास के बच्चों ने अंकल को घेर लिया था। इतनी ख़ुशी उसने एक साथ एक कमरे में पहली बार देखी थी।

साशा के लिए ये सब देखना आध्यात्मिक अनुभव था।

"मुझे भी गले लगना है!" साशा ने पास आकर कहा। अंकल मुस्कुरा दिए, साशा उनके गले लग गई।

क्लास के बच्चों के चेहरे की ख़ुशी साशा के चेहरे पर फैल गई।

"आप यहाँ रोज़ आते हैं?" साशा ने हटते हुए पूछा।

"हफ़्ते में एक बार।"

"क्यों आते हैं?"

"बस अच्छा लगता है।"

"बच्चों को आप जो सिखाते हैं वो तो देख लिया। आप बच्चों से क्या सीखते हैं?" साशा ने पूछा।

"इतना अच्छा सवाल, मैं हैरान हूँ आज तक मुझसे कभी किसी ने क्यों नहीं पूछा।" अंकल सोच में डूब गए।

साशा अब अंकल के साथ कंफर्टेबल थी। उसने शरारत भरे लहजे में दोहराया, "कोई बात नहीं, फिर कभी बता दीजिएगा।"

"बच्चों की आँखों में कोई शिकायत और थकावट नहीं होती, उनकी शिकायत सब छोटी-मोटी होती हैं। जब वो सोकर उठते हैं तो ऐसे उठते हैं कि दुनिया आज ही बनी है। बस यही सीखने की कोशिश करता हूँ कि काश मेरी आँखें, मेरी नज़र बच्चों वाली हो जाए।" अंकल ने मुस्कुराकर साशा की ओर देखा।

साशा ने अंकल की आँखों को ध्यान से देखा, उनकी आँखें एकदम बच्चों जैसी थीं, एकदम ताज़ा, उनमें न थकावट थी न ग़ुस्सा।

"ग़ुस्सा कम हुआ तुम्हारा?" अंकल ने पूछा।

"नहीं।"

"फिर तो कुछ करना पड़ेगा।"

"कुछ नहीं हो सकता।"

"साशा!" अंकल ने मुस्कुराहट रोककर कहा, "सबको माफ़ कर दो।"

साशा सोचने लगी कि क्या वह कभी मनोज को माफ़ कर पाएगी। साशा को सोच में पड़ा देखकर अंकल मुस्कुराए, "मुश्किल होगा पर हो जाएगा।"

साशा ने फिर से ना में सर हिलाया।

"एक कहानी सुनाऊँ?"

"हाँ, जैसे अभी बच्चों को सुना रहे थे वैसी।" साशा ने बच्चों-सी शरारत से कहा।

"बड़ों का कहानियों से भरोसा उठ जाता है, उनको कहानियाँ सुनाना मुश्किल होता है।"

"ऐसा क्यों?"

"क्योंकि!" अंकल ने आसमान में देखते हुए कहा, "उनको दुनिया में जादू दिखना बंद हो जाता है।"

अंकल ने चाय का घूँट लेकर सुनाना शुरू किया, "मैंने जब सायकॉलजी और फ़िलॉसफ़ी दोनों से अपने पोस्ट ग्रैजुएशन कर लिया तो

मुझे लगता था कि मुझे सब आ गया। मैं लोगों को चैलेंज करता था कि देखो मुझे कितना आता है। हर डिबेट मैं जीत जाता पर कहीं अपने भीतर मुझे लगता था कि मैं झूठ बोल रहा हूँ। तुमने कई लोगों को बोलते हुए सुना होगा वो बात-बात में किताबों और लोगों को कोट करते हैं। ऐसे लोगों से बचना, वो तोते हैं, उन्हें कुछ नहीं पता। मैं भी तोता हो गया था। मैं जितना ज़्यादा पढ़ता उतना बेचैन होता जाता। मुझे लगता कि इतना कुछ तो जान गया हूँ मैं, अब परेशान कैसे हो सकता हूँ। मेरी गर्लफ़्रेंड ने मुझे छोड़ दिया। कोई दोस्त मेरे पास नहीं बचा था।"

अंकल बोलते हुए रुके। एक और चाय लेने का इशारा किया और मुस्कुराते हुए बोले, "तुम्हें क्या लगता है कि ये जो मैं तुम्हें सुना रहा हूँ ये सच है?"

साशा हैरान हो गई, "नहीं, आप ऐसे नहीं कर सकते।"

"जब मैं बहुत परेशान हो गया तो इंडिया आया, बहुत जगह गया, बहुत बाबाओं से मिला, मुझे हरिद्वार स्टेशन के बाहर टाट-पट्टी पर बैठने वाले एक पंडित ने पाँच रुपए लेकर यह बात बताई कि जब तक पूछोगे तब तक जवाब नहीं मिलेगा, जवाब अंदर झाँकने से मिलते हैं। उसने दो रुपए यह कहकर वापस कर दिए थे कि एक कॉपी ख़रीद लेना जिसमें अपने सपने लिखना। उसने ज़ोर देकर कहा था कि लिखी हुई बातें और बोले हुए झूठ एक दिन सच हो जाते हैं। मेरी नींद टूट गई, जवाब छूट गए और वो सपने वाली दो रुपए की कॉपी को मैं बुरे वक़्त में पलट लेता हूँ। बुरे वक़्त में बस पुराना बुरा वक़्त काम आता है।"

अंकल ने एक कॉपी साशा की तरफ़ बढ़ाई। उसके पहले पन्ने पर लिखा था, "बुरे वक़्त में बस पुराना बुरा वक़्त काम आता है।"

कुछ देर तक साशा और अंकल चुप बैठे रहे। "माफ़ कर पाओगी?" अंकल ने चुप्पी तोड़ते हुए कहा।

साशा ने ना में सिर हिलाते हुए कहा, "नहीं कर पाऊँगी।"

"एक बार कोशिश करना, शायद हो जाए।" अंकल फिर से मुस्कुरा

रहे थे।

साशा चाय पीकर कॉलेज लौट आई। अपने नए लुक के साथ जब वह क्लास में घुसी तो सबने तारीफ़ की। उसकी आँखें मनोज को ढूँढ़ रही थीं। मनोज क्लास में कहीं दिखा नहीं।

61.

साशा लंच ब्रेक में भी मनोज को ढूँढ़ती रही, लेकिन उसके न मिलने से वह परेशान होकर आख़िरकार गजेंद्र के पास जाने ही वाली थी कि उसे प्रिया का मैसेज दिखाई पड़ा। प्रिया ने साशा से रुटीन बातचीत की, लेकिन मनोज के बारे में कुछ नहीं बताया। ब्रेक के बाद जब वह क्लास में आई तो जान-बूझकर बाबा के पास आई।

तभी ख़बर आई कि अगली क्लास कैंसल हो गई है। सभी लोग अपने हॉस्टल या लाइब्रेरी लौटने लगे। चूँकि बाबा से कभी साशा ज़्यादा बातचीत करती नहीं थी इसलिए उसे समझ नहीं आ रहा था कि आख़िर बातचीत शुरू कैसे करे, और कर भी दे तो वो सीधे-सीधे मनोज के बारे में नहीं पूछना चाहती थी। साशा ने सोचा इधर-उधर की बातों से बात शुरू करना ही बेहतर रहेगा।

"क्या हाल हैं बाबा?"

"हाल ठीक हैं साशा बाबा, तुम सुनाओ क्या मौज़ हो रही है?"

साशा ने 'क्या मौज़' को रिपीट किया और हँसी।

"मौज़ सब बढ़िया हो रही है, तुम बताओ कैसे हैं तुम्हारे रूममेट, आज दिख नहीं रहे?" साशा ने धीरे-से अपनी बात रख दी।

"मनोज बाबा तो ग़ायब हैं। कल दिन में एक बार कमरे पर आए और अपना सामान लेकर निकल गए। कुछ बताया नहीं।" बाबा थोड़ा-सा रुके और साशा के चेहरे पर सवाल देखकर बोले, "आएँगे तो हम बता देंगे।"

"हाँ, ठीक है कोई बात नहीं, ऐसे ही पूछा था बस।"

साशा वहाँ से निकलकर जाने लगी कि बाबा ने उसे रोका और कहा, "वैसे साशा बाबा, फ़ाइनल एग्ज़ाम में तुम टॉप कर जाओ तो मज़ा आ जाएगा।"

साशा को इस तरह की बात की उम्मीद नहीं थी।

"बाबा, टॉपर आप हो।"

"हाँ मैं हूँ, अहं ब्रह्मास्मि ब्रो, पर मनोज बाबा को तुम ही पीछे छोड़ सकती हो।" बाबा यह कहकर, गुनगुनाते हुए निकल गए।

साशा के पास बात ठहर गई। वह चाहती तो यही थी कि कोई एक ऐसी जगह हो जहाँ वह मनोज को पीछे छोड़ दे। वह अपने मोबाइल को कुछ देर तक देखती रही और फिर मनोज को फ़ोन मिलाया।

62.

मनोज नोएडा के स्कूल के बाहर खड़ा हर आने वाली गाड़ी पर नज़र जमाए हुए था। छुट्टी होने में अभी समय था। अनुभा भी वहाँ छुट्टी होने से काफ़ी पहले पहुँच गई थी। अनुभा के दिखते ही वह उसके पास गया। मनोज अनुभा से पहले मिला था, लेकिन गजेंद्र की ज़िंदगी का यह हिस्सा इतना पर्सनल था कि वह समझ नहीं पा रहा था कि शुरू कहाँ से करे। उसको पहली बार अपना दुःख गजेंद्र के दुःख से कम लगा। उसकी बेटी तो उससे बस बात नहीं करती, लेकिन गजेंद्र कभी अपनी बेटी को अपनी बेटी नहीं बोल पाएगा।

अनुभा मनोज को अच्छे से पहचानती थी। मनोज ने गुनगुन के लिए कुछ खिलौने ले रखे थे।

"थैंक्स।"

मनोज थोड़ा ठहरा, "मैंने गजेंद्र को नहीं बताया है कि मैं आपसे मिल

रहा हूँ, हो सके तो आप भी मत बताइएगा।"

अनुभा ने सिर हिलाया, वो हाँ था या न, मनोज समझ नहीं पाया। शब्द मनोज का साथ नहीं दे रहे थे। उसको ये भी लगा कि गजेंद्र बुरा न मान जाए। पर मनोज ने सोच लिया था अब हर चीज़ को ठीक करना है, फिर चाहे उसकी कोई भी क़ीमत क्यों न अदा करनी पड़े। मनोज अभी शब्द ढूँढ़ ही रहा था कि अनुभा ने पूछा, "कैसा जा रहा है आप लोगों का कॉलेज ?"

"बढ़िया।"

फिर से एक बार हवा में ख़ामोशी आ गई। मनोज ने एक लंबी साँस ली।

"आप गजेंद्र के साथ आ जाइए। मैं लीगल फ़ॉर्मेलिटीज़ देख लूँगा। ज़्यादा टाइम नहीं लगेगा।" मनोज की साँस तेज़ चल रही थी।

अनुभा ने कोई जवाब नहीं दिया तो मनोज ने जोड़ा, "आप दोनों क्यों अपने-आप को इतना परेशान कर रहे हैं! ख़त्म करिए न, आगे बढ़िए।"

अनुभा ने मनोज की आँखों में आँखें डालीं और कुछ देर दोनों आँखों के बीच में देखती रही। उसने सायकॉलजी तो पढ़ी नहीं थी कि उसको पता हो कि अगर कोई बात छुपा रहा हो तो सामने वाले की दोनों आँखों के बीच में देखते रहो और कुछ न बोलो। ऐसे में घबरा कर सामने वाला ख़ुद ही बोलने लगता है। अनुभा के लगातार देखने से मनोज असहज हुआ।

"आप पहले अपने दोस्त से बात कीजिए।"

स्कूल के आसपास हलचल बढ़ चुकी थी। मनोज ने खिलौने दिए और चल दिया।

63.

बाबा पवि रंजन को हॉस्टल में कॉल आया कि कोई उससे मिलने आया है। बाबा से मिलने पिछले दो सालों में कोई नहीं आया था। बाबा

जब सीढ़ियों से उतरकर जा रहे थे तो लोगों से गले मिलते, जो मिलता उस पर कुछ कमेंट करते। जो रास्ता पाँच मिनट में तय हो सकता था वो बाबा को तय करने में 15 मिनट लगते।

बाबा जब बाहर पहुँचे तो देखा सामने माँ खड़ी है। बाबा ने माँ को देखा और फिर आसपास देखा कि कोई देख तो नहीं रहा।

बाबा का चेहरा बदल चुका था। बाबा ने जितनी किताबें पढ़ रखी थीं सबके पन्ने हवा में उड़ने लगे। बाबा जैसे-जैसे एक-एक क़दम आगे बढ़ा रहे थे उनकी उम्र एक साल कम होती जा रही थी। माँ के पास पहुँचते-पहुँचते बाबा छह साल के हो चुके थे और छह साल का बच्चा पल में रोता और पल में हँसने लगता है।

बाबा अपनी माँ से दो साल बाद मिल रहे थे। बाबा को लगा कि उनके कपड़े कोई छीनकर ले गया है। वह जानकर अपनी माँ को कॉलेज के सबसे दूर एक कैफ़े में लेकर गए। रास्ते भर में उनकी कोई बात नहीं हुई।

"जब-जब मैं तुमको भूलने वाला होता हूँ तुम आ जाती हो।" बाबा ने दाँत पीसते हुए कहा, "मुझे एक बार में मार दो न, मैं तुमको अपने मन में कई बार मार चुका हूँ।"

बाबा अपनी माँ से आँखें नहीं मिला रहे थे। बाबा को पता था कि अगर उन्होंने माँ की तरफ़ देखा तो वह कमज़ोर पड़ जाएँगे।

"मैं अब अकेली हूँ, मैंने डिवोर्स ले लिया है।" माँ ने अपने-आप को समेटकर कहा।

बाबा ज़ोर से हँसे, "होना ही था। तुम्हारे साथ कोई भी नहीं रह सकता। अकेले मरोगी तुम, कोई तुम्हारे आसपास नहीं होगा।"

ये कहते हुए बाबा का सारा ज्ञान धुआँ हो चुका था। उनके मन में इतनी नफ़रत किसी के लिए नहीं थी, लेकिन शरीर की नस-नस रोआँ-रोआँ जब कई साल तक रोया हो, तड़पा हो तो उसकी वजह को भुलाना मुश्किल होता है। बाबा के शरीर में बची हुई बेचैनी बोल रही थी, बाबा का मन नहीं। जिस नफ़रत से बाबा लड़ रहे थे आख़िरकार वो जीत गई। माँ की

दायीं आँख से एक आँसू लुढ़क गया।

"कैसे हो तुम?"

बाबा ने आसपास देखा और आँखें माँ से और दूर करते हुए लगभग चिल्लाते हुए कहा, "ज़िंदा हूँ।"

दोनों के बीच एक ख़ामोशी पसर गई। माँ इस ग़ुस्से के लिए तैयार होकर आई थी। इसी कैफ़े में पीछे की तरफ़ साशा बैठी थी। साशा को अचानक एक पहचानी हुई आवाज़ सुनाई दी। साशा की सीट ऐसी थी कि वह बाबा को देख सकती थी, लेकिन बाबा साशा को नहीं देख सकते थे।

जब आसपास छुपने की जगह ख़त्म हो जाती है तब आदमी अपने-आप को अंदर समेटता है। बाबा ने अपना सिर अपने दोनों हाथों में छुपा लिया और टेबल पर हाथ रख दिया। माँ का हाथ धीरे-धीरे बाबा का सिर सहला रहा था। बाबा ने हाथ को दो-तीन बार हटाया, लेकिन माँ ने सहलाना जारी रखा। कुछ देर बाद बाबा ने रोकना बंद कर दिया।

साशा को बाबा को इस हाल में देखकर एक पल तो हैरानी हुई और दूसरे ही पल मन में ये बात भी आई कि हर किसी के अंदर एक बेचैन समंदर होता है।

माँ के हाथ लगातार सहला रहे थे, बाबा कुछ देर बाद झटके से उठे और टिशू पेपर की तरफ़ हाथ बढ़ाया। टिशू पेपर आँसुओं से कम पड़ गए। माँ ने अपना रुमाल आगे किया। उस रुमाल में बाबा को वो महक आई जो बचपन में आती थी। वो पुरानी महक थी। माँ के छोड़कर जाने से पहले वाली महक। साशा को पूरी तरह तो समझ नहीं आया कि बाबा की टेबल पर चल क्या रहा है पर वह इतना समझ गई कि वह इस दुनिया में अकेली नहीं है जो अपने घर वालों से नाराज़ है।

कहीं बाबा से साशा की नज़र न मिल जाए, बाबा के लिए ऑक्वर्ड न हो जाए, इसीलिए साशा तुरंत ही कैफ़े से चल दी।

उस महक की वजह से और माँ के सिर सहलाने से कुछ इंच नफ़रत पिघल चुकी थी।

"जब छुट्टी हो तो घर आना।" माँ ने कहा।

"कौन-से घर?" बाबा ने पूछा।

"मिलने आना।" माँ ने कहा।

बाबा ने एक बार और रुमाल से अपनी आँखें पोंछीं। उस रुमाल की महक ने बुलवा दिया, "आऊँगा।"

टेबल पर अब टिशू पेपर आ चुके थे। बाबा ने रुमाल, माँ को वापस कर दिया। माँ ने गीले रुमाल को अपनी आँखों से लगाया।

कुछ पिघल गया, कुछ टूट गया, कुछ जुड़ गया, उस गीले रुमाल ने बहुत कुछ कर दिया।

64.

मनोज अनुभा से मिलकर जब कार में बैठा तब उसने साशा का मिस कॉल देखा। इस कॉल का उसको कबसे इंतज़ार था। उसने तुरंत साशा को कॉल बैक किया। साशा अभी मनोज के कॉल को रिसीव करने के लिए तैयार नहीं। उसने फ़ोन उठाकर कहा, "ग़लती से लग गया था।"

मनोज ने फ़ोन नहीं काटा, साशा ने फ़ोन नहीं काटा।

साशा ने पूछा, "आज क्लास नहीं आए आप?"

"कल से आऊँगा, रात में पहुँच रहा हूँ। तुम ठीक हो?"

साशा ने सीधा जवाब नहीं दिया, "अच्छा, रखती हूँ।"

इससे ज़्यादा साशा फ़ोन पर बात करना नहीं चाहती थी। उसने फ़ोन काट दिया।

कुछ देर बाद मनोज अपने ऑफ़िस में था। उसी कमरे में जिसमें बैठकर वह सारे बड़े केस की तैयारी करता था। उसके कमरे में आने की लिफ़्ट अलग थी। वह उस कमरे में कई महीनों बाद पहुँचा था।

हर एक चीज़ क़रीने से रखी हुई थी। उसने कमरे में लगे हुए बड़े शीशों

के बाहर एक दुनिया देखी।

मनोज का ऑफ़िस टॉप फ़्लोर पर था। जिस बिल्डिंग में ये ऑफ़िस था वहाँ और भी कई ऑफ़िस थे। इसी बिल्डिंग के ऑफ़िस से मनोज ने अपनी नौकरी की शुरुआत की थी। इस बिल्डिंग ने मनोज को कुछ नहीं से बहुत कुछ होते हुए देखा था।

आज शीशे की दीवार पर खड़े मनोज को नीचे झाँकने पर अपना सालों पुराना चेहरा दिखाई दिया। जब वह उस समय के सबसे बड़े लॉयर के यहाँ जूनियर था और रोज़ ऑफ़िस से लौटते हुए अपने-आप को याद दिलाता था कि एक दिन उसे अपना ऑफ़िस बनाना है।

मनोज कुछ देर तक उस बिल्डिंग में घुसते हुए लोगों को देखता रहा। कुछ गाड़ियों से, कुछ पैदल। कुछ उदास, कुछ ख़ुश। कुछ ऐसे जैसे उनकी आत्मा मर चुकी है बस शरीर को किसी तरह घसीट कोई ज़िम्मेदारी निभाने आ रहे हों।

मनोज अपनी टेबल पर आया। उसने कुछ काग़ज़ निकाले। उसकी टेबल पर साशा के बचपन की एक तस्वीर लगी थी और सामने एक बड़ी तस्वीर उसके पिता जी की लगी थी।

वह नोटपैड पर कुछ लिख ही रहा था कि उसका ध्यान अपने पिता की तस्वीर पर गया। कुछ देर तक तस्वीर को देखते हुए उसने लिखना शुरू किया।

दो-तीन पन्ने लिखने के बाद उसने पन्ने फाड़े और एक लिफ़ाफ़े में डालकर अपनी अलमारी में रख दिए। मनोज ने कमरे से निकलते हुए अपनी कुर्सी को बहुत ध्यान से देखा, साशा और पिता जी की तस्वीर को छुआ।

बाहर निकलकर उसने ड्राइवर से कार ख़ुद ली और एक सुनसान जगह पर पहुँचा। वहाँ दो लोग पहले से उसका इंतज़ार कर रहे थे। ये दो लोग मिनिस्टर के आदमी थे। टेलीकॉम कंपनी पर कब-कब रेड पड़नी थी इसका पूरा प्लान मनोज ने उन दोनों लोगों को समझाया। दोनों लोग

टेलीकॉम मिनिस्टर के पास पहुँचे तो वह मास्टर प्लान देखकर ख़ुश हुआ।

मनोज वापस पुणे की फ़्लाइट ले चुका था। मनोज जब तक कॉलेज में था वहाँ वह एक भी चीज़ ऐसी नहीं चाहता था जिसका असर साशा पर पड़े। फ़्लाइट में बादल देखते हुए उसका मन साशा से मिलने का हुआ। उसने प्रिया के लिए फ़्लाइट से ही मैसेज लिखा।

'यार, मैंने बहुत परेशान कर लिया तुम दोनों को, अब साशा को मेरी वजह से कोई दिक़्क़त नहीं होगी।'

फ़्लाइट के लैंड करने से पहले ही मनोज ने लिखा हुआ मैसेज डिलीट भी कर दिया। वह कहकर नहीं करके दिखाना चाहता था।

65.

मनोज और गजेंद्र जब लंच हॉल में घुसे तो सामने टेलीकॉम कंपनी पर इनकम टैक्स की रेड की ब्रेकिंग न्यूज़ चल रही थी। मनोज ने एक मिनट तक ध्यान से देखा और फिर चुपचाप खाना लेने लगा। गजेंद्र खाना लेकर पहले से ही टेबल पर था।

"पार्टनर, ये मिनिस्टर तो पीछे ही पड़ गया है। ये वही कंपनी है ना जिसका केस तुम्हारे पास है?" गजेंद्र ने पूछा।

मनोज ने अपना चेहरा टीवी से उल्टी तरफ़ कर लिया था, उसके कान में अभी भी न्यूज़ की आवाज़ जा रही थी। मनोज ने हाँ में सिर हिलाया।

गजेंद्र ने बात बदलते हुए पूछा, "वैसे पार्टनर, क्या लगता है तुमको कॉलेज के बाद तुम दुबारा वकालत कर पाओगे? क्या चीज़ें नॉर्मल होंगी?" गजेंद्र के इस सवाल का सही जवाब शायद किसी को नहीं पता था।

"पता नहीं पार्टनर, लेकिन मैं न लौटूँ ऐसा बहुत लोग चाहते हैं और इसीलिए लौटना पड़ेगा।" मनोज हँसा।

यह मनोज की चिर-परिचित हँसी थी, गजेंद्र जिसको पहचानता था।

"अनुभा बता रही थी, तुम मिले थे।" मनोज ने खाने को वहीं रोका।

"मैं बताने ही वाला था।" मनोज ने कहा।

"तुम कभी नहीं बताते, इतना तो पहचानता हूँ यार पार्टनर।" गजेंद्र मुस्कुराया और बोला, "कोई फ़ायदा नहीं है, जैसे चल रहा है वैसे चलने दो, वही सही है।"

"सब परेशान रहेंगे ऐसे तो।" मनोज ने दुबारा खाना शुरू किया।

"रहने दो, कुछ लोगों के हाथों में परेशान होना ही लिखा होता है।" गजेंद्र ने खाना ख़त्म करते हुए कहा।

कुछ देर बाद दोनों बाहर कैंपस में टहलते हुए नरम धूप का मज़ा ले रहे थे।

"तुम्हें सबको इतना परेशान करने की ज़रूरत क्या है?" मनोज ने पूछा।

"ये सवाल तुम पूछ रहे हो पार्टनर, जिसने अपने आगे कभी कुछ नहीं सोचा।" गजेंद्र रुका और फिर कुछ सोचकर बोला, "दोस्त, फ़ैमिली, कोई भी कुछ नहीं है तुम्हारे लिए।" गजेंद्र ने एक लंबी साँस ली। बात बहुत दिन से ठहरी हुई थी।

मनोज सुनकर हैरान नहीं हुआ। हालाँकि गजेंद्र की बात सही थी, लेकिन इससे पहले कभी उसने मनोज से ऐसे नहीं कहा था।

"ग़लतियाँ हमें इंसान बनाती हैं वरना तो भगवान हो जाते।" गजेंद्र ने धूप को हाथ में मलते हुए कहा।

"तुम लोग साथ आ जाओ, अच्छा रहेगा।" मनोज ने कहा।

"सोचूँगा, मैं यही सब सॉर्ट आउट करना चाहता था इसीलिए कॉलेज आया।" गजेंद्र ने कहा।

मनोज मुस्कुराया, गजेंद्र मुस्कुराया। मनोज अपनी क्लास की तरफ़ बढ़ने लगा। गजेंद्र ने कहा, "यार पार्टनर, तुम कॉलेज क्यों आए? तुम इतनी आसानी से मान गए। तुम चाहते तो तुम्हें कभी कॉलेज नहीं आना पड़ता।"

मनोज मुस्कुराया और बोला, "कॉलेज ख़त्म होने से पहले बताऊँगा।"

लंच के बाद मनोज जब क्लास में पहुँचा तो एक नया धमाका होने को तैयार था।

66.

बाबा एक कोने में बैठे धूप सेंक रहे थे और किताब में अपने-आप को डुबोए हुए थे। साशा यूँ तो कभी बाबा से ज़्यादा बात नहीं करती थी, लेकिन स्माइलिंग अंकल के मिलने के बाद से वह अपनी छोटी-छोटी आदतें बदल रही थी। उसको ग़ुस्सा अब भी था, लेकिन पहले जैसा नहीं था।

"बाबा ब्रो, क्या हाल हैं?" साशा कहते हुए वहीं बेंच पर बैठ गई।

बाबा ने किताब से मुँह बाहर निकाला, "अरे साशा बाबा, क्या हाल हैं? यहाँ कैसे, सब ठीक तो है ना?"

साशा के सामने बाबा के शरारती चेहरे के पीछे छुपे उस दिन कैफ़े में रोते हुए बाबा की शक्ल आ गई। वह बोली, "बाबा, मुझे सॉरी बोलना है।"

"लेकिन तुमने ऐसा क्या पाप किया है ब्रो?" बाबा अपने पुराने फ़ॉर्म में लौट चुके थे।

"मैंने उस दिन कैफ़े में तुमको देखा था।" साशा ने कहा। बाबा ने अपनी किताब बंद की और आसमान में देखने लगे।

बाबा को इस जन्म में ऐसा सपना भी नहीं आ सकता था कि उन्हें कोई रोते हुए देख लेगा। बाबा अपने-आप को सँभालने की कोशिश करने लगे।

"बाबा!"

"कुछ मत बोलो, चुप रहो साशा, बात ख़राब हो जाएगी।" बाबा ने चुप करवाते हुए कहा।

"मैं बात नहीं ख़राब करना चाहती हूँ। मुझे बस ये बताना था..."

बाबा ने बीच में ही साशा को रोका, "बोला न, चुप रहो साशा।"

ऐसा पहली बार था कि बाबा के मुँह से साशा तो निकला, लेकिन साशा बाबा नहीं। साशा नहीं मानने वाली थी। उसने बाबा के कंधे पर हाथ रखा और कहा, "तुम मुझसे कुछ भी शेयर कर सकते हो बाबा।"

साशा ने पहले बाबा का हाथ अपने हाथ में लिया और फिर बाबा को गले लगा लिया।

दुनिया में जितने लोग भी एक-दूसरे को गले लगाते हैं तो उनके गले लगे रहने का औसत समय केवल 3 सेकंड होता है। जब हम किसी को 20 सेकंड से ज़्यादा देर के लिए गले लगाते हैं तब हम पिघलना शुरू होते हैं। क़ायदे से ये बात किसी साइंटिस्ट को बतानी चाहिए थी कि ऐसे में कौन-से हार्मोन निकलते हैं या फिर किसी सायकॉलजिस्ट को जो हमारे मन में दबी हुई कोई नई परत खोल देता है।

लेकिन ये बात छह साल की साशा ने मनोज से तब कही थी जब वह उसको स्कूल के लिए छोड़ रहा था, "डैडी, देर तक हग करना होता है पूरे 20 सेकंड्ज़ तक।"

"देर हो जाएगी।" मनोज ने कहा।

"टीचर ने बोला है, हग करने में कभी देर नहीं होती।"

साशा को यह बात याद थी, मनोज यह बात भूल चुका था, दुनिया को यह बात कभी याद ही नहीं हुई थी।

बाबा ने अपने चारों ओर एक मज़बूत दीवार बना रखी थी, वो टूट गई। बाबा को शायद इसी की ज़रूरत थी। गले लगने से दुःख ख़त्म नहीं होता, पिघलने लगता है। जैसे कोई दुनिया भर में फैले हुए हमारे हिस्से को तह करके वापस लौटाकर हमें नया कर दे।

बाबा को अपने अंदर कुछ जुड़ता हुआ महसूस हुआ। साशा जब बाबा को दिलासा दे रही थी तो अपने-आप को समझा रही थी। वह भी कोई ऐसा ही ढूँढ़ रही थी जो उसको कह दे, "सब ठीक हो जाएगा।" उस समय साशा के लिए बाबा को गले लगाना जितना ज़रूरी था, उससे ज़्यादा साशा

का अपने-आप को समझाना ज़रूरी था।

दोनों कुछ देर तक चुपचाप बैठे रहे। बाबा ने किताब बिना पन्ना मोड़े बंद कर दी थी। कई बार किताब को समझने के लिए किताब बंद करनी पड़ती है, कुछ लोगों के साथ भी ऐसा ही होता है। उनको समझने के लिए कुछ देर के लिए बीच के सारे रास्ते बंद करने पड़ते हैं।

साशा ने एक दोस्त को बिखरने से बचा लिया था और बिखरने से बचाने में ख़ुद को भी बचा लिया था। गले लगाना कई बार उसके लिए ज़्यादा ज़रूरी होता है जो लगे लगा रहा होता है। एक-आध लोग ऐसे होने चाहिए जिनको गले लगाते ही लगे कि घर पहुँच गए। बाबा को साशा में एक दोस्त मिल गया था। साशा को अब भी उस दोस्त की तलाश थी। साशा क्लास में अकेले आती थी, उस दिन बाबा के साथ क्लास में पहुँची। साशा और बाबा दोनों को अंदाज़ा नहीं था कि क्लास में क्या धमाका होने वाला है।

67.

क्लास में घुसकर हमेशा की तरह बाबा कोने में बैठ गए। उस दिन पहली बार था कि बाबा ने कोई किताब नहीं खोल रखी थी। बाबा के सामने उस कैफ़े वाला सीन चल रहा था। अपने सिर पर उनको बार-बार अपनी माँ का हाथ महसूस हो रहा था। कुछ चीज़ें हम केवल बीतने के बाद ही महसूस कर सकते हैं। बाबा ने अपने सिर पर हाथ फेरा और और माँ के हाथ को छूने की कोशिश की, लेकिन देर हो चुकी थी। साशा ने क्लास में घुसने के बाद एक तरफ़ से दूसरी तरफ़ तक देखा और ठीक मनोज के पीछे जाकर बैठ गई। मनोज को हैरानी थी कि साशा को ये क्या हुआ। पिछले महीनों में कभी वह उसके इतना पास नहीं बैठी थी। मनोज के लिए ये किसी धमाके से कम नहीं था।

कुछ देर में मीता क्लास में आई। मीता के आने से ही क्लास का माहौल बदल जाता था। जब वह आती थी कुछ-न-कुछ हलचल ज़रूर होती थी।

"एक अच्छी ख़बर है और एक बुरी।" मीता ने आते ही कहा।

मीता के बोलते ही खुसफुसाहट शुरू हो गई।

क्लास के आधे लोग चिल्लाए, "पहले अच्छी।" और बचे हुए आधे चिल्लाए, "पहले बुरी।"

बाबा, साशा और मनोज तीनों चुप रहे।

"पहले बुरी से शुरू करते हैं, दस दिन बाद से फ़ाइनल एग्ज़ाम हैं।" मीता के इतना कहते ही पूरी क्लास सन्नाटे में आ गई।

"और अच्छी ख़बर ये है कि पेपर के तुरंत बाद, प्लेसमेंट शुरू हो जाएगा। सभी बड़ी लॉ फ़र्म ने प्लेसमेंट के लिए हाँ बोल दिया। मुझे पूरा विश्वास है कि आप सभी के पास एक से ज़्यादा ऑफ़र होंगे।" मीता के चेहरे से ख़ुशी छलक रही थी।

पूरी क्लास ने तालियाँ बजाईं। क्लास में एक अलग तरह की ऊर्जा का संचार हो चुका था। सबके चेहरे पर ख़ुशी थी।

मीता ने जोड़ा भी कि वह जानकर पेपर जल्दी करवा रही है ताकि सभी लोग प्लेसमेंट पर फ़ोकस कर पाएँ। और प्लेसमेंट के समय पर बार-बार क्लास में न आना पड़े।

लोगों के मन में प्लेसमेंट को लेकर बहुत से सवाल, आशंकाएँ थीं। मनोज ने हाथ खड़ा किया। मीता ने पहले तो मुस्कुराते हुए घूरा, फिर सवाल पूछने को कहा। मनोज ने पूछा, "मैं भी प्लेसमेंट में बैठ सकता हूँ?"

ये सुनते ही पूरी क्लास हँसने लगी। मीता ने मुस्कुराते हुए कहा, "आप प्लेसमेंट में नहीं बैठ सकते...।"

मनोज पूरी क्लास का फ़ेवरेट था ही, सबने एक साँस में कहा, "Aww..."

मीता ने मुस्कुराते हुए जोड़ा, "मनोज, तुम प्लेसमेंट में नहीं बैठ सकते पर तुम्हारी फ़र्म प्लेसमेंट के लिए आ सकती है।"

अब मीता ने क्लास की ओर देखते हुए कहा, "मनोज के साथ कितने लोग काम करना चाहते हैं?"

पूरी क्लास ने हाथ ऊपर उठाया, सिवाय साशा और बाबा के।

मनोज को मीता ने उल्टा फँसा दिया था। मनोज क्लास का एक्साइटमेंट देखकर ख़ुश हुआ।

"इन्फ़ैक्ट, मनोज, तुमको क्लास लेनी चाहिए ताकि बैच प्लेसमेंट के लिए अच्छे से तैयार हो पाए।"

मनोज इसके लिए ख़ुशी-ख़ुशी तैयार था।

"चलो फिर पेपर की तैयारी शुरू कर दो, ज़्यादा टाइम नहीं है।" मीता यह कहकर निकल गई। क्लास में खुसर-फुसुर शुरू हो चुकी थी। तीन लोग सब चीज़ों से बेख़बर थे, साशा, बाबा और मनोज।

क्लास के कुछ लोग मनोज के पास आकर बोल चुके थे, "सर, आपके साथ काम करना है, बिना पैसे के भी चलेगा।"

बावजूद इसके कि डिग्री वाले कांड के बाद मनोज की पब्लिक इमेज को नुक़सान हुआ था, कॉलेज आकर मनोज ने उसकी भरपाई कर ली थी। कुछ लड़ाइयाँ वह जीत चुका था और कुछ में अभी वह जीत से बहुत दूर था।

साशा से दूरी उतनी ही थी। उधर टेलीकॉम मिनिस्टर की बेचैनी बढ़ती जा रही थी। प्रिया के जीवन में भी एक लहर उमड़कर तूफ़ान बनने को थी।

68.

टेलीकॉम मिनिस्टर के पास प्लान तो पहले ही पहुँच चुका था, लेकिन उसको लग रहा था कि अगर थोड़ी-सी भी देर हुई तो कंपनी पर बना प्रेशर

निकल जाएगा। उसने एक क्लोज़ रूम मीटिंग में कुछ अधिकारियों से पूरा अपडेट लिया।

अधिकारियों ने रेड की तैयारी कर ली थी। इस पूरी रेड का मास्टर प्लान मनोज का बनाया हुआ था। अभी पिछली रेड के बाद से ही सरकार प्रेशर में थी, लेकिन इस बार की तैयारी पहले से पक्की थी।

उस दिन रात में एक बजते ही M-मोबाइल के ऑफ़िस को अधिकारियों ने घेर लिया था। रात में रेड डालने के दो-तीन फ़ायदे थे। एक तो अगले दिन का सुबह का न्यूज़पेपर छापने के लिए निकल चुका था और इतनी रात में किसी नई ख़बर को ब्रेकिंग न्यूज़ बनने में समय लगता।

अगले दस घंटे रेड चलती रही। सुबह से कंपनी के बड़े अधिकारी आकर बैठ गए थे। दिन होने तक M-मोबाइल के ऑफ़िस के बाहर मीडिया वाले आ चुके थे।

एक अधिकारी का ऑफ़िशियल स्टेटमेंट शाम तक बाहर आया, "अभी सब पेपरवर्क चेक किए जा रहे हैं, लेकिन फ़िलहाल यह कहा जा सकता है कि M-मोबाइल और भारत की दूसरी टेलीकॉम कंपनी के बीच जो डील हुई है उसमें करोड़ों रुपए की टैक्स की अनियमितताएँ पाई गई हैं। M-मोबाइल और दूसरी कंपनी के बीच मर्जर की सारी डील जान-बूझकर भारत से बाहर एक आइलैंड पर की गई हैं जिससे भारत सरकार को करोड़ों रुपए के टैक्स का नुक़सान हुआ है।"

जैसे ही इनकम टैक्स के अधिकारी का यह ऑफ़िशियल स्टेटमेंट आया, मीडिया में हर जगह बड़ी ख़बर बनने लगी। टीवी पर बैठे एक्स्पर्ट उसको अपने हिसाब से समझने और समझाने लगे।

टेलीकॉम मिनिस्टर ने एक ट्वीट किया, 'टैक्स चोरी की जाँच पूरी होने के बाद न्यायोचित कार्रवाई की जाएगी।'

टेलीकॉम कंपनी के टॉप बॉस चिंता में थे क्योंकि जितनी टैक्स पेनाल्टी की बात की जा रही थी अगर उतना पैसा देना पड़ता तो यह बिज़नेस अगले दस साल में भी कभी प्रॉफ़िट नहीं बना पाता।

इन सबसे दूर पुणे में मनोज अपने मोबाइल पर यह न्यूज़ देख रहा था। उसने अपनी जेब में रखे हुए एक पेपर पर टिक किया।

साथ ही मीडिया सर्किट में यह भी ख़बर घूमने लगी कि M-मोबाइल को अपना वकील बदल लेना चाहिए। मनोज साल्वे की इमेज का असर अब M-मोबाइल की इमेज पर भी आने लगा था। लंदन में बैठे टॉप बॉस इस चिंता में थे कि क्या उनको अपनी लीगल फ़र्म बदल लेनी चाहिए।

मनोज से चिढ़ने वाले लोगों को मौक़ा मिल गया था। यह भी ख़बर निकाली कि क्या मनोज साल्वे ने यह टैक्स चोरी करवाई है।

टेलीकॉम मिनिस्टर ख़ुश था कि उसके दोनों काम हो गए। उसने मनोज की हनक भी कम कर दी और M-मोबाइल पर प्रेशर भी पूरा पड़ चुका था।

मनोज की फ़र्म की तरफ़ से केस की तैयारी शुरू हो चुकी थी। उन्होंने इस बड़े केस में लंबी-चौड़ी जाँच और पेपर वर्क का हवाला देते हुए तीन महीने बाद की एक डेट ली। कोर्ट ने इस हाई प्रोफ़ाइल केस और करोड़ों रुपए दाँव पर लगे होने के साथ-साथ इसके मीडिया में उछलने की वजह से सब कुछ ध्यान में रखते हुए तीन महीने बाद की तारीख़ दी।

इनकम टैक्स डिपार्टमेंट ने कंपनी के अलग-अलग ऑफ़िस पर भी अगले दस दिनों में रेड डाली और तमाम पेपर इकट्ठा किए।

कुछ बिज़नेस एक्स्पर्ट्स के हिसाब से टेलीकॉम कंपनी को इंडिया से बिज़नेस से एग्ज़िट करने की सलाह दी जाने लगी।

इनकम टैक्स डिपार्टमेंट ने इस डील में और बहुत से लूपहोल खोलकर रख दिए थे। डिपार्टमेंट ने इस कंपनी पर 1200 करोड़ की पेनाल्टी लगाई थी और पहले जो डील में लापरवाही हुई थी वो अलग।

मनोज की पूरी नज़र इस मामले पर बनी हुई थी। उसके ऑफ़िस से रोज़ शाम को उसे अपडेट मिलती थी।

टेलीकॉम मिनिस्टर, मनोज से बहुत ख़ुश था। उसने बीच में मनोज से मीटिंग भी रखनी चाही, लेकिन मनोज ने टाल दिया। M-मोबाइल का भरोसा मनोज से हटता जा रहा था। उन्होंने नया वकील तलाशना शुरू कर

दिया था। कोई भी बड़ा वकील यह हारा हुआ केस लेना नहीं चाहता था।

कॉलेज में पेपर शुरू होने से दो दिन पहले मनोज के लिए स्पेशल चार्टर प्लेन भेजा गया। उसको लंदन जाना था। M-मोबाइल भारत में अपने बिज़नेस पर कोई चांस लेना नहीं चाहती थी। इस बार प्रेशर मनोज पर था।

मनोज टॉप बॉस के सामने था। उसके पास ज़्यादा कुछ बोलने को था नहीं।

टॉप बॉस ने कहा, "India is very important for us. मैं बस आपको रिमाइंड करा रहा हूँ। कहीं आप भूल न गए हों।"

मनोज ने ध्यान से बात सुनी। वह केस हारना नहीं चाहता था और वह ये भी नहीं चाहता था कि अगले तीन महीने उसके कॉलेज में कोई दिक़्क़त आए। मनोज एक साथ सब कुछ साध लेने के चक्कर में था। टेलीकॉम मिनिस्टर नुक़सान भी न पहुँचा पाए, उसका नाम भी ख़राब न हो, M-मोबाइल केस भी न हारे, और सबसे ज़रूरी, साशा से उसके संबंध मधुर हो जाएँ।

उसको एक-दो चीज़ें छोड़नी चाहिए थीं, लेकिन मनोज सब कुछ चाहता था और सब कुछ एक साथ मिलना संभव नहीं था।

जब कुछ देर तक टॉप बॉस बोल चुका तब मनोज ने कहा, "अगर और कोई भी ये केस इस स्टेज पर लेगा तो आप लोग पक्का हार जाएँगे। Just be with me for some time. I will sort it out."

हालाँकि टॉप बॉस ने उसको केस से हटाने के लिए बुलाया था, लेकिन मनोज की आवाज़ में उस दिन कुछ ऐसा था जिस पर विश्वास करने का मन करता था।

"कल बॉम्बे हाई कोर्ट का फ़ैसला हमारे फ़ेवर में नहीं आएगा। मैं पहले ही बता रहा हूँ इसलिए आप सबकुछ मुझ पर छोड़ दीजिए।" मनोज ने टॉप बॉस से कहा। टॉप बॉस को मनोज की क्लैरिटी पसंद आई।

मनोज को मन-ही-मन ये बात पता थी कि इस केस को जीतने का तरीक़ा क्या है पर उसको भी पूरी तरह भरोसा नहीं था कि जैसा वह चाह

रहा है, वैसा हो पाएगा। मीटिंग के बाद मनोज को टॉप बॉस ने तीन महीने का समय दिया। अगले तीन महीने मनोज की ज़िंदगी के सबसे ज़रूरी तीन महीने थे। उसी में साशा को मनाना भी था, उसी में ख़ुद को बचाना भी था।

उस दिन के न्यूज़पेपर की बड़ी ख़बर थी- 'बॉम्बे हाई कोर्ट ने इनकम टैक्स डिपार्टमेंट की पेनाल्टी को सही ठहराते हुए M-मोबाइल को टैक्स चोरी का दोषी पाया। सुप्रीम कोर्ट में इस केस की तारीख़ तीन महीने बाद होगी।'

मनोज को कॉलेज में घुसते हुए लेट हो चुका था और अगले दिन सुबह फ़ाइनल एग्ज़ाम का पहला पेपर था। पेपर में अब बस कुछ घंटे बचे थे।

69.

मनोज जब कमरे में घुसा तो बाबा बेड पर नहीं कुर्सी-मेज़ पर बैठे थे। कमरे में बाबा के टेबल लैम्प की रोशनी थी और किसी भी चीज़ का धुआँ नहीं था। कमरा एकदम साफ़ था। मनोज ने कुछ देर अपनी किताब पलटी और सोने की कोशिश करने लगा। उसकी आँखों में नींद नहीं थी।

गर्ल्स हॉस्टल में अनुशा ने दो कप कॉफ़ी बनाई थी। उसने एक कॉफ़ी साशा को दी। साशा थोड़ा-सा चौंकी क्योंकि अनुशा हमेशा केवल अपने लिए कॉफ़ी बनाती थी। साशा ने उसको थैंक्स कहा और अपनी कुर्सी-टेबल पर बैठ गई। कुछ देर पढ़ने के बाद बाद साशा एकदम से उठी और अनुशा को गले लगा लिया। दोनों में कोई बात नहीं हुई।

प्रिया, डेविड के साथ कैफ़े से लौट रही थी। समंदर की लहरें बार-बार आकर पैरों को छूकर लौट रही थीं, जैसे कई बार होंठों पर बात आकर लौट जाती है। प्रिया का समंदर से डर अब ख़त्म हो चुका था।

डेविड को कुछ ही दिन में जाना था।

"मुझे कुछ कहना है।" डेविड ने कहा।

"तुम कबसे इतना पूछने लगे, बोलो।" प्रिया ने कहा।

"मैं कन्फ़्यूज़्ड हूँ।"

"क्यों?"

"मेरी शादी होने वाली है।"

"अरे वाह बधाई हो, लव मैरिज?"

"हाँ।"

"फिर क्या कन्फ़्यूजन है?"

"यही है।"

"यही क्या?" प्रिया ने ज़ोर देते हुए पूछा।

डेविड रुका और उसके रुकने से प्रिया भी रुक गई।

"I think, I'm in love with you." डेविड ने हड़बड़ाते हुए जोड़ा, "I don't think, I feel... I know... I'm in love with you."

समंदर की लहर वहीं रुक गई। डेविड वहीं रुका हुआ था। प्रिया आगे चलने लगी।

"That's it, तुम्हें कुछ कहना नहीं है?" डेविड ने प्रिया से क़दम मिलाते हुए पूछा।

प्रिया ने समंदर से आसमान की ओर देखा फिर डेविड से आँखें बचाते हुए कहा, "love is unreliable. होता है और फिर एक दिन ख़त्म हो जाता है।"

"बट मैं उससे शादी नहीं करना चाहता जिससे मुझे प्यार न हो।"

"गर्लफ्रेंड से प्यार था न?"

"हाँ।"

"फिर अब कहाँ गया प्यार?"

"बट अब तुमसे..."

"कम ऑन, शादियाँ प्यार से नहीं चलतीं। तुम्हें क्या लगता है कि दो

लोग जो शादी में हैं सबमें प्यार है ?" प्रिया ने आवाज़ थोड़ी तेज़ करते हुए कहा। उसकी आवाज़ में हल्की-सी झुँझलाहट थी।

"तुम सिंगल हो, मैं शादी कैंसेल कर दूँगा।" डेविड की आवाज़ में बच्चों जैसी ज़िद थी।

प्रिया ने ना में सिर हिलाते हुए कहा, "क्या हो गया है तुम्हें ?"

"प्रॉब्लम क्या है। मैं सब मैनेज कर लूँगा। मैं इंडिया शिफ़्ट हो जाऊँगा।"

"प्रॉब्लम ये है कि मुझे तुमसे प्यार नहीं है।"

"पर अब तो तुम सिंगल हो।"

"हाँ तो सिंगल होने का मतलब है कि शादी कर लूँ ?"

"We can make it work Priya."

"No we can not."

"Why ?"

प्रिया ने एक लंबी साँस अंदर खींची और आगे बढ़ गई। वह कुछ दूर निकल गई तब डेविड ने चलना शुरू किया। प्रिया ऐसे बिहेव करेगी उसे उम्मीद ही नहीं थी। डेविड की आवाज़ में थोड़ी सख़्ती और ग़ुस्सा था, "पर क्यों ?"

प्रिया रुकी और एक लंबी साँस लेकर डेविड की आँखों में देखते हुए बोली, "मैं भले मनोज के साथ अब नहीं हूँ पर मैं... अब भी... उससे ही प्यार करती हूँ।"

कुछ जवाब नए सवाल पैदा करते हैं और कुछ सवाल सब सवालों पर पूर्णविराम लगा देते हैं।

डेविड समंदर के साथ अकेला था, प्रिया के पास समंदर, मनोज और डेफनी के कैफ़े से आती ग़ज़ल की आवाज़ थी।

70.

मनोज जब सुबह सोकर उठा तब भी बाबा टेबल-कुर्सी पर थे। वो बात अलग है कि वह पढ़ नहीं रहे थे, टेबल पर सिर टिकाकर सो रहे थे। टेबल लैम्प जल रहा था। मनोज ने पर्दा उठाकर बाहर देखा। उसने अपनी नोट बुक खोली और कुछ देर तक पन्ने पर कुछ लिखता रहा। लिखने के बाद खिड़की से सूरज की किरणों को अपने चेहरे पर महसूस करता रहा। मौसम में नरमी थी, हल्की गरम किरणें चेहरे पर हल्की-सी गुदगुदी करती लग रही थीं। उसकी आँखों में सूरज, खिड़की के बाहर के सूरज से ज़्यादा तेज़ चमक रहा था। वह बहुत कम देर सोया था, लेकिन उसकी थकान उतर चुकी थी।

मनोज ने तैयार होकर कमरे से निकलने से पहले, बाबा के सिर पर हाथ फेरकर उसको उठाया। बाबा हड़बड़ाकर उठे। उनको कुछ देर एडजस्ट करने में लगा कि वह जिस दुनिया में उठे हैं, वहाँ पर कुछ देर में फ़ाइनल एग्ज़ाम का पहला पेपर है।

मनोज जब कमरे से निकल रहा था तब उसके पास प्रिया का फ़ोन आया। प्रिया का सुबह कभी फ़ोन नहीं आता था। मनोज ने 'हैलो' नहीं, 'क्या हुआ' कहा।

"कुछ नहीं, ऐसे ही।"

"ऐसे ही तो तुम सुबह फ़ोन नहीं करती?"

प्रिया ने कोई जवाब नहीं दिया। मनोज ने ही बात बदलते हुए कहा, "आज से फ़ाइनल पेपर हैं।"

"इस बार फ़र्स्ट मत आना मनोज।" प्रिया ये कहकर हँसी।

"अब तुमने मना कर दिया है, अब तो आना ही पड़ेगा।" मनोज के होंठों पर ख़ुशी फैल गई, "अब बताओ, क्यों फ़ोन किया?"

"ऐसे ही।" प्रिया ने कुछ सेकंड रुककर कहा, "ऐसे ही... याद आ

रही थी।"

"आज बर्थडे है क्या तुम्हारा?"

"नहीं बाबा!"

"फिर याद क्यों आ रही थी, सब ठीक है?"

"ऐसे याद नहीं आ सकती? सब ठीक है।"

"आज क्लास के लिए नहीं गई?"

"नहीं मन नहीं किया।" प्रिया को जैसे कुछ याद आया, "चलो, तुम अच्छे से पेपर दो।"

मनोज फ़ोन रखने ही वाला था कि देखा, सामने कुछ दूर पर गजेंद्र और मीता साथ टहल रहे थे।

"टाइम कैसे बीत जाता है न!" प्रिया ने कहा।

"क्या हुआ है तुम्हें?"

"बोला ना, कुछ नहीं हुआ है।"

"मैं पेपर के बाद कॉल करता हूँ।"

मनोज ने फ़ोन रख दिया। गजेंद्र, मीता और मनोज साथ में टहलने लगे। आज फ़ाइनल ईयर वाला कोई भी स्टूडेंट बाहर नहीं दिख रहा था।

गजेंद्र वाला कोर्स हल्के-फुल्के अंदाज़ में चल रहा था। गजेंद्र के लिए ये समय एक तरह की छुट्टी जैसा ही था।

मीता ने चुटकी लेते हुए मनोज से कहा, "इनको देखो, बैठकर पढ़ना चाहिए, दोस्तों के साथ टाइम पास करने चले आए।"

मनोज और गजेंद्र हँसे। मनोज ने अपने-आप को सँभालते हुए कहा, "यार, फँस गया हूँ मैं, एक तरफ़ टेलीकॉम मिनिस्टर है और दूसरी तरफ मेरी रेप्यूटेशन।" मनोज ने पिछले कुछ दिनों का घटनाक्रम दोनों को बताया।

मीता ने बड़े ध्यान से सुना, "तुम दोनों ने कर क्या रखा है अपनी लाइफ़ का!"

मीता तभी एक पेड़ के पास रुकी और बोली, "ये पेड़ देख रहे हो?"

मनोज ने कहा, "ये क्या सवाल हुआ?"

मीता ने पेड़ को छूते हुए कहा, "तुम लोग सब भूल जाते हो, क्या नाम था उस प्रोफ़ेसर का, हाँ, प्रान्तोष बैनर्जी, उसने सबसे पेड़ लगवाए थे। ये वाला हमने मिलकर लगाया था।"

गजेंद्र ने भी पेड़ को छुआ और एक बीते हुए समय को हाथ से छूकर देखा। गजेंद्र को कुछ याद आया, "जब एक बार क्लास में मैं और मनोज लेट आए और सॉरी बोलकर अंदर घुस रहे थे तो उसने हमें रोका और पूछा था are you sorry? हमें सवाल ही समझ नहीं आया। हमें लगा कि इसने सुना नहीं है। मैंने दुबारा कहा सॉरी सर। उसने कहा, Gentle-man are you sorry? हम कोई सॉरी-वॉरी तो थे नहीं, तब उसने जो बात कही मुझे आज भी याद है। उसने कहा कि Don't utter a word which you don't mean."

मनोज को भी यह बात याद आ चुकी थी, "क्या आदमी था, इतना बड़ा लॉयर था, एक मिनट का ख़ाली टाइम नहीं था फिर भी समय निकालकर कॉलेज में पढ़ाने आता था, ख़ैर!"

मनोज ने भी पेड़ को छूकर देखा। कुछ देर के लिए वह सब भूल गया कि लाइफ़ में क्या-क्या भसड़ चल रही है।

"मुझे जब कॉलेज जॉइन करने का ऑफ़र आया तो मैं कन्फ़्यूज़ थी तो उनसे मिलने गई थी। उन्होंने समझाया कि हम अपने आसपास वालों से इस दुनिया से बस लेते ही तो आए हैं, कभी-न-कभी देना भी चाहिए। उन्होंने एक बात और कही थी। Try to live a simple life, Meeta. It's not easy. मुझे नहीं पता कि उनकी बात कितनी सही होगी, लेकिन कुछ लोग होते हैं न जिनकी बात मानने का मन करता है। मैं अब बची हुई लाइफ़ प्रान्तोष बैनर्जी जैसा इंसान बनना चाहती हूँ जिसकी हर बात मानने का मन करे।" मीता पेड़ से गिरी हुई पत्ती को उठाकर सहला रही थी।

कुछ देर के लिए ही सही मनोज, गजेंद्र और मीता की ज़िंदगी एकदम पर्फ़ेक्ट थी। कुछ देर बाद जैसे मीता का ध्यान टूटा।

"जाओ, पेपर छूट जाएगा।"

मनोज पेपर के लिए जाने लगा तो पीछे से गजेंद्र और मीता एक साथ चिल्लाए, "All the best."

मनोज पलटकर मुस्कुराया।

मनोज क्लास में पहुँचा तो सब पहले से थे। इस बार वही सबसे लेट था। सीटें पहले जैसे ही लगी थीं। अभी पेपर शुरू होने में टाइम था। वह उठा और साशा के कंधे पर हाथ रखकर बोला, "मुझे पेपर के बाद कुछ बात करनी है।"

साशा ने कहा, "मुझे भी।"

मनोज ने हाँ में सिर हिलाया। दोनों ने एक साथ कहा, "All the best!"

पेपर शुरू हो चुका था।

अगले कुछ दिन कॉलेज में माहौल एकदम सीरियस हो गया था। हॉस्टल में तेज़ आवाज़ में गाने बजने बंद हो गए थे। बाबा आते और चुपचाप अपनी टेबल-कुर्सी पर बैठे रहते। साशा और अनुशा में से जो भी कॉफ़ी बनाता वह दूसरे के लिए भी बना देता। पेपर के दौरान दोनों में एक बॉन्ड बन गया था।

मनोज ने पहले पेपर के बाद प्रिया को फ़ोन मिलाया। उसने बात नहीं की और पेपर ख़त्म होने के बाद के लिए बात को टाल दिया।

71.

पेपर में समय तेज़ी से बीतता है। पता ही नहीं चला और आख़िरी पेपर का दिन आ चुका था। इम्तिहान से पहले यही लगता है कि ये जल्द-से-जल्द ख़त्म हो जाए पर आख़िरी इम्तिहान से पहले थोड़ा ठहरकर पिछला कुछ समय देखने का मन करता है। जैसे एक लंबी दोस्ती टूट रही हो, जैसे

वो समय तितली बनकर हमेशा के लिए पीछे छूट रहा हो।

इसीलिए शायद कॉलेज के आख़िरी साल के आख़िरी पेपर के बाद लोग एक-दूसरे की शर्ट पर कुछ ऐसा लिख देना चाहते हैं जो हमेशा याद रहे। वो शर्ट घर लौटकर अलग रख दी जाती है। उस पर कभी ग़लती से नज़र जाती है तो एक बीते हुए साल, एक बीती हुई उम्र का लेखा-जोखा मिलता है। कॉलेज से निकलने पर सबके पास धुँधला-सा रास्ता होता है जिसके अंत में हम वो देखते हैं जो हम होना चाहते हैं, सालों बाद वही शर्ट दुबारा देखने पर पता चलता है कि वो रास्ता हम भूल ही गए और आज जहाँ खड़े हैं वो तो किसी और की मंज़िल थी। हमें ख़याल आता है कि हम इतने थके हुए इसीलिए हैं क्योंकि हम अपनी नहीं किसी और की मंज़िल को अपना रास्ता समझ बैठे। विश्वास हो कि रास्ता सही है तो फिर चाहे कितना भी लंबा सफ़र हो थकान नहीं होती।

पेपर के आख़िरी दिन मनोज सुबह चार बजे उठा और पुणे की सड़क पर निकल गया। बहुत देर तक उसके कान में साशा की आवाज़ गूँजती रही, 'मुझे भी बात करनी है।' आख़िर उसको क्या बात करनी थी! मनोज सड़क पर भाग रहा था। साँसें फूल रही थीं।

उसके चेहरे पर ठंडी हवा लग रही थी। आख़िरी पेपर बस कुछ देर में होने वाला था। उसको इस दिन का इंतज़ार था। भागते हुए वह कॉलेज से बहुत दूर निकल आया था। जब वह एकदम थक गया तो एक जगह आकर रुका। यह पुणे का बस स्टैंड था। पुणे की सुबह अलसाई हुई थी, लेकिन बस स्टैंड पर हलचल थी।

बस स्टैंड पर एक बीस साल का लड़का अपने पिता के साथ उतर रहा था। उस बस स्टैंड पर उसको वो ख़ुद दिखाई दिया जब वह पहली बार पुणे आया था। साथ में उसके पापा थे।

एक घबराया हुआ चेहरा, अजनबी शहर, छोटा-सा बैग, खचिया भर उम्मीदें, पैंट की दोनों जेबों में घबराहट भरी हुई, शर्ट की जेब में कुछ कर दिखाने की पर्ची एक सस्ते-से पेन के साथ अटकी हुई थी।

वो बाप-बेटा जैसे ही बस स्टैंड से बाहर निकले, ऑटो वालों की एक भीड़ ने उनको घेर लिया। बाप मोल-भाव करने लगा। बेटा बाप को मोल-भाव करता देख जीवन के वो पाठ सीख रहा था जो बताकर नहीं सिखाए जाते। बाप और बेटा थोड़ा-सा बाहर निकल आए। बाप एक तय किए हुए रुपये पर अटका हुआ था, ऑटो वाले अपने तय हुए रुपये पर अटके हुए थे। धीरे-धीरे ऑटो वाले कम होने लगे।

बेटा धीरे से फुसफुसाया, "ले लेते हैं पापा।"

बाप ने कहा, "थोड़ा आगे चलते हैं।" बाप का ध्यान बेटे के भारी बैग पर गया, उसने पूछा, "भारी तो नहीं है, चल पाओगे?"

बैग भारी था, लेकिन लड़के ने ना में सिर हिलाया। बैग में माँ के दिए हुए लड्डू उसको भारी बना रहे थे, लड्डू भारी नहीं थे, लेकिन माँ ने लड्डू को आने वाले सुख के डिब्बे में लपेटकर दिया था। आने वाला सुख भारी था।

आने वाला और आकर चले जाने वाला सुख दोनों भारी होते हैं, सुख सबसे हल्का तब होता है जब वो ठीक सामने हमारे हाथ में होता है।

माँ ने कभी सुख को देखा नहीं था बस आने वाले सुख की कहानियाँ सुनी थीं। मनोज के गाँव में एक दुःख की नदी बहती थी, जिसमें रोज़ सुबह उसके पिता डुबकी लगाते थे। हर बार नहाने के बाद दुःख शरीर पर चिपका रह जाता था। उसके पिता ने सुखी कैसे रहें की सब किताबें पढ़ी थीं और जब भी किताब पढ़कर ख़त्म करते और परचून वाले के यहाँ जाकर तराज़ू में ख़ुद बैठकर अपने सुख और दुःख को तौलते तो दुःख ही भारी निकलता। उनको तराज़ू से नफ़रत हो गई थी।

उनकी ज़मीन धोखे से भाइयों ने ले ली कि वहाँ से होकर सड़क निकलेगी और ख़ूब पैसा मिलेगा। मनोज के पिता जिसे अपना वकील समझते रहे वह असल में भाइयों से पैसे लेता था। उसने दोनों तरह से पैसे कमाए, पिता से केस जीतने के और भाइयों से केस हारने के, भाइयों के पैसे भारी पड़ गए। भाइयों के लिए वो ज़मीन थी, उनको सड़क दिखती

थी, पिता के लिए वो खेत थे जिसकी मिट्टी में वह नदी से मिले हुए दुःख को पोछते।

पिता केस हारने के बाद जब घर लौटे तो खाना खाए बिना सो गए। रात में जब सब सो गए तो वह उठे और अपने हारे हुए खेत में कपड़े उतारकर लोटते रहे। उस रात दो तारे टूटे, एक आसमान में और एक खेत में। वह आए मिट्टी में सने हुए और सो गए। अगले दिन वह बहुत देर तक सोते रहे। दिन चढ़ने पर जब वह उठे तो उनके सिर के सारे बाल सफ़ेद हो चुके थे। अगले कुछ दिन उन्होंने एक भी शब्द नहीं कहा। घरवालों को ये भी लगा कि कहीं इनकी ज़बान चली तो नहीं गई।

नदी जीवन थी, पिता नाव, उनकी उम्मीदें पतवार, नदी में दुःख की बाढ़ आ चुकी थी, पतवार छोटी पड़ रही थी, पर पिता ने नदी में डुबकी लगाना नहीं छोड़ा। दुःख की नदी ने बह-बहकर जब उनके हाथ घिस दिए तब उन्होंने मनोज के हाथों को पतवार बनाने की ठान ली।

मनोज उस समय एमएससी का एक साल कर चुका था। जब उसको पिता का हाल पता चला तो उसने एमएससी की पढ़ाई छोड़कर लॉ करने की ठानी। वह पढ़ने में तेज़ नहीं था, लेकिन जीवन में कुछ क्षण ऐसे आते हैं जो हमें अपनी हद से पार ले जाते हैं।

दुःख की नदी वैसे ही बहती रही, खेत से सड़क निकलने लगी। पिता घंटों उस सड़क को देखते और रात में सबसे नज़र बचाकर उस सड़क पर जाकर लेट जाते और किसी ट्रक के आने का इंतज़ार करते। वो ट्रक आता ही नहीं। वह लंबे-लंबे व्रत रखते, दो-तीन दिन भूखे रहते, व्रत के समय खेत की मिट्टी उठाकर अपने बदन पर मल लेते। उनको कभी किसी ने भगवान का नाम लेते नहीं देखा था। अगर कोई कभी पूछता कि खा क्यों नहीं रहे तो कहते कि पूजा कर रहा हूँ। हालाँकि उन्होंने कभी किसी भगवान का नाम नहीं लिया। न ही कभी मंदिर गए। उनका भगवान मर गया था शायद और अब वह दिनो-दिन भूखे रहकर उस भगवान से मिलना चाहते थे।

मनोज को लॉ की पढ़ाई करते हुए दो साल हो गए थे, दोनों साल उसने टॉप किया था।

सालों पहले उस दिन मनोज का आख़िरी पेपर था। उस रात भी मनोज को ऐसे ही नींद नहीं आई थी जैसे आज नहीं आई थी। पेपर से पहले ख़बर आई कि पिता जी को एक ट्रक ने ठोकर मार दी है, उनको बहुत चोट लगी है।

मनोज के कान में 30 साल पहले के वो शब्द गूँजने लगे। एक लड़का दूर से भागता हुआ आया और चिल्लाया, "मनोज, तेरे घर से फ़ोन आया था, जल्दी जा कुछ इमरजेंसी है।"

कॉल के बाद, मनोज के पास ऑप्शन था कि या तो वो अपने पिता से आख़िरी बार मिल ले या फिर पेपर दे। समय कम था, तुरंत फ़ैसला लेना था। उसने पिता से आख़िरी बार मिलना चुना।

पिता जैसे साँस रोककर मनोज के लिए ही रुके थे। उन्होंने मनोज के सिर पर हाथ फेरा। उनकी आँखों में बड़े-बड़े आँसू थे। वह चाहकर भी कुछ बोल नहीं पा रहे थे। उनकी आवाज़ साफ़ नहीं आ रही थी, ऐसा लग रहा था जैसे कोई बच्चा तुतला रहा हो। वह बहुत कोशिश कर रहे थे, लेकिन शब्द बाहर नहीं आ पा रहे थे। मनोज के पास शब्द-ही-शब्द थे, लेकिन उसके पास एक भी शब्द नहीं था जो वह बोल पाए।

"आप ठीक हो जाएँगे।" मनोज ने कहा।

पिता ने तुतलाते हुए कहा, "मैं कुछ कल नहीं पाया, कल केस है तुम खेत को सरक मत बनने देना।"

ऐसे शब्द बने ही नहीं हैं जिनको कह दिया जाए और सामने वाले का दुःख पिघल जाए। वो सारे लोग जो दुःख में सचमुच काम आते हैं उनकी कोई बात याद नहीं रहती। बस वो थपकी, गले लगा लेना या स्पर्श याद रहता है। हमने भाषा सीखने में इतनी मेहनत की है कि हमें समझ ही नहीं आता कि चुप रहकर भी बात की जा सकती है। वही एक इंसान आसपास

नहीं होता जिसके साथ बात बंद करके आराम से रहा जा सके। शब्द सब ख़राब कर देते हैं। कुछ शब्दों को दुःख में सांत्वना बनने से पहले आत्महत्या कर लेनी चाहिए।

पिता की लाश जलाते हुए मनोज की आँखों में ग़ुस्से के आँसू थे, कि उन्होंने उसके ऊपर इतना कुछ लाद क्यों दिया। उसको ये भी ग़ुस्सा था कि तबियत इतनी ख़राब होने पर भी वह व्रत क्यों रखते थे!

लाश जलने की गर्मी चेहरे पर लग रही थी। मौसम ठीक पुणे के मौसम जैसा ठंडा था और वो गर्मी राहत दे रही थी जैसे कोई जाने से पहले आख़िरी बार सिर को सहलाता है।

उस गर्मी ने मनोज के कानों में फूँका कि मान लो अब वह नहीं हैं, अब ग़ुस्से का कोई फ़ायदा नहीं। मनोज को उस समय याद आने लगा कि वह जो भी है उसमें उसके पिता का कितना बड़ा योगदान है! वो हर चीज़ को कर गुजरने की ज़िद, वो फ़ायदे के लिए क़ायदा न बदलने की ज़िद, अपने हक़ के लिए खड़े रहने की ज़िद। उसको बचपन की वो कहानियाँ याद आने लगीं जब वह खेत पर खाना लेकर जाता था और वह दिन की नींद से पहले उसको कानों में फूँकते थे। मनोज जब पूछता कि वह कान के एकदम पास आकर ही कहानियाँ क्यों सुनाते हैं तो वह कहते कि तुम्हारे दिमाग़ में कहानियाँ छुपा रहा हूँ, बुरे वक़्त में ये कहानियाँ काम आएँगी। बाहर शोर बहुत है, जब भी परेशान होना तो इनमें से कोई कहानी बाहर निकालकर सुन लेना। मनोज को अपने पिता की बात पर कभी विश्वास नहीं हुआ था।

शायद कान में सबसे ज़्यादा ठंड इसलिए लगती है क्योंकि वहाँ से कहानियाँ बाहर आने को बेताब रहती हैं। ठंडी हवा मनोज के कान में घुल रही थी और उसे लग रहा था कि पिता कोई आख़िरी कहानी छुपा रहे हैं। मनोज को पिता का कहानी सुनाता हुआ वो चेहरा याद आया और उसके चेहरे पर मुस्कुराहट तैर गई। उसने सामने जलते हुए पिता को देखा, उसको वहाँ पर लकड़ियाँ नहीं पिता का मुस्कुराता हुआ चेहरा दिखा।

गाँव में बहने वाली दुःख की नदी के किनारे मनोज बहुत देर तक बैठा रहा। अस्थियों का कलश बहुत भारी था। मनोज ने हिम्मत करके जैसे ही अस्थियाँ प्रवाहित कीं, दुःख की नदी का दुःख सूखने लगा, पिता अपने साथ घर का सारा दुःख बहाकर ले गए। ठीक उस क्षण मनोज के पिता ने अपने-आप, अपनी हर उम्मीद से मनोज को मुक्त कर दिया। मनोज जब उठा तो एकदम हल्का महसूस कर रहा रहा था। मनोज को भगवान में कोई विश्वास नहीं था पर उस पल उसने सोचा कि अगर कोई दूसरी दुनिया होती है तो पिता को वहाँ पर एक खेत मिल जाए। वो सारी कहानियाँ जो पिता ने मनोज के कान में बोई थीं, उन्होंने मनोज को घेर लिया और उसके कंधे पर हाथ रख दिया। कहानियाँ, यादें बनकर उसके पूरे शरीर पर फैलने लगीं। मनोज ने अपने दोनों हाथों से चेहरे को रगड़ा, उसकी शक्ल थोड़ी-थोड़ी अपने पिता जैसी हो गई। जब वह उठकर चलने लगा तो उसकी चाल में थोड़े पिता भी थे। जब घर पहुँचकर उसने अपनी माँ को पुकारा तो उसकी आवाज़ में पिता की आवाज़ थी। घर की सारी उदासी मनोज के बिस्तर पर आकर बैठ गई थी। रात में तारे देखते हुए उसे नींद नहीं आ रही थी। वह रात में चुपचाप उठा और बाहर सड़क पर आ गया। वह सड़क पर कुछ देर तक लेटा रहा। हवा तेज़ी से बह रही थी। मनोज को अपने सिर पर एक हाथ महसूस हो रहा था, सड़क पर पत्ते आवाज़ कर रहे थे और मनोज को पिता की तुतलाती आवाज़ सुनाई पड़ रही थी। उस एक पल में मनोज बाप हो गया था और पिता एक बच्चा बनकर पास में लेट गए।

वह कब बिस्तर पर आया उसे याद नहीं था। जब सुबह उठा तो हल्का महसूस कर रहा था। सूना हुआ घर इतना भारी नहीं लग रहा था। पिता का साथ रात के अँधेरे जैसा होता है, चुपचाप और माँ सुबह की चहचहाहट जैसी।

रिश्तेदारों के जाने के बाद, उसको घर में बिखरे हुए काम दिखाई पड़े। उसने पिता की टेबल से उनकी एक कल्याण की डायरी उठाई, उसमें तमाम ख़र्चों के हिसाब थे। मनोज बहुत देर तक उस डायरी में ख़ाली पन्ने

जोड़ता रहा। वह हर पन्ना बड़ी उम्मीद से पलट रहा था कि शायद उसके लिए कोई बात लिखी हो। पिता अक्सर बोलकर नहीं बता पाते इसीलिए लिखकर छोड़ जाते हैं, पिता सबके सामने रो नहीं पाते इसीलिए छुपकर रोते हैं, पिता गले नहीं लग पाते इसीलिए माथे को सहलाते हैं।

उसने एक पन्ना फाड़ा और घर के लिए ज़रूरी कामों की एक लिस्ट बनाई। मनोज के लिए ज़रूरी चीज़ों को एक काग़ज़ पर लिखने की ये शुरुआत थी। घर में जितने काम थे उस लिहाज से मनोज के पास अब अगला एक साल कॉलेज करने का समय नहीं था। उसको तुरंत ही काम शुरू करना था।

उसने जब डायरी उठाकर रखी तो उसमें से चिपका हुआ एक पन्ना तैर कर नीचे गिरा। मनोज ने उस पन्ने को उठाया, उसमें लिखा था, 'सब हो जाता है बस थोड़ी-सी और कोशिश करनी होती है।'

मनोज ने उस काग़ज़ को सँभालकर रख लिया। सँभालकर, ख़ासकर ज़्यादा सँभालकर रखी हुई चीज़ें हम अक्सर भूल जाते हैं। अगले कुछ साल मनोज को अपने-आप को और घर को खड़ा करना था।

अपने-आप को खड़ा करने में, खेत का केस, अच्छी नसीहतें, वो कहानियाँ, मनोज सब भूल चुका था।

ऑटो की आवाज़ से मनोज का ध्यान टूटा। सामने बस स्टैंड पर बाप और बेटे को एक ऑटो वाले ने उनके तय किए हुए रुपये पर बैठा लिया था। ऑटो में बैठते ही पिता ने बेटे से कहा, "सब हो जाता है, बस थोड़ी-सी और कोशिश करनी होती है।"

मनोज को गाँव का खेत याद आया जहाँ की सड़क पर अब बड़े-बड़े गड्ढे बन चुके थे।

वह अगले एक साल रुक नहीं सकता था। उसे कुछ-न-कुछ करके पैसे कमाने ही थे। ये वो दौर नहीं जब लॉ करने के बाद रजिस्ट्रेशन के लिए पेपर देना होता। रिज़ल्ट आने के बाद एक छोटा-सा रजिस्ट्रेशन प्रॉसेस होता

था और बीस दिन बाद से आप कोर्ट में केस लड़ने के लिए तैयार होते थे।

मनोज के पिता साधारण ज़िंदगी चाहते थे, इसी वजह से मनोज को लाइफ़ में सब कुछ असाधारण चाहिए था। वह सब कुछ चाहता था जो पिता के पास नहीं था।

असाधारण ज़िंदगी के लिए असाधारण क़दम उठाने पड़ते हैं। मनोज की एक विज़िट के दौरान आरटीओ ऑफ़िस में ड्राइविंग लाइसेंस फ़ज करने वाले एक शख़्स से मुलाक़ात हुई थी। वह अभी जेल में बंद था। पुलिस वालों से पैसे के लेन-देन को लेकर उसकी लड़ाई हो गई थी। इसी वजह से पुलिस वालों ने उसके ख़िलाफ़ फ़र्ज़ी केस बनाकर उसको जेल में डाल दिया था।

मनोज को लॉ की प्रैक्टिस के रजिस्ट्रेशन के लिए लॉ फ़ाइनल ईयर का रिज़ल्ट चाहिए था, एक फ़र्ज़ी डिग्री चाहिए थी, और उस शख़्स को बेल।

कॉलेज का रिज़ल्ट आते ही, गजेंद्र डिग्री लेकर उसके पास पहुँचा। उस आदमी ने हू-ब-हू वैसी ही डिग्री बना दी, जैसे कोई भटका हुआ कलाकार हो और फ़र्ज़ी चीज़ें बनाकर इस दुनिया से बदला ले रहा हो। हालाँकि गजेंद्र और मीता के अलावा किसी को ये बात नहीं पता थी कि मनोज ने फ़र्ज़ी डिग्री बनवाई है। उन्होंने अपनी तरफ़ से सपोर्ट करने की बात भी कही। लेकिन बातों से कोई मदद हो नहीं सकती थी। मनोज की स्थिति ऐसी नहीं थी कि सही और ग़लत के पचड़े में पड़े। गजेंद्र के घर की हालत भी ऐसी नहीं थी कि मनोज को सपोर्ट कर सके। उस समय के हिसाब से वही सही था जो मनोज ने किया। हालाँकि ये बात उतनी आसान नहीं थी, जितनी लग रही थी।

जब वह रजिस्ट्रेशन के लिए जा रहा था, तब उसके हाथ काँप रहे थे। रजिस्ट्रेशन हो गया, मनोज ने पहला केस उस शख़्स का लड़ा। कुछ मिनट की बहस के बाद ही उसने प्रूव कर दिया कि उसके क्लाइंट को ग़लत इंटेंशन से जेल में डाला गया है। उसके सारे केस ख़ारिज हो गए। मनोज एकदम से लाइमलाइट में आ गया। उसके पास बहुत से केस आना

शुरू हो गए।

कोर्ट में सबको ख़बर हो गई कि कोई नया लड़का आया है जो बहुत तेज़-तर्रार है।

जेल के बाहर मनोज उससे मिला और तय ये हुआ कि अब वे कभी नहीं मिलेंगे। और क़िस्मत से हुआ भी यही। उस आदमी के कई दुश्मन थे। जिस दिन वह जेल से निकला उसी शाम को उसको किसी ने मार दिया। अब केवल तीन लोग ऐसे थे जिनको मनोज की फ़ेक डिग्री के बारे में पता था।

मनोज ने शुरुआती कुछ सालों में प्रैक्टिस का एक ही मक़सद रखा— पैसा कमाना। उसको पता था कि पैसा दो तरीक़ों से कमाया जा सकता है। पहला तरीक़ा जो कि ज़्यादातर वकील अपनाते हैं, एक ही केस को लंबा खींचकर। दूसरा तरीक़ा था केस जीतकर, अपनी पहचान बनाकर। मनोज ने दूसरा तरीक़ा चुना। धीरे-धीरे उसने क्रिमिनल प्रैक्टिस से हाथ जोड़ लिए। मनोज तेज़ी में था, इस तेज़ी में उसने कभी अपने गाँव की ज़मीन वाले मुक़दमे पर ध्यान ही नहीं दिया। जो मनोज दुनिया भर के केस जीत सकता था, वह अपने पिता की आख़िरी इच्छा पूरी करने से पहले ही हार गया। जिस केस की वजह से वह वकील बनने चला था, बस वही एक काम अधूरा रह गया।

आधे-अधूरे काम, छूटे हुए वादे, भूले-बिसरे लोग, कभी न आने वाला कल, ये सब अगर न हों तो जीवन के प्रति आस्था ख़त्म हो जाती है। इतने सालों बाद फ़ाइनल ईयर के आख़िरी पेपर का समय होने वाला था। इस पेपर के लिए मनोज को 30 साल इंतज़ार करना पड़ा था। मनोज को अभी एक लंबी दूरी तय करनी थी।

72.

साशा आख़िरी पेपर से पहले रात भर जगी थी। वह अपना सिलेबस इतनी बार रिवाइज़ कर चुकी थी कि उसकी उँगलियों तक को सब याद हो चुका था। पेपर होने में अभी तीन-चार घंटे थे। सुबह होने वाली थी। चिड़ियों की आवाज़ आना शुरू हो चुकी थी। खिड़की से हल्की-सी ठंडक चेहरे पर पड़ रही थी।

उसने भागना शुरू किया। वह पेपर से पहले स्माइलिंग अंकल से मिलना चाहती थी। उसको पता नहीं था कि वह मिलेंगे भी या नहीं, लेकिन कई बार हम मंज़िल के लिए नहीं, रास्ते के लिए रास्ता तय करते हैं। साशा के लिए ज़रूरी ये नहीं था कि अंकल मिलेंगे या नहीं। उसके लिए ज़रूरी था कि वह अँधेरे में एक तुक्का लगाए।

उसका इस बार का पेपर अच्छा जा रहा था। ये पेपर वो मौक़ा था जब लाइफ़ में एक बार मनोज को पीछे छोड़ सकती थी। कहीं-न-कहीं वह लॉ कर ही इसलिए रही थी कि मनोज से बेहतर वकील होना चाहती थी।

कई बार हम अपने-आप को केवल इसलिए परेशान करते हैं क्योंकि अपने घर वालों को परेशान करने का कोई और तरीक़ा नहीं होता। अपने आप को दुःख देकर असल में हम घर वालों को दुःख पहुँचा रहे होते हैं। दूसरे को दिया हुआ दुःख ही हमारी सज़ा होती है।

साशा मनोज को परेशान करने के लिए अपने-आप को किसी भी हद तक परेशान कर सकती थी। अनुशा सो रही थी। साशा धीमे-से उठकर कॉलेज के बाहर आई और उसने भागना शुरू किया। उसको आसमान से जाता हुआ जहाज़ दिखाई दिया।

जहाज़ की आवाज़ पकड़कर वह दो साल पहले पहुँच गई।

दो साल पहले

साशा अपनी एक साल की लॉ की पढ़ाई पूरी करके दिल्ली आने वाली थी। मनोज और प्रिया दोनों एयरपोर्ट पर आने वाले थे, लेकिन हमेशा की तरह मनोज को कोई ज़रूरी काम आ गया। इसलिए उसको लेने प्रिया पहुँची। साशा के जाने के बाद प्रिया की ज़िंदगी और घर दोनों एकदम ख़ाली हो गए थे। उसको ऐसा लगने लगा था कि वह केवल इसलिए है ताकि मनोज को सपोर्ट कर सके, वरना अब उसकी कोई जगह ही नहीं है।

साशा के कॉलेज जाने के बाद ही प्रिया को लगा कि वो आख़िर कर क्या रही है! उसने एक-दो बार मनोज से बात की तो मनोज ने उसको मज़ाक़ में टाल दिया। मनोज के पास समय नहीं था और प्रिया के पास समय-ही-समय था।

जब आदमी समय से साथ नहीं दे पाता तो उस ख़ाली जगह को हर उस तरीक़े से ख़रीदने की कोशिश करता है जो पैसे और पावर से हासिल की जा सकती है।

समय सभी पर धीरे-से एक नई परत चढ़ा देता है जिससे हम एक अलग इंसान हो जाते हैं जिसकी शक्ल किसी ऐसे से मिलती है जिसको हम कभी अच्छे से जानते थे।

लेकिन साशा का ग़ुस्सा ये नहीं था कि मनोज प्रिया को समय नहीं देता या फिर उनके रिश्ते में कुछ नहीं बचा।

जब प्रिया ने मनोज से अलग होने की बात कही तो पहले तो साशा को कुछ देर तक यक़ीन नहीं हुआ। साशा के दिमाग़ में मनोज की जो इमेज थी उसमें ये नया वाला मनोज फ़िट नहीं बैठता था। साशा को गए एक साल हुए थे, लेकिन जब वह घर लौटी तो सबकुछ बदल चुका था।

शाम को मनोज ने साशा के आने की ख़ुशी में एक बहुत बड़ी सरप्राइज़ पार्टी रखी थी। इस पार्टी में साशा और प्रिया के गिने-चुने दोस्त थे। पार्टी में दिल्ली के एक-से-एक बड़े लोग आए थे। उस पार्टी में साशा और प्रिया की जान-पहचान का केवल एक शख़्स था, गजेंद्र।

साशा, प्रिया और गजेंद्र एक कोने में बैठे थे। वे तीनों ही नक़ली मुस्कान चेहरे पर ओढ़े-ओढ़े थक चुके थे।

"अंकल यार, आप समझाओ पापा को।" साशा ने गजेंद्र से कहा।

गजेंद्र ख़ुद इस बदले हुए मनोज से हैरान था कि आख़िर ऐसा कब हो गया। उसी पार्टी में मौक़ा लगाकर गजेंद्र ने मनोज से बात करने की कोशिश भी की, लेकिन मनोज को बड़े बिज़नेसमैन को हैंडल करना था।

जिनको मनोज का सबसे ज़्यादा समय चाहिए था उनके लिए मनोज था ही नहीं। वो लोग जो मनोज के लिए सबसे ज़रूरी थे वे मनोज की प्रायऑरिटी लिस्ट में कहीं थे ही नहीं। साशा को बहुत ग़ुस्सा आया।

अगले दिन सुबह अख़बार में उस पार्टी की फ़ोटो छपी थीं। इन तस्वीरों में बस साशा और प्रिया नहीं थे। साशा प्रिया को लेकर मनोज से भिड़ गई। मनोज को लगा नहीं कि बात इतनी सीरियस है।

एक दिन बाद गोवा में एक लॉ की कॉन्फ्रेंस होने वाली थी। मनोज ने कहा, तुम साथ चलो हम वहाँ बात करेंगे।

मनोज भूल चुका था कि साशा अब स्कूल जाने वाली बच्ची नहीं जो बातों से मान जाए। प्रिया के मना करने के बाद भी साशा मनोज के साथ इस उम्मीद में चल दी कि गोवा जाकर बात हो पाएगी। लैंड करते ही मनोज कॉन्फ्रेंस में व्यस्त हो गया।

साशा उसका इंतज़ार करती रही, शाम को एक बड़ी पार्टी थी जिसमें देश भर के बड़े वकील, प्रोफ़ेसर, बड़ी लॉ फ़र्म के डेलीगेट, कुछ रिटायर्ड जज आए हुए थे। मनोज ने साशा को पार्टी में बुला लिया कि तुम आ जाओ, जल्दी निकल लेंगे और तुम्हें किसी से मिलवाना भी है।

प्रिया जान-बूझकर ट्रिप पर नहीं आई थी क्योंकि पहले भी वो ऐसी ट्रिप्स पर आकर बोर हो चुकी थी। गोवा में मौसम अच्छा था, होटल का कमरा अच्छा था, माहौल अच्छा था, लेकिन साशा को अच्छा नहीं लग रहा था।

मनोज के बार-बार बुलाने पर भी साशा नहीं आई। उसको पार्टी, बड़ी

कॉन्फ्रेंस, नेटवर्किंग नहीं करनी थी, उसको अपने पापा के साथ आराम से बैठना था, उसको लड़ना था, प्रिया के लिए ज़िद करनी थी। क्या ये वही मनोज था जो साशा के छोटे-से-छोटे इवेंट के लिए अपने बड़े-से-बड़े अप्वाइंटमेंट कैंसल कर दिया करता था। साशा को अपने पापा के उस वर्ज़न की याद आई जो अब था ही नहीं।

हम लोगों को वैसे याद नहीं करते जैसे वो अब हैं, बल्कि उस वर्ज़न को याद करते हैं जो कभी था। साशा को अपने पापा के पुराने वर्ज़न की बहुत याद आई और नए वर्ज़न पर बहुत ग़ुस्सा।

वह मन मारकर पार्टी में देर से पहुँची, तमाम लोग उससे ख़ुशी से मिल रहे थे, लेकिन साशा को बिलकुल भी सही नहीं लग रहा था। मनोज की नज़र साशा पर गई, मनोज ने इशारे से कहा, बस दो मिनट और अगले दो घंटे में मनोज के दो घंटे नहीं आए। जब बहुत देर तक इंतज़ार करने के बाद भी साशा को लगा कि मनोज से बात नहीं हो पाएगी तो वह पार्टी से जल्दी निकलकर वापस होटल आ गई। अकेलापन सबसे ज़्यादा भीड़ में आकर घेरता है। पार्टी में भीड़ ज़्यादा थी और साशा का अकेलापन भीड़ से थोड़ा-सा ज़्यादा था।

साशा धीरे-से पार्टी से निकलकर बीच पर आ गई। वहाँ पर एक छोटे-से बार में जाकर बैठ गई। यहाँ पर उन परिवारों को देखने लगी जो कि इम्पर्फ़ेक्ट थे, पर साथ थे। एक बच्ची जिसने सारा खाना अपने कपड़े पर गिरा दिया था, उसके पापा इरिटेट होते हुए उसके कपड़े धुलवाने ले जा रहे थे, एक बच्चे को उसकी मम्मी कहानियाँ सुना-सुनाकर एक-एक कौर खिला रही थी। थके हुए समंदर की गंध हवा में तैर रही थी। समंदर की आवाज़ बार में चलने वाला म्यूज़िक दबा रहा था। लोगों की आवाज़ इतनी मिली-जुली आ रही थी कि कुछ भी सुना नहीं जा सकता था।

मौक़ा मिलते ही हमारे भीतर का ख़ालीपन पूरी दुनिया में फैल जाता है। साशा के ख़ालीपन से बार भर गया था। उस बार में साशा जैसे अकेले भी कुछ लोग बैठे थे, लेकिन साशा की नज़र उन पर नहीं गई। उसको वही

दिख रहा था जो उसके पास नहीं था, जैसे जीभ उसी दाँत पर बार-बार जाती है जिसमें दर्द होता है। साशा का यहाँ भी मन नहीं लगा।

साशा का रूम अलग था, लेकिन वह इतना ग़ुस्से में थी कि वह मनोज के कमरे में ही बैठकर उसका इंतज़ार करने लगी।

11 बजे, 12 बजे... उसका पेशेंस जवाब दे रहा था। जैसे-जैसे देर हो रही थी उसका ग़ुस्सा बढ़ता जा रहा था। उसने मनोज को मैसेज किया, 'This is not done papa.'

साशा जब उठकर अपने कमरे में जाने के लिए कॉरिडोर से होते हुए लिफ़्ट की तरफ़ बढ़ ही रही थी, तभी एक दरवाज़ा खुला और मनोज उससे बाहर निकला। साशा तो मनोज को देख पाई, लेकिन मनोज उसे नहीं। कमरे से पहले एक हाथ बाहर निकला, वो किसी औरत का हाथ था। उसने मनोज को गले लगाया हुआ था। वह मनोज पर झुके जा रही थी। नशे में कुछ बोल भी रही थी लेकिन कुछ सही से सुनाई नहीं पड़ रहा था। उस औरत के होंठ मनोज के पूरे चेहरे पर अपनी जगह बना रहे थे और मनोज रोक नहीं रहा था। मनोज उस औरत को अंदर छोड़ने के लिए दोबारा अंदर गया और दरवाज़ा अपने-आप बंद हो गया। साशा ग़ुस्से में काँप रही थी। वह वही खड़ी रही। अगले दस-पंद्रह मिनट, दस-पंद्रह साल के जैसे बीते। साशा ने सोचा भी कि दरवाज़े की घंटी बजा दे, पर उसने ऐसा किया नहीं।

जब मनोज बाहर निकला तो तब मनोज की नज़र साशा पर गई। पीछे से उस औरत की आवाज़ आ रही थी, "don't go Manoj".

साशा ने मनोज को देखकर ऐसे नज़र चुराई जैसे उसने कुछ देखा ही नहीं। साशा अपने कमरे में आ गई। वह रात भर करवट बदलती रही। उस रात साशा को प्रिया की बहुत याद आई।

अगले दिन सुबह मनोज ने नाश्ते के लिए साशा को फ़ोन किया, "तुम कहाँ हो, तुम्हें किसी से मिलवाना है?"

साशा तब तक गोवा एयरपोर्ट पर पहुँच चुकी थी। मनोज ने कुछ समझाना चाहा, लेकिन साशा तब तक फ़ोन काट चुकी थी।

घर पहुँचकर वह प्रिया को पकड़कर घंटों रोती रही। प्रिया उससे पूछती कि ऐसा क्या हो गया, लेकिन साशा ने कुछ नहीं बताया। प्रिया को पता ही था कि मनोज के साथ कहीं जाने का मतलब है बस होटल में बैठकर बोर होते रहना। प्रिया के कई बार कोशिश करने के बाद साशा ने घंटों बाद रोना बंद किया, फिर भी कुछ नहीं बोली। ठीक उस पल साशा ने घर में लगी मनोज के साथ अपनी तस्वीरें देखीं और उसे लगा कि वह इस घर में मेहमान है, ये घर उसका नहीं है। उसने दीवार पर लगी उन तस्वीरों को अपने भीतर टूटते हुए देखा। घर से निकलने से पहले अपने कमरे में ख़ुद को बंद करके लंबी-लंबी साँसें लीं जैसे कि वह आख़िरी बार इस घर से जा रही हो। उसने अपने सब सामान को छूकर देखा। उसने अपनी सबसे ज़रूरी यादों को एक डिब्बे में पैक करके रख दिया। चलने से पहले साशा ने अपनी आँखें बंद कीं, एक आँसू लुढ़क गया। कमरे में एक गहरी सफ़ेद याद की धुँध भर गई और बड़ी तेज़ी से कमरे से ख़ाली होने लगी। साशा ने आँखें खोलीं तो पूरे कमरे में एक भी सामान नहीं था, वह एकदम अकेली थी।

कभी-न-कभी घर सभी का छूटता है, लेकिन कुछ लोगों के घर खो जाते हैं। असमय मृत्यु केवल लोगों की नहीं होती, घरों की भी होती है। खोए हुए घर की ख़बर अख़बारों में नहीं आती, घरों के लिए कोई गुमशुदा तलाश केंद्र नहीं है। कोई पुलिस वाला इस तरह की छोटी घटना की एफ़आईआर नहीं लिखता। खोए हुए घर को हमें सहेजकर अच्छे-से तह करके अपनी यादों के हिडेन फ़ोल्डर में पासवर्ड लगाकर रखना पड़ता है। ये पासवर्ड हमारी आँखों का पानी होता है जो सालों पुराने पछतावे के बाद, किसी को माफ़ करने के बाद, किसी से माफ़ी माँगने के बाद, मिट्टी डालने के बाद, अस्थि विसर्जन के बाद जाकर कभी-कभी गंगाजल बनता है। साशा ने निकलने के बाद पलटकर घर को नहीं देखा, वह और रोना नहीं चाहती थी। मनोज के दिल्ली पहुँचने से पहले साशा पुणे वापस लौट चुकी थी।

साशा पिछले क़रीब आधे घंटे से भाग रही थी। पिछले दो साल की बिखरी हुई तस्वीरें अलग-अलग शेप और साइज़ में बार-बार उसके पैरों से आकर टकरा रही थीं। उसने अपने चेहरे के पसीने को पोछा, उसमें कुछ आँसू भी साथ में पुछ गए। उसके थके हुए पैरों को खोए हुए घर की याद आई। हर सड़क उस घर तक लेकर जाती है, जहाँ हम जाना तो चाहते हैं पर जा नहीं पाते। कहीं वापस लौटने का रास्ता लंबा हो सकता है, लेकिन ऐसा नहीं हो सकता कि रास्ता हो ही नहीं।

चाय की दुकान खुल चुकी थी, स्माइलिंग अंकल वहाँ पर थे। साशा हाँफ रही थी। वह अंकल को देखकर मुस्कुराई। उनके पास आकर बैठ गई। पेपर में अब भी बहुत समय था।

वह कुछ बोलना चाह रही थी, लेकिन ज़्यादा हाँफ रही थी। उसको हाँफता देख स्माइलिंग अंकल बोले, "आराम से, मुझे जल्दी नहीं है।"

कुछ लोग इतने अच्छे होते हैं कि उनकी मुस्कुराहट से जीवन भर की सारी थकान मिट जाती है। आँसू पोछने की वजह से या भागने की वजह से या फिर पेपर की अच्छी तैयारी होने की वजह से, साशा क्यों हल्का महसूस कर रही थी, वह समझ नहीं पा रही थी।

कुछ देर साँस लेने के बाद और फिर चाय का पहला सिप लेने के बाद, उसने हाथों में चाय की और चेहरे पर सूरज की गर्मी को महसूस किया।

"कैसे हैं आप?" साशा ने पूछा।

"एकदम इस सुबह के जैसा मस्त, तुम्हारे क्या हाल हैं?" अंकल ने कहा।

"मैं भी अच्छी हूँ।"

"अच्छा ही होना चाहिए, पेपर कैसे जा रहे हैं, पास तो हो जाओगी?" अंकल ने हँसते हुए कहा।

साशा ने हाँ में सिर हिलाया और चाय के ख़ाली होते गिलास की गर्मी

को हाथों में पकड़ते हुए बोली, "पास से थोड़ा-सा ज़्यादा।"

"कॉलेज के बाद क्या प्लान है?"

"पता नहीं, प्लेसमेंट होने वाले हैं पर बैठने का मन नहीं है। कन्फ़्यूज़ हूँ।"

"ये तो और भी अच्छा है।"

"अच्छा क्यों है, पता तो होना चाहिए न!"

"जिनको पता नहीं होता, उन्हें ही तो नए रास्ते मिलते हैं। It's good to be confused at times. पूरी महाभारत में बस अर्जुन कन्फ़्यूज़ हुआ कि लड़ूँ कि नहीं। बाक़ी सबको क्लैरिटी थी कि लड़ना है। वही अकेला दुविधा में पड़ गया कि क्या करूँ! और देखो इसका फ़ायदा ये हुआ कि गीता बनी। अर्जुन कन्फ़्यूज़ न होता तो कृष्ण गीता कैसे सुनाते! तो साशा कनफ़्यूजन अच्छे हैं।" अंकल अपने चिर-परिचित अंदाज़ में मुस्कुरा रहे थे।

"आपको सब जवाब पता हैं न?"

"सारे नहीं पता, कुछ-कुछ पता हैं।"

दोनों की चाय एक साथ ख़त्म हुई, दोनों ने चाय वाले को एक साथ एक और चाय देने का इशारा किया। दोनों मुस्कुराए।

"ये बताइए..." साशा ने सवाल पूछना शुरू ही किया था कि अंकल ने उसको काटते हुए कहा, "सब आज ही पूछ लोगी, कुछ पेपर के बाद के लिए बचा लो!"

पेपर में अभी समय था। साशा ने कहा, "अच्छा ऐसा है मैं पूछ लेती हूँ, आप पेपर के बाद जवाब दे देना।"

"एक काम करो, तुम सवाल लिखकर दे दो।"

साशा ने थोड़ा मुँह बनाया पर अंकल की मुस्कुराहट ऐसी थी कि उनको किसी चीज़ के लिए मना नहीं किया जा सकता था।

साशा ने वहीं चाय वाले से लेकर अख़बार के छोटे-से टुकड़े पर अपना सवाल लिखकर अंकल को दे दिया। अंकल ने सवाल नहीं देखा,

उन्होंने उस कागज़ को अपनी जेब में रख लिया।

सवाल लिखने के बाद साशा हल्का महसूस कर रही थी। अब लग रहा था कि वह पेपर के लिए तैयार थी।

73.

पेपर शुरू होने में अब बहुत कम समय बचा था। बाबा की नज़र बार-बार अपने मोबाइल पर जा रही थी। बाबा की उँगलियाँ बार-बार कॉन्टैक्ट लिस्ट तक जातीं और फिर बार-बार फ़ोन को लॉक कर देतीं। बाबा ने फ़ोन को ऐरोप्लेन मोड में डाला और एग्ज़ामिनेशन हॉल में घुस गए। बाबा ने आँखें बंद कर रखी थीं, लेकिन उनकी साँसें फूल रही थीं। अभी भी पेपर में बीस मिनट थे। बाबा से जब बैठा नहीं गया तो वह बाहर निकले और माँ को कॉल किया। इससे पहले कि माँ कुछ बोलती, बाबा बोले,

"तुम ठीक हो?"

"हाँ। तुमको क्या हुआ है?" माँ ने पूछा।

"कुछ नहीं, रखता हूँ बस आख़िरी पेपर शुरू होने वाला है।"

"तुम रो क्यों रहे हो?"

"रो नहीं रहा!" बाबा रो रहे थे।

"मैं आ जाऊँ?"

माँ की बात सुनकर बाबा चुप हो गए। माँ ने दुबारा पूछा, "तुम ठीक हो?"

"बस तुम्हारी आवाज़ सुननी थी, रखता हूँ।" बाबा ने फ़ोन काट दिया।

माँ कुछ देर तक फ़ोन हाथ में लिए रही। बाबा आकर अपनी सीट पर बैठ गए और अपना सिर डेस्क में छुपा लिया और पेपर बँटने का इंतज़ार करने लगे।

मनोज एग्ज़ामिनेशन हॉल में जाने वाला था, उसको याद आ रहा था

कि वह कैसे सालों पहले भागते-दौड़ते, आख़िरी पेपर से पहले अपने गाँव के लिए निकला था। इस पेपर को देने में उसको इतने साल लग गए। उसको एग्ज़ामिनेशन हॉल में अपने गाँव की ज़मीन, दुःख की नदी में नहाकर, खेत में लोटते हुए पिता दिख रहे थे। उसके कानों में आवाज़ गूँज रही थी, 'कल केस है, तुम खेत को सड़क मत बनने देना।' मनोज की आँखें खुली हुई थीं, लेकिन वो बाहर नहीं अंदर देख रही थीं।

एग्ज़ामिनेशन हॉल में सबसे देर में साशा घुसी, उसने बाबा को सिर छुपाए हुए देखा फिर मनोज पर उसकी नज़र गई। मनोज ट्रांस में था, उसकी नज़र साशा पर नहीं गई। साशा कुछ देर तक मनोज को देखती रही।

जब आप किसी को ध्यान से देखते हैं तो वो चेहरा नहीं दिखता जो सामने होता है, बल्कि वहाँ हटकर वो चेहरा आ जाता है जिस चेहरे से या तो आपको नफ़रत है या फिर जिस वर्ज़न से आपको कभी बहुत प्यार था। हम देखते वही हैं जो हम देखना चाहते हैं। हमारी सच्चाई बाहर से नहीं बनती बल्कि भीतर से बनती है। हम सच के छोटे-छोटे टुकड़े करके अपने हिसाब से इकट्ठा करके उसकी एक शक्ल बना लेते हैं। इसलिए हमारी सच्चाई ही हमारा सबसे बड़ा डर बन जाती है। रात के सपनों से इसीलिए लोग डर के उठते हैं क्योंकि वहाँ हमारी अनफ़िल्टर्ड सच्चाई आकर हमसे हिसाब माँगने लगती है।

पेपर बँटना शुरू हो चुके थे। एग्ज़ामिनेशन हॉल के बाहर मीता और गजेंद्र साथ नाश्ता करके कॉलेज कैंपस में टहल रहे थे। उन्होंने मनोज को हॉल में बैठा हुआ देखा और एक-दूसरे को देखकर मुस्कुराए। एक तितली उड़कर मीता की साड़ी पर आकर बैठ गई। गजेंद्र ने उस तितली को उड़ाया। वो तितली अपने रंगीन पंखों से हवा में रंग और फूलों की ख़ुशबू उड़ेलते हुए, मीता और गजेंद्र को उड़ाकर एक साल पहले ले गई।

74.

एक साल पहले

गजेंद्र गेस्ट लेक्चर लेकर निकल रहा था। मीता उसको छोड़ने के लिए एयरपोर्ट जा रही थी।

"मनोज कैसा है, तुम लोग तो मिलते रहते होगे?" मीता ने पूछा।

"यार, वो पहले वाला मनोज नहीं है। मिलते हैं, उसकी किसी-न-किसी बोरिंग पार्टी में मुलाक़ात हो जाती है। मनोज के पास सबकुछ है बस फ़ुर्सत नहीं है। पता नहीं क्यों इतना तेज़ भाग रहा है!" गजेंद्र की नज़र सड़क पर थी। वह कार से पीछे छूटते हुए पुणे शहर में अपना पुराना शहर ढूँढ़ रहा था।

गजेंद्र को जैसे कुछ याद आया, "तुम्हें भी तो मिला था न? गोवा में कॉन्फ्रेंस थी न, तुम्हारी मुलाक़ात कैसी रही थी?"

"बहुत ही कम देर के लिए मिला था, इतनी ही बात हुई कि अगली बार आराम से मिलते हैं।" मीता ने कहा।

एयरपोर्ट अब बस दो किलोमीटर बचा था। बातें दो किलोमीटर से ज़्यादा बची थीं। दूरी कई सालों की थी।

"साशा मनोज से बात नहीं करती, प्रिया गोवा शिफ़्ट हो गई है। मनोज के करियर के अलावा कुछ भी सही नहीं चल रहा।" गजेंद्र ने कहा।

मीता ने कुछ सोचा और कहा, "करियर पर ब्रेक लग जाए तो शायद फिर से उसका ध्यान फ़ैमिली पर जाए।"

"मनोज के करियर पर ब्रेक केवल ख़ुद मनोज लगा सकता है।" गजेंद्र ने बात को टालते हुए कहा।

"नहीं, हम भी कर सकते हैं।" मीता कहकर मुस्कुराई।

मीता की शक्ल पर जानी-पहचानी मुस्कुराहट थी। ये वही मुस्कुराहट थी जो मीता के चेहरे पर तभी आती थी जब उसे कोई शरारत सूझती थी।

मीता ने आँखों में शरारत भरकर गजेंद्र की आँखों में देखा।

"नहीं, मीता नहीं!"

"हाँ, गज्जू हाँ!"

मीता ने सालों बाद गजेंद्र को गज्जू बोला था। ये वही मीता थी जो कुछ भी कर सकती थी। कार एयरपोर्ट पर पहुँच चुकी थी। मीता ने कार रोकी नहीं। उसने एयरपोर्ट से कार बाहर निकाल ली।

"अभी बहुत टाइम है। दस मिनट बाद चले जाना।"

मीता ने कार एयरपोर्ट के बाहर निकालकर पार्क कर दी।

"क्या करना है?" गजेंद्र ने पूछा।

जब भी मीता के दिमाग़ में कोई शरारत आती थी तो सवाल ये नहीं करना होता था कि क्या करना है, वो तो मीता ने पहले ही सोच लिया होता था। सवाल ये होता था कि कैसे करना है।

"कैसे करना है, ये थोड़ा सोचना पड़ेगा।" मीता ने कहा।

मीता अपने दिमाग़ में हिसाब-किताब करती रही, समय बीता जा रहा था।

"फ़्लाइट छूट जाएगी।"

"अगली आ जाएगी।"

मीता सब कुछ सोचकर बोली, "मनोज की डिग्री फ़ेक है, ये बात हम तीनों को पता है। ये बात अगर बाहर आ जाए तो मनोज को प्रैक्टिस रोकनी पड़ेगी। और अगर हम ऐसा कुछ कर लें कि वह कॉलेज अपना फ़ाइनल ईयर करने आए तो शायद उसकी लाइफ़ फिर से पटरी पर आ जाए।"

"एक मिनट, बिलकुल ही दिमाग़ ख़राब हो गया है तुम्हारा?"

"अब्बे नहीं यार!" मीता अब एक बड़ी लॉयर नहीं, प्रिंसिपल नहीं, एक दोस्त की तरह बोल रही थी, "सोचो अगर ऐसा हो जाए तो सब ठीक हो जाएगा।"

"इतना आसान नहीं, मनोज के लिए सबकुछ ख़त्म भी हो सकता है।" गजेंद्र इतनी आसानी से मीता की बातों में आने वाला नहीं था।

"क्या गड़बड़ होगी?"

"उसकी रेप्यूटेशन, साशा ऐसे ही उससे बात नहीं करना चाहती। उसको पता चलेगा कि सब झूठ था तो..."

मीता ने गजेंद्र की बात सुनी और उसे लगा कि उसने सब कुछ सही से सोचा नहीं था।

"मनोज इतना पावरफुल है, वो बिना कॉलेज आए भी ये सब मैनेज कर सकता है।" गजेंद्र ने कहा।

मीता सोच में पड़ गई।

"अब चलें, फ़्लाइट छूट जाएगी।"

मीता को ये लगा कि जैसे सबकुछ सही होते-होते रह गया। एयरपोर्ट आ चुका था। गजेंद्र ने उतरकर मीता को गले लगाया, मीता बोली, "एक बार मनोज के साथ बैठकर बात करते हैं।"

"काश ऐसा हो सकता!"

"ऐसे ही छोड़ भी तो नहीं सकते!" मीता अब भी सोच में थी।

दोस्त की मदद करना दोनों चाहते थे, लेकिन मदद करने का कोई सही तरीक़ा दोनों के पास नहीं था। अगले कुछ दिन तक दोनों के बीच कोई बात नहीं हुई। तितली ने हवा में उदास रंग छिड़क दिया।

मनोज ने टेलीकॉम कंपनी वाला बड़ा केस जीता और उधर मीता सब जोड़-घटाकर देखने के बाद फ़ैसला ले चुकी थी। उसने न्यूज़ में मनोज को देखा और गजेंद्र को कॉल किया।

"मैंने सोच लिया है, मैं न्यूज़ लीक कर रही हूँ। अब तुम्हारी ज़िम्मेदारी है कि तुम उसको कॉलेज लेकर आओगे।" मीता ने कहा।

गजेंद्र भी अब इसके लिए तैयार था। उसने ख़ुद भी पुणे से लौटते ही एडूकेशन लीव की बात कर ली थी।

"मैं भी आऊँगा तो वो पक्का आ जाएगा।"

मीता अपने कमरे में बैठकर अपने पुराने दिनों की तस्वीरें पलट रही थी। उन तस्वीरों को नया करने का समय आ गया था। गजेंद्र ने अपने मन

को ब्रेक के लिए तैयार कर लिया था।

उस रात, मनोज सक्सेस पार्टी में था कि तभी हर जगह न्यूज़ चलने लगी। साशा उस अजनबी घर से भागे हुए लड़के की मदद कर रही थी। प्रिया अपने डर का सामना करने के लिए सुबह के इंतज़ार में थी। मनोज अपने घर में बैठा सिगरेट पीते हुए, खिड़की से बाक़ी घरों को देख रहा था।

जज ने कहा, "सोच लीजिए, आप शायद जब डिग्री करके आएँ तब तक आपको ऐक्सेप्ट न करें।"

"मुझे अपने लिए ये करना है सर।" मनोज ने अपनी जेब में रखे टिशू पेपर को छूकर कहा।

75.

मनोज पेपर का टाइम ख़त्म होने से पहले ही बाहर निकल गया। उसको बाहर निकलते हुए साशा और बाबा ने देखा। बाहर मीता और गजेंद्र अब भी टहल रहे थे।

"तुम्हें कभी डर नहीं लगा कि ये प्लान वर्क नहीं करता तो?" गजेंद्र ने कहा।

"प्लान ने वर्क कहाँ किया यार, साशा अब भी बात नहीं करती! मैंने इतनी कोशिश की पर अब भी मनोज से वो बात नहीं करना चाहती। मुझे तो लगा था कि वो मनोज से ज़्यादा ज़िद्दी है, कॉलेज न छोड़ दे।" मीता ने कहा।

"पर कम-से-कम मनोज की रफ़्तार कुछ कम तो हुई, उसको टाइम तो मिला।"

"हम्म, मुझे डर लगता है कि उसका मिनिस्टर से जो पंगा चल रहा है उसमें उसका ज़्यादा नुक़सान न हो।" मीता ने कहा।

मनोज उनको पास आता हुआ दिखाई दिया। मीता ने चौंककर घड़ी देखी।

"जल्दी कैसे निकल आए?"

"तुमने पेपर ही टफ़ नहीं बनाया था।" मनोज हँसा, "और दो घंटे से क्या प्लानिंग हो रही है तुम लोगों की? पेपर देने का मन ही नहीं कर रहा था। लग रहा था कि बीच में छोड़कर तुम लोगों के पास आ जाऊँ।"

"तो आ जाते, पास तो तुम्हें वैसे भी करवा ही देती।" मीता ने कहा।

"अब तुम्हारे लिए तो कॉलेज आ गया, फिर एक पेपर का क्या है!" मीता और गजेंद्र चौंके।

"मतलब?" मीता ने पूछा।

"मतलब-वतलब क्या कह रहे हो। मैंने एक एजेंसी को ये पता लगाने के लिए हायर किया था कि डिग्री वाली बात किसने लीक की है। कोई भी नहीं मिला। उनकी रिपोर्ट में एक प्वाइंट था कि किसी पुराने जानने वाले ने तो नहीं किया! फिर मैंने एक-एक चीज़ को रीवाइंड किया तो समझ में आ गया कि तुम्हारा ही काम होगा। गजेंद्र के वश का तो था नहीं!" मनोज यह कहकर चुप हो गया।

गजेंद्र बोला, "हम तुम्हें बताने ही वाले..."

मनोज ने गजेंद्र को बीच में ही काटा, "एक बार बात तो कर लेते!"

"तुम्हारे पास टाइम ही नहीं था।" गजेंद्र और मीता एक साथ बोले।

मनोज ने दोनों को देखा फिर आसमान को देखा। अपना चेहरा घुमाया और वहीं बेंच पर धँस गया और हाँ में सिर हिलाते हुए बोला, "तुम लोग बहुत कमीने हो... पर तुमने सही किया।"

मीता ने बढ़कर मनोज को गले लगा लिया। गजेंद्र भी उन दोनों के पास आ गया।

मनोज ने दोनों को ज़ोर से पकड़ते हुए कहा, "अब थैंक यू बुलवाओगे क्या, आओ गले लगो मेरे।"

तीनों एक-दूसरे को गले लगाए हुए, समय को रोकने की कोशिश

कर रहे थे।

"वैसे अगर तुम्हारे अलावा कोई और होता तो मैं उसे छोड़ता नहीं।" मनोज हँसा। उसकी हँसी में बाक़ी दोनों की हँसी घुल गई।

पेपर छूट चुका था। फ़ाइनल ईयर के लोगों में ग़ज़ब का उत्साह था। सभी एक-दूसरे की टी-शर्ट पर पर्मानेंट मार्कर से लिख रहे थे।

"टेक केयर।"

"शादी में बुलाना।"

"डू वेल।"

"ऑल द बेस्ट।"

"कीप इन टच।"

"तुम्हारे सारे सपने सच हों।"

"तुम जो होना चाहो, हो जाओ।"

कुछ लोग कन्फ़ेस भी कर रहे थे।

"तुमसे लड़की बनकर चैट करने वाला सुकेश था।"

"तुम्हारे कमरे में मैं पैर मारकर भाग जाता था।"

तमाम बातें थीं। लोग ख़ुश थे और साथ में ये एहसास भी था कि ज़्यादातर लोगों की कॉलेज लाइफ़ हमेशा के लिए ख़त्म हो रही थी।

न जाने कितने सपने पूरे होने जा रहे थे! असली दुनिया में घुसने से पहले सबको एक-दूसरे की शुभकामनाओं और इस भरोसे की ज़रूरत थी कि हम हमेशा साथ रहेंगे।

अनुशा ने साशा को गले लगाया और इमोशनल होते हुए बोली, "सॉरी और थैंक यू!"

साशा ने पूछा, "क्यों?"

"बस ऐसे ही मन किया, वजह मत पूछना।" अनुशा ने कहा।

साशा ने अनुशा को और ज़ोर से गले लगा लिया।

बाबा सबकी टी-शर्ट पर एक ही चीज़ लिख रहे थे, "हर हर महादेव ब्रो!" हर बार लिखने में बाबा अपनी उदासी छुपाए जा रहे थे। कॉलेज में

उनके दोस्त कम, भक्त ज़्यादा बने थे।

टी-शर्ट पर अब जगह कम होती जा रही थी और बची हुई बातें बढ़ती जा रही थीं।

साशा बाबा के पास पहुँची, "बाबा ब्रो!"

"साशा ब्रो, यार लगा नहीं था, लेकिन हो ही गया कॉलेज। मुझे हमेशा लगता था कि मेरे अलावा तुम में ही इतना दम है जो कॉलेज छोड़ सकता है।"

साशा हँसी और बोली, "हाँ, हो ही गया।"

"तुम बहादुर हो साशा ब्रो, मैं तुम्हारी जगह होता तो नहीं कर पाता।"

"जगह बदलने से चीज़ें आसान नहीं हो जातीं बाबा, वैसे एक रिक्वेस्ट है।"

"बोलो न।"

"मुझे तुम्हारी मम्मी से मिलना है।"

साशा से ऐसा कुछ आएगा, ऐसी उम्मीद बाबा को बिलकुल भी नहीं थी। बाबा ने हाँ में सिर हिलाया।

"तुम्हारे डैडी का रूममेट था तो तुम ऐसे बदला लोगी?" बाबा ने हँसते हुए कहा और साशा को गले लगा लिया।

क्लास की एक फ़ोटो खिंचने वाली थी कि भीड़ से एकदम से आवाज़ आई कि मनोज सर कहाँ हैं। पूरी क्लास मनोज को ढूँढ़ने लगी। मनोज दूर से सब देख रहा था।

"जाओ मनोज!" मीता ने कहा, "स्पेशल बैच है, इतने बड़े आदमी के साथ पास हो रहा है।"

मनोज के आते ही फ़ोटो पूरी हो गई। मनोज भी सबको गले लगाकर बेस्ट विशेज़ देने लगा। केवल दो लोग ऐसे बचे जिन्होंने मनोज को गले नहीं लगाया था। मनोज ने साशा को ढूँढ़ा, लेकिन फ़ोटो खिंचवाने के बाद ही एकदम से वह ग़ायब हो गई।

भीड़ छँटने के बाद, अनुशा मनोज के पास आई।

"M मुझे कुछ कहना है।" मनोज ने हाँ में सिर हिलाया।

"मुझे आपसे बहुत प्यार है।"

मनोज ने अनुशा को रोकने की कोशिश शुरू की ही थी कि अनुशा ने उसको रोककर कहा, "मुझे बोल लेने दीजिए वरना मैं कभी नहीं बोल पाऊँगी।" मनोज उसकी बात सुनने लगा। अनुशा ने अपनी बात जारी रखी, "आप चाहते तो कुछ भी फ़ायदा उठा सकते थे मेरा। मैं अपने-आप को और आपको कभी नहीं रोकती। आपके साथ में डिनर वाली शाम मेरी कॉलेज की बेस्ट शाम थी। You know why I love you... because you are flawed like me. Having flaw does not mean we are wrong; it means we can do better. आप अच्छे आदमी हैं M, मैं आपको खोना नहीं चाहती।"

मनोज ने बीच में रोकने की कोशिश की, लेकिन अनुशा ने रोकते हुए कहा, "मुझे कह लेने दीजिए। बाद में शायद मैं कभी कह न पाऊँ।"

अनुशा ने मनोज को गले लगा लिया और बोली, "हम कभी साल में एक-आध बार बात करते रह सकते हैं क्या ? मैं कभी कॉल नहीं करूँगी, बस मुझे एश्योरेंस चाहिए कि मैं आपको कॉल कर सकती हूँ। मेरे बर्थडे पर ? आप भले फ़ोन मत उठाना, लेकिन मना मत करना प्लीज़!" मनोज ने कोई जवाब नहीं दिया तो अनुशा ने गले लगे-लगे जोड़ा, "A hug longer than 20 seconds will produce hormones into your body that makes you trust the individual who is hugging you, मैंने कहीं पढ़ा था ऐसा, हो सकता है ये झूठ हो।"

मनोज ये सुनकर मुस्कुराया। बीस सेकंड से बहुत ज़्यादा समय हो चुका था। मनोज ने अनुशा के सिर पर प्यार से हाथ फेरा और कहा, "मैं बर्थडे पर कॉल करूँगा।"

मनोज ने आसपास लोगों से पूछा, किसी ने भी साशा को नहीं देखा था। उसका फ़ोन भी बंद आ रहा था। मनोज ने जैसे ही साशा को कॉल करने के लिए फ़ोन उठाया तो देखा उसकी असिस्टेंट के कई मिस कॉल

थे। टेलीकॉम कंपनी पर नई जाँच बैठ गई थी। हेड ऑफ़िस में लोग पैनिक कर गए थे और मनोज से तुरंत मिलना चाहते थे।

मनोज इस समय किसी से मिलना नहीं चाहता था। ये वो पल था जिसका इंतज़ार उसने तीस साल किया था। मनोज के कुछ काम तो पूरे हुए थे, लेकिन कुछ काम बाक़ी थे। उसने मीटिंग फ़िक्स की और फिर से एक बार साशा को कॉल किया। साशा वहाँ नहीं थी, बहुत दूर थी।

मनोज अभी बेमन से मीटिंग फ़िक्स कर ही चुका था कि टेलीकॉम मिनिस्टर का आदमी उससे कॉलेज में मिलने आ पहुँचा।

"मैंने मना किया है फिर भी आप आ जाते हैं!" मनोज ने कहा।

मिनिस्टर के आदमी ने फ़ोन मनोज के सामने किया।

"मैंने मना किया है फिर भी आपके लोग क्यों आते हैं?"

टेलीकॉम मिनिस्टर ने मनोज की बात को इग्नोर करते हुए कहा, "मनोज जी, आप भूल न जाएँ इसलिए बस रुटीन चेकअप के लिए। पेपर ख़त्म होने की बधाई।"

मनोज को मन-ही-मन ग़ुस्सा तो बहुत आया, लेकिन उसने रीऐक्ट नहीं किया। मिनिस्टर के आदमी ने मनोज को अपडेट दिया कि उसके कहे अनुसार जाँच एजेंसियों को कंपनी के पीछे लगा दिया गया है। मीडिया ने भी कंपनी पर टैक्स चोरी का मॉरल प्रेशर बना रखा है।

उधर मीता सभी लोगों को आकर अपनी शुभकामनाएँ दे रही थी। बाक़ी दोनों सालों के स्टूडेंट ये सब देखकर अपनी बारी का इंतज़ार कर रहे थे।

"आज तो आप लोग पार्टी करो, कल सुबह सबको क्लास में आना है।" मीता ने जैसे ही कहा एकदम से शांति छा गई।

पूरे बैच को अंदाज़ा था ही कि कल क्लास में क्या होने वाला है।

76.

साशा अंकल के स्कूल में पहुँची, अंकल वहाँ नहीं मिले। उसने पूछा तो पता चला कि अंकल ने पहले से बता रखा था कि वह कुछ दिन नहीं आएँगे। वैसे भी जो कोर्स वह पढ़ाते थे उसका सिलेबस पूरा हो चुका था। उसको लगा कि अंकल के घर का पता उसके पास होना चाहिए था। उसको जब और कुछ समझ नहीं आया तो वह चाय की दुकान पर पहुँची।

वहाँ पर उसने जब अंकल के बारे में पूछा तो चाय वाले ने उसको एक लिफ़ाफ़ा दिया जो अंकल उसके लिए छोड़कर गए थे। साशा ने लिफ़ाफ़ा खोला।

साशा,

तुम अगर ये लेटर पढ़ रही हो तो इसका मतलब है मैं घर लौट गया हूँ। मैं जाने से पहले तुमसे मिलना चाहता था, लेकिन मुझे लगा मेरे मिलने से ज़्यादा ज़रूरी है कि मैं अपनी समझ के हिसाब से तुम्हारा जवाब दे पाऊँ।

साशा, सबसे अच्छी बात है कि तुम्हारे पास सवाल हैं, जिस दिन हमारे सवाल ख़त्म हो जाते हैं हम बूढ़े होना शुरू हो जाते हैं।

साशा, जिस दिन अपने माँ-बाप को दुनिया का बेस्ट माँ-बाप मान लेते हैं उसी दिन हम उनके जैसा बनना चाहते हैं। और अपने माँ-बाप जैसे बनने का सोचना या फिर उनसे थोड़ा-सा बेहतर होने का सोचना, अपने-आप को बहुत लिमिट कर देने वाला है। हम अपने माँ-बाप से बहुत बेहतर और बहुत बदतर दोनों ही हो सकते हैं।

होता क्या है कि माँ-बाप भी पर्फ़ेक्ट होने का नाटक करते हैं, ये नाटक शुरू के कुछ साल तो चलता है फिर एक दिन इस नाटक से पर्दा हट जाता है और हमें पता चलता है कि ये इतने भी पर्फ़ेक्ट नहीं हैं। सच कहूँ तो माँ-बाप की बनी हुई इमेज टूटना बहुत ज़रूरी है ताकि हम जान पाएँ कि वे भगवान नहीं हैं।

मैं जब तुम्हारी उम्र का था तब सोचता था कि मेरी लाइफ़ ही इतनी ख़राब क्यों है? इस लाइफ़ का कोई मतलब नहीं है। यक़ीन मानो अगर तुम्हारे मन में कभी-न-कभी ये सवाल आया है तो तुम सही रास्ते पर हो। मैंने बहुत सोचा और एक उम्र बीतने के बाद मुझे समझ आया कि जीवन असल में बीता हुआ समय ही तो है और एक दिन ये समय ख़त्म हो जाएगा। ज़रूरी यह है कि हम बचे हुए समय को बचा लें। ये कितनी अच्छी बात है कि हमें पता ही नहीं है कि हमारे पास समय कितना है।

बीता हुआ समय अच्छी-बुरी यादों के साथ कुछ-न-कुछ पश्चाताप भी देता है। हमारी आँखों की जलन, शरीर में थकावट और जीभ पर कड़वाहट, कई बार हमारे बीते हुए समय की होती हैं। हमारा बीता हुआ समय हमें इतना कुछ दे देता है कि भविष्य के पास देने के लिए बस कुछ ही चीज़ें बचती हैं, डर और घबराहट कि आगे क्या होगा और उत्साह कि सब कुछ हमारे हिसाब से होगा।

जैसे बीते हुए समय को आने वाले समय से अलग नहीं किया जा सकता वैसे ही दुःख को सुख से अलग नहीं किया जा सकता है। पर अगर हम ज़िंदगी भर दुःख का भार लेकर बैठे रहेंगे तो चलना बहुत मुश्किल हो जाएगा। दुःख उतना ही रहता है, लेकिन उसको ज़्यादा दिन अपने पास रखने से दुःख का भार रोज़ बढ़ता जाता है और एक दिन इतना हो जाता है कि झेलना मुश्किल हो जाता है। ज़्यादातर सुसाइड नोट में लोग यही तो लिखते हैं कि बस अब नहीं झेला जा रहा। उदासी हमें पैरेलाइज़ कर देती है।

आसपास देखो साशा, जिस ज़िंदगी का एक-एक दिन काटना मुश्किल है, लोग वैसे पूरी उम्र काट देते हैं। सबसे मुश्किल काम एक पूरा दिन काटना है। ज़्यादातर लोग मरे हुए हैं।

इसीलिए अंत में हमें अपने सभी दुःखों को बैग में बाँधकर कहीं छोड़ आना चाहिए। जैसे चूहे पकड़ने के बाद हम उन्हें घर से कहीं दूर छोड़ आते हैं। कितना भी दूर छोड़कर आओ एक दिन फिर से चूहा वापस आ

जाता है। दुःख वही चूहा है, जिसको लौटकर आना ही है। ज़रूरी नहीं कि वो चूहे की शक्ल में ही लौटे।

तुम्हें क्या लगता है मंदिर, मस्जिद, गुरुद्वारे, चर्च में इतनी भीड़ क्यों होती है? वहाँ लोग माँगने कम जाते हैं, अपने दुःख रखने ज़्यादा जाते हैं। जैसे किसी धार्मिक स्थल में घुसने से पहले हम चप्पल उतारते हैं, वैसे ही हमें दुःखों को उतारकर कहीं ऐसी जगह छुपाकर रखने की कोशिश करनी चाहिए, जैसे बहुत ज़रूरी चीज़ों को रखकर भूल जाते हैं।

ये सब इतना आसान नहीं।

तुम्हें जब ये चिट्ठी मिली होगी तो मैं अपने घर की मिट्टी में कहीं दफ़्न हो चुका हूँगा। मैं इंडिया में ही मरना चाहता था, लेकिन जैसे-जैसे मौत पास आ रही थी मुझे घर की याद आने लगी। जब मौत पास आती है तो भगवान नहीं, घर याद आता है।

मैं अब नहीं हूँ, इसीलिए शायद मेरी बात का कुछ ज़्यादा असर हो।

चाहे उम्र कितनी भी बुरी बीती हो अगर तुम ज़िंदा हो, तो सबकुछ इतना भी बिगड़ा नहीं है। हो सके तो लोगों को माफ़ करते चलो, लोगों को माफ़ न करके हम सबसे ज़्यादा नुक़सान अपना करते हैं।

मुझे भरोसा है कि कोई दूसरी दुनिया होगी तो उसमें चाय का ठेला भी होगा, हम वहीं मिलेंगे।

तुम्हारा स्माइलिंग अंकल

With Love, peace & Hope

साशा चिट्ठी को बहुत देर तक सीने से चिपकाए रही। उनसे दो चाय पीं, एक अपने लिए और एक अंकल के लिए। जब वह पैसे देने के लिए उठी तो चाय वाले ने बताया कि अंकल ने बताया था कि आप आएँगी। वह पैसे एडवांस देकर गए थे। आपको कोई आइडिया कि वो कब लौटेंगे? साशा ने सवाल सुना और कोई जवाब नहीं दिया। वह वहाँ से पैदल चल दी।

उसके मन में चिट्ठी का एक-एक शब्द स्माइलिंग अंकल की आवाज़ में गूँज रहा था।

"अपने आसपास देखो साशा, जब मौत पास आती है तो भगवान नहीं, घर याद आता है!"

वह बहुत ज़ोर-से चिल्लाई। उस चिल्लाने में उसकी आँखों से कुछ आँसू उड़कर बाहर निकले और आसमान हो गए। साशा को अभी कोई चाहिए था जिसको वह गले लगा सके। उसके आसपास कोई ऐसा नहीं था। उसने चिट्ठी को अंकल समझकर सीने से चिपका लिया। उस चिट्ठी की ख़ुशबू ने, शब्दों के बीच की ख़ाली जगह ने साशा को और ज़ोर से गले लगा लिया। उसने प्रिया को फ़ोन मिलाया।

77.

डेविड कैब में बैठने ही वाला था कि प्रिया उसके घर पहुँची। डेविड ने बिना कुछ कहे कैब छोड़ दी। प्रिया ने उसको गले लगा लिया।

जिसके होने की उम्मीद न हो वैसा कुछ हो जाए तो ख़ुशी ज़्यादा आती है और कुछ देर तक आती रहती है। ख़ुशी आने से ज़्यादा ख़ुशी, ख़ुशी के इंतज़ार में आती है। डेविड ये सीन हज़ारों बार अपने दिमाग़ में रिपीट कर चुका था कि उसे ये झूठ लगने लगा था। उसको लगता था कि प्रिया आएगी।

प्रिया ने उस दिन के बाद से डेविड से बिलकुल भी बात नहीं की थी पर उसको पता था कि डेविड की फ़्लाइट किस दिन है। रास्ते भर दोनों में कोई बात नहीं हुई।

दोनों एयरपोर्ट के पास एक कैफ़े में बैठे हुए थे। आधे घंटे तक दोनों के बीच कुछ बात नहीं हुई थी। एक समंदर दोनों के बीच बह रहा था। प्रिया को अब समंदर का डर नहीं था, वह समंदर लाँघ चुकी थी। डेविड

समंदर के उस पार खड़ा था।

प्रिया ने अपने पर्स से एक अँगूठी निकालकर डेविड के सामने रख दी।

"तुम्हारी वाइफ़ के लिए।"

डेविड ने अँगूठी को छूकर देखा। प्रिया ने डेविड के सिर पर धीरे-धीरे सहलाना शुरू किया। डेविड कुछ बोलने की हालत में नहीं था। प्रिया कुछ बोलना नहीं चाहती थी।

सामने रखी कॉफ़ी से घूँट-घूँट समय बीत रहा था।

प्रिया उससे लहरों की भाषा में कुछ बोल रही थी, डेविड लहरों की भाषा में कुछ जवाब दे रहा था। लहरें एक-दूसरे को भिगो रही थीं। लहर के बाद सरकती हुई रेत रह-रहकर सूख रही थी। बात जब ख़त्म हुई तो डेविड ने हाँ में सिर हिलाया।

फ़्लाइट का समय हो चुका था। प्रिया ने जाने से पहले डेविड को गले लगाकर कहा, "कॉफ़ी अच्छी बनाते हो तुम, कॉफ़ी को मिस करूँगी।"

डेविड मुस्कुराया, उसने प्रिया के सिर पर सहलाया। उसकी उँगलियाँ कई सारी बातें एक साथ कहने की कोशिश कर रही थीं।

"तुम मनोज के पास लौट जाओ।"

"अपना ख़याल रखना।"

"फिर मिलेंगे।"

"याद आएगी।"

इनमें से एक भी बात डेविड ने नहीं कही। इससे कहीं ज़्यादा बातें प्रिया ने अपने-आप समझ लीं। प्रिया जब पलटी तो उसकी आँखों में वो आँसू थे जो उसने बहुत देर से रोक रखे थे। लौटने के बाद प्रिया घर न जाकर उस समंदर के उस हिस्से में गई जहाँ डेविड की क्लास होती थी। समंदर की लहरें पैर से आकर टकरा रही थीं। लहरें बढ़कर प्रिया की आँख के आँसुओं को गले लगाना चाहती थीं। तभी साशा का फ़ोन आया।

"आप आ जाओ मम्मा!"

78.

अगले दिन सुबह क्लास में मीता ने आकर अनाउंस किया कि पंद्रह दिन बाद प्लेसमेंट शुरू होने वाले हैं। देश की बड़ी-से-बड़ी लॉ फ़र्म आने वाली हैं। मीता की पूरी कोशिश थी कि पूरे बैच का प्लेसमेंट दो-तीन दिन में ही निपट जाए। प्लेसमेंट की बात से ही कॉलेज में अलग तरह का उत्साह था। लोगों ने इंटरव्यू की तैयारी शुरू कर दी थी।

साल भर से जिन्होंने दाढ़ी-बाल नहीं कटवाए थे वे लोग भी अब एकदम टिप-टॉप होकर तैयार थे। प्लेसमेंट को लेकर कोई चांस लेना नहीं चाहता था।

"आप लोगों के फ़ाइनल रिज़ल्ट प्लेसमेंट से पहले आ जाएँगे।" मीता ने जैसे ही ये कहा क्लास में हलचल हो गई।

यूँ ही मीता की झटके देने की आदत थी, लेकिन इस बार का सेशन पिछली बार वाले सेशन से लगभग दो महीने पहले ख़त्म होना था।

सेशन अपने टाइम से भी ख़त्म हो सकता था, लेकिन इस बार सेशन जल्दी ख़त्म करने के पीछे एक और वजह थी। वो थी मनोज का टेलीकॉम कंपनी वाला केस।

यूँ तो मनोज ने मीता से कहा नहीं था, लेकिन वह चाहती थी कि अपनी डिग्री और रिज़ल्ट के साथ मनोज उस केस के लिए तैयार हो। यूँ भी वो केस मनोज को हारना था।

मनोज हारने के लिए तैयार नहीं था और बीच का रास्ता बहुत मुश्किल था। गजेंद्र ने अपनी पावर का इस्तेमाल करते हुए कंपनी और टेलीकॉम मिनिस्टर के बीच सुलह कराने का भी ऑफ़र मनोज के सामने रखा था, लेकिन मनोज और मिनिस्टर दोनों ही उसके लिए तैयार नहीं थे।

कंपनी में हर बार जब रेड पड़ रही थी तो इनकम टैक्स डिपार्टमेंट कुछ-न-कुछ ऐसा निकाल दे रहा था जिससे लग रहा था कि कंपनी का

भविष्य न केवल अधर में लटक गया है, बल्कि उन पर करोड़ों रुपए की पेनाल्टी लगना तय है।

मीता इस बार प्लेसमेंट को लेकर बहुत श्योर थी कि बहुत अच्छा जाएगा क्योंकि मनोज के आने से कॉलेज का नाम पिछले एक साल में मीडिया में कई बार आ चुका था।

पूरा फ़ाइनल ईयर का बैच अपने एक-दो साल पुराने सीनियर्स से भी प्लेसमेंट का ज्ञान ले रहा था।

मनोज की एक लंदन की ट्रिप फिर से हुई। अब केस की हियरिंग की डेट में बस एक महीना बचा था।

कंपनी वाले लगातार पड़ने वाली रेड से परेशान थे। अब उनका पेशेंस जवाब दे चुका था।

"पेनाल्टी लगी ही है, अभी देनी नहीं है।" मनोज ने कंपनी के टॉप बॉस को आश्वासन दिया, लेकिन उनको भरोसा नहीं हुआ।

वह मनोज को इस केस से हटाना चाहते थे। हालाँकि उनकी बात हो चुकी थी, मनोज ने पहले भी विश्वास दिलाया था कि उसको एक मौक़ा और चाहिए।

असल में, लगातार पड़ती रेड से कंपनी का इंडिया में बिज़नेस करने का भरोसा हिल गया था।

"ये रेड रुकवाओ मनोज।" कंपनी के टॉप बॉस ने कहा।

मनोज ने कहा, "अब से लेकर केस की हियरिंग तक कोई रेड नहीं पड़ेगी।"

मनोज ने कह तो दिया, लेकिन उसको ख़ुद नहीं पता था कि क्या सचमुच वह रोक पाएगा। कई बार छक्का मारने के लिए आँखों को खोलना नहीं होता, आँखें बंद करके पूरे विश्वास से बल्ला चलाना होता है। मनोज ने छक्का मारने के लिए बैट उठा लिया था जिसमें आउट होने के भी बहुत चांसेस थे।

मनोज ने लौटते हुए टेलीकॉम मिनिस्टर से मुलाक़ात रखी।

"मैंने आपको दो-तीन बार रेड डालने के लिए कहा था, आप पीछे ही पड़ गए हैं।" मनोज ने ग़ुस्से में कहा।

"मनोज जी, सिस्टम पर दबाव जितना ज़्यादा रहे आउटपुट उतना ही अच्छा रहता है।"

"अब केस की हियरिंग तक कोई रेड, कोई जाँच नहीं होनी चाहिए। इतना ज़्यादा करेंगे तो कंपनी इंडिया का ऑपरेशन बंद कर देगी। फिर आपके हाथ कुछ नहीं आएगा।" मनोज ने उस छोटी-सी मुलाक़ात में बस इतना कहा।

मनोज ने लौटकर गजेंद्र के साथ हिसाब लगाया कि अब कंपनी पर रेड न पड़ने पाए। गजेंद्र की रेप्युटेशन बहुत अच्छी रही थी। उसने अपनी गुडविल पर इतना एनश्योर किया कि कोई रेड न पड़े।

उस शाम मनोज और गजेंद्र मीता के घर पर मिले।

"बाक़ी सब ठीक रहा, लेकिन साशा से बात नहीं हो पाई।" मनोज ने आते ही कहा।

"तुम दोनों एक साथ आमने-सामने बैठकर बातें क्यों नहीं कर लेते?" मीता ने कहा, "मैं उससे बात करूँ?"

"नहीं, मैं ख़ुद करूँगा बात। उसने पेपर से पहले कहा था बात करने के लिए, लेकिन अब फिर फ़ोन नहीं उठा रही।" मनोज ने कहा।

"उसका ग़ुस्सा एकदम तुम्हारे जैसा है।" गजेंद्र ने कहा।

"प्रिया का फ़ोन आया था, उसको मैंने कॉन्वोकेशन वाले दिन आने के लिए कहा है। बाप और बेटी को एक साथ डिग्री लेते हुए देखेगी।" मीता ने कहा।

"मनोज तुम कॉलेज केवल साशा के लिए नहीं आए थे। अब तो पेपर ख़त्म हो गए, अब बता दो। क्योंकि तुम साशा के लिए आए होते तो तुमने उससे बात करने की और कोशिश की होती।" गजेंद्र ने पूछा।

मनोज कुछ देर के लिए शांत हो गया।

"मैं अपने पिता जी के लिए आया था। वो चाहते थे कि मैं वकील

बनकर उनकी ज़मीन वापस दिला दूँ। इतने केस जीते बस वही एक केस लड़ नहीं पाया। जब पैसे की कमी देखी हो और बाद में पैसे आना शुरू हों तो समझ नहीं आता रुकें कहाँ। मैं बैकअप के पैसे बनाते-बनाते भूल ही गया कि पैसे बहुत हो गए हैं। मुझे कॉलेज आने से पहले तक यही डर लगता था कि कहीं साशा के साथ वैसा न हो जाए जो मेरे साथ हुआ था।"

"अब नहीं लगता डर?" मीता ने पूछा।

"नहीं, मुझे लगता है कि वो सब कुछ अकेले कर लेगी।"

"तुम प्लेसमेंट के लिए आओगे?" मीता ने पूछा।

मनोज ने हाँ में सिर हिलाया।

79.

रिज़ल्ट वाला दिन

रिज़ल्ट के ठीक एक दिन बाद प्लेसमेंट शुरू होने थे। यूँ तो हर साल रिज़ल्ट नोटिस बोर्ड पर लग जाते थे, लेकिन मीता ने इस बार का रिज़ल्ट क्लास में अनाउंस करने का प्लान किया था। सुबह से कॉलेज में एक बेचैनी थी।

कॉलेज में लोगों ने छोटे-मोटे सट्टे लगा रखे थे कि मनोज ने टॉप किया होगा। सेकंड नंबर पर साशा का नाम चल रहा था। तीसरे नंबर पर बाबा का नाम चल रहा था।

क्लास में लोग मनोज से प्लेसमेंट का ज्ञान लेने में लगे हुए थे। सबको पता था कि इतने बड़े वकील से अब रोज़-रोज़ यूँ मिलना तो नहीं होगा। इसीलिए सब लोग मनोज को ज़्यादा-से-ज़्यादा सुनना चाहते थे।

बाबा और साशा एक सीट पर बैठे थे। अनुशा दूर से मनोज को देख रही थी। साशा भी मनोज को देख रही थी। बीच में एक बार मनोज की नज़र साशा पर गई पर साशा ने तुरंत ही नज़र उससे हटा ली।

मीता क्लास में आई और वहाँ शांति पसर गई। कुछ लोगों को हाथ में ठंड लगने लगी। वे हाथ मलकर अपने चेहरे पर लगाने लगे।

मनोज सबसे आगे वाली सीट पर बैठा था। साशा और बाबा सबसे पीछे वाली सीट पर।

"बहुत अच्छा रिज़ल्ट गया है, कोई भी फेल नहीं हुआ है।" मीता ने चुटकी ली।

"मैं टॉप 3 नाम अनाउंस करूँगी।" क्लास में सन्नाटा पसर गया।

"रैंक 3 है, एनी गेस?"

क्लास चिल्लाई, "साशा... बाबा!"

मीता की आँखें क्लास में दायीं तरफ़ से बायीं तरफ़ देखते हुए मनोज पर आ टिकीं, वह बोली, "रैंक 3 पर हैं, अनुशा।"

क्लास अवाक् रह गई। किसी को ये उम्मीद नहीं थी। कुछ सेकंड के पॉज़ के बाद सबसे पहले मनोज ने ताली बजाना शुरू किया। उसका साथ क्लास के बाक़ी सभी लोगों ने दिया।

बस दो लोग ताली नहीं बजा रहे थे, एक साशा दूसरे बाबा।

मीता ने एक साँस में कहा, "रैंक 2 पर हैं, साशा और रैंक 1 पर हम सबके प्यारे बाबा।"

क्लास में तालियाँ बजने लगीं। साशा ने बाबा को गले लगाया। सब बाबा और साशा को बधाइयाँ देने लगे।

"आप लोग इधर आइए।" मीता ने सबको अपने पास बुलाया।

"मेरा एक सवाल मनोज से है।" मीता एक के बाद एक झटके दिए जा रही थी।

मनोज भी इस सवाल के लिए तैयार नहीं था। मनोज ने आँखों से इशारा किया कि अब ये क्या है?

मीता के पास तीनों खड़े थे।

"ये बताओ मनोज, तुम जान-बूझकर पेपर में केवल पासिंग मार्क्स क्यों लेकर आए? अगर पेपर सही से देते तो तुम टॉप कर सकते थे।

आख़िरी पेपर में तुमसे अच्छा पूरे देश में कोई नहीं है।"

मनोज ने बहुत ही कैज़ुअली कहा, "ग़लती से छूट गए होंगे।"

"कम-ऑन मनोज, बताओ सबको।" मीता ने ज़ोर देकर कहा।

मनोज ने क्लास को देखा, क्लास एकदम शांत थी। उसने कुछ सोचते हुए कहना शुरू किया, "मीता और मैं जब कॉलेज में थे तो हमें भी यही लगता था कि हम पिछली जेनरेशन से बेहतर हैं। हर जेनरेशन को यही लगता है। ऐसा लगना भी चाहिए। ऐसा कई बार सच होता भी और नहीं भी। अगली पीढ़ी बेहतर हो या न हो, हर अगली पीढ़ी को असल में ये लगना चाहिए कि वो बेहतर हो सकती है। अगर आज मैं टॉप कर जाता तो बाद वाली जेनरेशन के साथ धोखा हो जाता। ये पुरानी पीढ़ी की ज़िम्मेदारी है कि अगली पीढ़ी के आने के लिए रास्ता छोड़े भी और रास्ता बनाए भी, मैंने ऐसा भी कुछ ख़ास नहीं किया है।"

बाबा ने सबसे पहले ताली बजाई। बाबा के ताली बजाने के बाद साशा ने ताली बजाई। मनोज ने साशा को देखा। उसने फिर से नज़रें फेर लीं जैसे उसको कुछ याद आया हो।

क्लास का माहौल सीरियस न हो इसलिए मनोज ने जोड़ा, "मुझे ख़ुशी है कि मीता अपने कॉलेज लौटकर आई। I wish and hope कि मैं भी कभी ऐसा कर पाऊँ।"

मीता ने बीच में बात को रोकते हुए कहा, "अब वो तो बता दो।"

मनोज ने पूछा, "क्या?"

"अरे!" मीता ने आँखें दिखाते हुए कहा।

"ओह हाँ, तुम बोल दो।" मनोज को कुछ याद आया।

"तो एक गुड न्यूज़ है कि मनोज अपनी फ़र्म के लिए कल प्लेसमेंट में रहेंगे। मनोज ने प्रॉमिस किया है कि पूरे बैच को वो ऑफ़र देने वाले हैं।" क्लास में हलचल मच गई।

"काश मैं ऐसा कर पाता, अब ये थोड़ा ज़्यादा हो गया। लेकिन मेरी कोशिश रहेगी कि आपको ज़्यादा-से-ज़्यादा ऑफ़र मिलें। All the best for placements." मनोज ने कहा।

मीता के साथ मनोज क्लास से बाहर निकल गया। बाक़ी सब लोग अपने रिज़ल्ट देखने में बिज़ी हो गए। अनुशा के मन में मनोज के लिए प्यार और बढ़ गया। साशा को लगा कि दूसरे के लिए रास्ता बनाने वाला आदमी उसका बाप है। ये बाप तो कहीं खो गया था।

पिछले साल में पहली बार ऐसा हुआ था कि साशा को मनोज पर ग़ुस्सा नहीं आया, लेकिन इसका ये मतलब नहीं था कि उसका ग़ुस्सा ख़त्म हो गया था। उसके दिमाग़ में अब भी उस होटल के कमरे से निकलते हुए दरवाज़े पर खड़े मनोज की तस्वीर थी जो किसी औरत को गले लगा रहा था।

प्लेसमेंट से पहले वाली रात काफ़ी लंबी होती है। बैच के लोगों को आज नींद नहीं आने वाली थी। सब तैयारी में जुटे हुए थे। अगले दिन सुबह 11 बजे से कंपनियों का आना शुरू होने वाला था।

80.

प्लेसमेंट वाला दिन - डे ज़ीरो

हर कॉलेज में होड़ रहती है कि पहले ही दिन प्लेसमेंट को ख़त्म कर दिया जाए। पहले दिन को डे ज़ीरो कहा जाता है। प्लेसमेंट 11 बजे शुरू होने वाला था। मीता ने साशा को सुबह नाश्ते पर अपने घर बुलाया था। घर पर गजेंद्र और मनोज पहले से थे।

साशा को ग़ुस्सा तो था, लेकिन कल जो मनोज ने किया था उसके बाद बात यहाँ तक पहुँच गई थी कि वह हमेशा की तरह बिदक नहीं गई।

उसने आते ही गजेंद्र को गले लगाया। मीता इस पर्सनल केस को जल्द-से-जल्द निपटाना चाहती थी।

उसने मनोज और साशा दोनों से एक साथ पूछा, "साशा बेटा, क्या

हुआ है। ऐसा क्या ग़ुस्सा है तुम्हारा?"

"ये आप इनसे पूछिए?" साशा ने कहा।

"बताओ मनोज।"

मनोज कुछ नहीं बोला।

"यार, तुम लोग बच्चे हो क्या? साशा बताओ।" मीता ने पूछा।

"आप इनसे पूछो?" साशा ने दोहराया।

मीता का पेशेंस अब जवाब दे रहा था।

"इन्होंने मम्मी को..." साशा इतना कहकर रुकी। फिर उसने अपने दिमाग़ में गोवा की उस रात को रिपीट किया और बोली, "मैं वेट करती रही पर पापा थे ही नहीं। क्यों नहीं रोका इन्होंने मम्मी को, गोवा में होटल में ये किसी के कमरे से बाहर निकल रहे थे।"

गजेंद्र चौंका, मीता ज़्यादा चौंकी, उसने बीच में काटना चाहा, लेकिन मनोज ने उसको रोका, "कहने दो।"

"इन्होंने कभी कोशिश क्यों नहीं की एक्सप्लेन करने की? हमें अपने पास रखने की? कॉलेज भी ये अपना प्वाइंट प्रूव करने आए।"

मनोज ध्यान से सुन रहा था। उसने आगे बढ़कर साशा को गले लगाया, लेकिन साशा ने अपने-आप को छुड़ाया, मनोज ने ज़बर्दस्ती उसको पकड़े रखा। साशा ने कुछ देर छुड़ाने की कोशिश की, लेकिन फिर उसने कोशिश करना बंद कर दिया।

मनोज ने मीता और गजेंद्र की तरफ़ देखा और कहा, "एक मिनट।"

दोनों कमरे से बाहर निकल गए।

मनोज ने साशा को ज़ोर से पकड़ा हुआ था। साशा को रोना आ गया।

"पापा क्यों? आप तो सबसे अच्छे थे न!" साशा ने आँसू पोछने के लिए अपनी जेब में रुमाल ढूँढ़ने के लिए हाथ डाला। जेब में रुमाल नहीं था। मनोज ने अपनी जेब से रुमाल निकालकर साशा की तरफ़ बढ़ाया। जैसे-जैसे मनोज साशा के आँसू पोछ रहा था, मनोज के आँसू बहे जा रहे थे।

साशा ने उसी रुमाल से मनोज के आँसू पोछे, "आप नहीं रो सकते। मैं रो रही हूँ न, क्या यार पापा, आपको हमेशा कॉम्पटिशन क्यों करना होता है!"

मनोज अभी ताज़ा-ताज़ा बाप बना था।

कुछ देर बाद मनोज ने मीता और गजेंद्र को कमरे में बुलाया। साशा का सवाल अब भी वैसे ही था। मनोज कमरे में टहलकर बात का वो सिरा ढूँढ़ रहा था जहाँ से बात शुरू कर सके।

"मैं कितनी भी माफ़ी माँग लूँ, मेरी कुछ ग़लतियाँ माफ़ी लायक़ नहीं हैं, लेकिन एक ग़लती मैंने कभी नहीं की... उस कॉन्फ्रेंस में देश भर के बड़े वकील, प्रोफ़ेसर, बड़ी लॉ फ़र्म के डेलीगेट, कुछ रिटायर्ड जज लोग आए हुए थे। उसी होटल में मेरी एक पुरानी क्लाइयंट भी रुकी हुई थीं जिनके किसी हाई प्रोफ़ाइल केस में मैंने उनकी मदद की थी। मुझे नहीं पता कब और क्यों पर she started liking me. जब मैं कमरे से निकल ही रहा था कि उसने..."

मनोज कुछ देर के लिए रुका कि आगे की बात वह कैसे समझाए। मनोज ने पानी पिया और फिर से बोलना शुरू किया।

"जब वो मुझे किस करने लगी, तो मैं उसको कमरे में छोड़ने गया। जहाँ वो ज़ोर-ज़ोर से रोने लगी। मैं किसी को केस में तो जिता सकता हूँ लेकिन लाइफ़ की गारंटी मेरे हाथ में नहीं है। उसने मुझसे शादी के लिए पूछा और मैंने यही कहा कि भले मैं प्रिया के साथ नहीं हूँ लेकिन इसका ये मतलब नहीं है कि मैं शादी करूँगा। मुझे नहीं मालूम तुम सभी को इस बात का यक़ीन होगा या नहीं लेकिन मैं प्रिया के जाने के बाद भी मैं कभी किसी के साथ..." मनोज की आँखों में आँसू थे। वह वहीं नीचे बैठ गया और अपने सिर को दोनों हाथों से घेरकर मुँह नीचे करके ज़ोर-ज़ोर से रोने लगा। गजेंद्र ने हाथ रखने की कोशिश की लेकिन मनोज ने हाथ हटा दिया। कमरे में पंखे की आवाज़ सुनाई पड़ रही थी। कुछ देर बार सिर नीचे किए हुए ही मनोज ने कहना शुरू किया, उसकी आँखें छत पर थी।

"मैंने सोचा कि मैं सुबह साशा को सब समझा दूँगा। मैं जब अपने कमरे में जाने लगा तो मीता मिली, वो उसी कॉन्फ्रेंस में आई थी। पुणे से डायरेक्ट फ़्लाइट न होने की वजह से उसे वाया दिल्ली आना पड़ा और उसकी फ़्लाइट लेट हो गई थी। मैं मीता से मिलकर फिर से तुम्हारे कमरे के बाहर गया। पर मेरी उस समय दरवाज़ा खटखटाने की हिम्मत नहीं हुई। सोचा कि सुबह-सुबह तुम्हें सरप्राइज़ दूँगा पर तब तक तुम जा चुकी थी।"

मनोज कहते हुए चुप हुआ और सामने रखा पानी पीकर बोला, "मेरी ग़लती यह है कि मैं तुम्हारे जैसे नहीं सोच पाया, अगले दिन सुबह भी तुम्हारे जाने से मुझे भी ग़ुस्सा आया और फिर मैं एक जज के साथ ऐसा बिज़ी हुआ कि मीता को नाश्ते पर बुलाकर भी उसके साथ बैठ ही नहीं पाया।" मनोज फिर से कुछ देर के लिए रुका।

"अब तुम लोग भी कुछ बताओगे?" मनोज ने मीता और गजेंद्र की ओर देखा।

गजेंद्र ने मनोज की डिग्री की बात लीक करने वाली बात साशा को बताई। साशा को स्माइलिंग अंकल की चिट्ठी याद आई। मनोज अब हल्का महसूस कर रहा था।

चारों ने चुपचाप नाश्ता किया।

"दस बजे तुम मेरे ऑफ़िस में मिलो और बाबा को भी बोल देना।" मीता ने नाश्ता ख़त्म करते हुए कहा।

81.

बैच में सबसे ज़्यादा पैसे की जॉब किसकी लगती है ये लड़ाई अलग चल रही थी। नॉर्मली टॉपर को सबसे अच्छी कंपनी में सबसे पहले बैठने का मौक़ा मिलता है।

मीता ने बाबा और साशा दोनों को अपने ऑफ़िस में बैठाया।

"तुम दोनों से ज़रूरी बात करनी है। जो भी कहा जाए उसको ध्यान से सुनना, कोई जल्दी, कोई प्रेशर नहीं है।"

मीता ने लैंडलाइन उठाकर कहा, "भेज दो।"

मनोज कमरे में आया।

"कुछ देर में प्लेसमेंट शुरू हो जाएगा। मेरे पास तुम दोनों के लिए एक ऑफ़र है और एक न्यूज़ है। न्यूज़ पहले दे देता हूँ। मैं ऐक्टिव प्रैक्टिस छोड़ रहा हूँ। बस एक केस बचा है। वो मैं चाहे जीतूँ या हारूँ, वो मेरा आख़िरी केस होगा और ऑफ़र ये है कि मुझे ऐसा लगता है कि तुम दोनों मेरी लॉ फ़र्म को सँभाल सकते हो। आराम से सोच लो।"

इससे पहले कि साशा या बाबा रीऐक्ट करते, मनोज कमरा छोड़कर चला गया। मीता ने भी वही कहा, "तुम लोग आराम से सोच लो।" मीता भी कमरे से बाहर निकल गई।

बाबा और साशा कुछ देर चुप बैठे रहे। साशा ने बात बदलने के लिए पूछा, "मम्मी कैसी हैं?"

"ठीक ही होंगी, कई दिनों से बात नहीं हुई। वैसे तुम्हारे पापा अजीब आदमी हैं यार, साशा ब्रो।"

"क्यों, ऐसे क्यों कह रहे हो?"

"तुम जानती नहीं, ये आदमी मेरा रूममेट था, असलियत केवल रूममेट को पता होती है।"

"अच्छा, हमें भी बताओ कुछ?"

बाबा उठे और सामने रखी बोतल का पूरा पानी एक बार में पीकर बोले, "मेरे साथ रहना आसान नहीं है। दो साल में छह लोग कमरा छोड़कर चले गए थे। ये आदमी टिका रहा यार, अजीब नहीं तो और क्या है!"

साशा को हँसी आ गई। साशा ने हाथ बढ़ाया, बाबा ने हाथ बढ़ाया।

"मज़ा आएगा, साशा ब्रो!"

"ओके, बाबा ब्रो!"

डे ज़ीरो ख़त्म होने से पहले ही पूरा बैच प्लेस हो चुका था। मनोज की

फ़र्म ने दो-तीन और भी लोगों को ऑफ़र दिए थे।

कॉलेज के इतिहास में इस साल का प्लेसमेंट सबसे अच्छा गया था। शाम तक पूरा कॉलेज पार्टी में डूब चुका था। शाम तक सभी को ख़बर हो चुकी थी कि बाबा और साशा इस देश की सबसे बड़ी लॉ फ़र्म में से एक को सँभालने वाले थे।

मीता ने अभी से ही कॉन्वोकेशन की डेट अनाउंस कर दी थी। ये डेट जानबूझकर मनोज के केस के बाद की रखी गई थी। अगले दिन के अख़बार कॉलेज के प्लेसमेंट की ख़बर से पटे हुए थे।

82.

एक महीने बाद

पिछले एक महीने मनोज ने दिन-रात लगकर टेलीकॉम वाले केस की तैयारी की थी। इस तैयारी में उसका साथ बाबा और साशा ने दिया था।

सीनियर जज से मिलकर उसने अपनी डिग्री और अपडेट दिया था। मनोज के इस जेसचर की तारीफ़ की जा रही थी। बार काउंसिल ने उसको केस लड़ने के लिए परमिशन दे दी थी।

हालाँकि ये मनोज का आख़िरी केस होने वाला है, ये ख़बर अभी बाहर नहीं आई थी।

मनोज अपने आख़िरी केस में कोई कसर नहीं छोड़ना चाहता था। इतनी मेहनत उसने कभी नहीं की थी। सैकड़ों किताबें, हज़ार पेज के नोट्स, दुनिया भर के टैक्सेशन के रूल्ज़ उसने घोंट लिए थे। उस पर टेलीकॉम मिनिस्टर और कंपनी, दोनों तरफ़ से प्रेशर था। जैसे-जैसे हियरिंग की डेट क़रीब आ रही थी, ये दबाव बढ़ता जा रहा था। मनोज ने पेपर पढ़ना बंद कर दिया था। वह अपने ऑफ़िस में सोता-जागता। जब शाम को साशा और बाबा के साथ टीम ऑफ़िस छोड़कर जाती और अगले दिन

चाहे जितनी भी सुबह आती, वह काम करते हुए मिलता।

केस की हियरिंग अगले दिन थी। मनोज सब कुछ फ़ाइनल करके एक पन्ने पर लिख चुका था। वह बहुत देर से अपने कमरे में चुपचाप बैठा हुआ था।

उसने सबको भेज दिया था। रात के क़रीब दो बजे जब वह कमरे से बाहर निकला तो देखा साशा रुकी हुई है।

साशा अब भी ऑफ़िस में थी, वह केस के ही काम में लगी हुई थी। मनोज साशा के पास आया। साशा उठकर खड़ी हुई। मनोज कॉफ़ी मशीन के पास गया। उसने दो कप कॉफ़ी बनाई और साशा के पास आकर डेस्क पर बैठ गया। उसने एक कॉफ़ी साशा की तरफ़ बढ़ाई।

"मन लग रहा है तुम्हारा?"

"हाँ, पापा।"

"जब मैंने पहला केस लड़ा था तो मुझे पता था कि मैं जीत जाऊँगा। मुझे कोर्ट में जाते हुए कभी डर नहीं लगा। मुझे पहले से पता होता है कि मैं जीत जाऊँगा।" मनोज रुका, उसने कॉफ़ी का सिप लिया।

"मुझे नहीं पता कल क्या होगा! मुझे पहली बार डर लग रहा है।" मनोज ने चश्मा उतारकर टेबल पर रखा और साशा को इशारे से कहा, "सिर दबा दोगी?"

कॉलेज के बाद से दोनों के बीच का रिश्ता नॉर्मल तो हुआ था, लेकिन अभी भी वो बेफ़िक्री नहीं आई थी।

साशा ने उठकर मनोज का सिर दबाना शुरू किया। मनोज ने आँखें बंद कर लीं।

"प्रिया ऐसे ही दबाती थी।"

मनोज ने साशा का हाथ अपने हाथों में लिया।

"तुम्हारे हाथ एकदम प्रिया जैसे हैं।"

मनोज को साशा के हाथ की लकीरों में भूले-भटके हुए रास्ते दिख रहे थे।

"आप डरो मत पापा। आप हार भी जाओगे तो कोई बात नहीं।"

मनोज की आँख से एक आँसू साशा के हाथ पर गिरा। बच्चों की ज़िंदगी में ऐसे पल कम ही आते हैं जब वे अपने माँ-बाप को हिम्मत दे पाएँ।

"तुम्हारे दादा जी के हाथ कैसे थे मुझे याद ही नहीं। पहली बार तब छुए थे जब वो नहीं रहे थे।" मनोज झटके से उठा और जाने लगा, जैसे अचानक कोई काम याद आ गया हो।

"सुबह मिलते हैं।"

मनोज के जाने के बाद साशा बहुत देर तक हिलते हुए दरवाज़े को देख रही थी। मनोज चला गया था, लेकिन उसको लग रहा था कि वह लौट रहा है।

83.

दिल्ली को उठने में अभी समय था। मनोज साल्वे उस दिन टेनिस कोर्ट में अपने पुराने वाले समय पर पहुँच चुका था। उस दिन उसने कोई मैच नहीं खेला, बस प्रैक्टिस करता रहा।

कोर्ट में साशा, बाबा और बाक़ी टीम पहले से ही पहुँच गई थी। दिल्ली के मीडिया में सरगर्मी थी। मनोज कोर्ट पहुँचा तो मीडिया के सवालों के जवाब न देते हुए वह सीधे कोर्ट रूम में चला गया। उसके चेहरे पर हमेशा के जैसी मुस्कान नहीं थी। ये ऐसे ही था जैसे रिटायर होने बाद कोई खिलाड़ी दुबारा उतरता है।

बॉम्बे हाई कोर्ट के आदेश को चुनौती दी गई थी। M-Mobile के अधिकारियों में बेचैनी थी। पिछले कुछ महीनों में उन पर पाँच बार रेड पड़ चुकी थी। उनकी इमेज ऐसी हो गई थी कि जैसे उन्होंने करोड़ों की टैक्स चोरी करके देश का नुक़सान किया था।

टेलीकॉम मिनिस्ट्री की ओर से पिछले कुछ महीनों में M-Mobile को चौबीस नोटिस भेजे गए थे। मनोज ने बिना पानी पिए, बिना रुके कुल तीन घंटे तक अपनी दलील दी। मनोज की अभी तक की ये सबसे लंबी दलील थी।

मनोज की रिक्वेस्ट पर कई टेलीकॉम और बिज़नेस एक्स्पर्ट्स को कोर्ट में बैठाया गया था। मनोज ने स्पेशल रिक्वेस्ट डाली थी कि कोई भी बाहर का न हो ताकि टेलीकॉम मिनिस्टर का कोई भी आदमी वहाँ मौजूद न रहे। कोर्ट ने मनोज की एक-एक चीज़ को ध्यान से सुना और फ़ैसला सुरक्षित रख लिया।

कोर्ट ने फ़ैसले की जो तारीख़ दी थी वो कॉन्वोकेशन से एक हफ़्ते पहले की थी।

84.

फ़ैसले का दिन

भारत के कॉर्पोरेट सेक्टर की सबसे बड़ी टैक्स चोरी का फ़ैसला आना था। इस फ़ैसले पर भी सट्टा लगना शुरू हो चुका था। तीन जज की बेंच ने फ़ैसला सुनाना शुरू किया तो क़रीब एक घंटे तक फ़ैसला सुनाते रहे। मनोज के पास साशा और बाबा बैठे थे।

उस दिन जो फ़ैसला आया उसका जमा जोड़ ये था कि मनोज ने जो दलील दी थी उसकी वजह से सुप्रीम कोर्ट को बॉम्बे हाई कोर्ट का आदेश बदलना पड़ा था। मनोज की दलील इस प्वाइंट पर टिकी थी कि जो डील हिंदुस्तान की ज़मीन पर हुई नहीं उसपर इनकम टैक्स डिपार्टमेंट को शो कॉज़ भेजने या रेड डालने का कोई हक़ नहीं बनता। मनोज की दलील में यह भी बात अंडरलाइन की गई थी कि टेलीकॉम कंपनी ने हज़ारों लोगों को रोज़गार भी दिया है। साथ ही उसने टेलीकॉम मिनिस्ट्री पर गंभीर सवाल

उठाए कि ऐसे तो ग्लोबल दुनिया में कोई बिज़नेस कर ही नहीं पाएगा। उसने अपनी दलील में टेलीकॉम मिनिस्टर को ऐसा फँसाया जिससे उसकी इल इंटेंशन का पता चलता था। कोर्ट ने टेलीकॉम मिनिस्टर को हिरासत में लेने का आदेश दिया।

कोर्ट ने सरकार को आदेश दिया कि M-Mobile कंपनी के क़रीब 2000 करोड़ रुपए ब्याज के साथ लौटा दिए जाएँ, साथ ही क़रीब 8000 करोड़ की बैंक गारंटी भी लौटा दी जाए।

इस फ़ैसले के साथ कोर्ट ने बड़े ही कड़े शब्दों में लिखा था कि अगर देश में बिज़नेस करना हम इतना मुश्किल कर देंगे तो देश की आर्थिक प्रगति कैसे होगी!

मनोज साल्वे की दलील और कोर्ट का फ़ैसला इतना सॉलिड था कि इसने कई कंपनियों, जिनपर ऐसा ही केस चल रहा था, के लिए और देश की अर्थव्यवस्था के लिए नए रास्ते खोले। मनोज की दलील और कोर्ट का फ़ैसला दोनों ही ऐतिहासिक थे।

मनोज कोर्ट से बाहर निकला तो उसके चेहरे पर चिर-परिचित मुस्कान थी। उसको मीडिया वालों ने घेर लिया था। सब उसकी बाइट चाहते थे।

"आप सभी ने मुझे इतना सपोर्ट किया। ये केवल मेरी जीत नहीं है, उस भारत की जीत है जो पूरी दुनिया में अपनी अलग छाप छोड़ने के लिए तैयार है।"

वह किसी भी सवाल का जवाब नहीं दे रहा था। उसने अपने साथ खड़े बाबा और साशा को आगे किया और बोला, "मैं अब रिटायर हो रहा हूँ, ये दोनों अब मेरा आगे का काम सँभालेंगे।" मनोज ने हाथ से वी बनाया और तेज़ी से निकल गया। मनोज की रिटायरमेंट वाली बात से सब सकते में आ चुके थे। किसी को नहीं पता था वह कहाँ गया।

प्रिया मनोज का बाबा और साशा को आगे करना बार-बार देख रही थी। देखकर ख़ुश हो रही थी। दरवाज़े की घंटी बजी। अगले ही पल मनोज प्रिया के सामने था।

मनोज ने सबसे पहले प्रिया के दोनों हाथों को पकड़ा। उनको बहुत देर तक सहलाता रहा। प्रिया ने मनोज के सिर को सहलाया। खिड़की से समंदर घर में आ गया। समंदर बहाकर उनका खोया हुआ घर ले लाया। दोनों समंदर के किनारे टहलते रहे। और अपने क़दमों के निशान से चार-चार ईंटें रखते हुए अपने पुराने घर की मरम्मत करने लगे। शब्दों को ज़ाया होने ज़रूरत नहीं लगी इसलिए वे घर की नींव में जाकर छुप गए।

वक़्त की क़ैद में ज़िंदगी है मगर
चंद घड़ियाँ यही हैं जो आज़ाद हैं
इनको खोकर कहीं, जान-ए-जाँ
उम्र भर न तरसते रहो
आज जाने की ज़िद न करो...

डेफनी के कैफ़े से फ़रीदा ख़ानम की ग़ज़ल की आवाज़ लहरों के साथ आ रही थी। प्रिया के हाथ अब भी मनोज के सिर पर थे। सूरज रुक-रुककर, खाँस-खाँसकर डूब रहा था।

साशा ने जब वीडियो कॉल किया तो मनोज और प्रिया को एक फ्रेम में देखकर ख़ुश हुई। उसकी मोबाइल स्क्रीन थोड़ा-सा भीग गई।

85.

टेलीकॉम मिनिस्टर का बुढ़ापा अब जेल में बीतने वाला था। अगर पुराना वाला मनोज होता तो जेल में जाकर मिनिस्टर को फिर से याद दिलाता कि उसने किससे पंगा लिया था, लेकिन मनोज बदल चुका था।

कॉन्वोकेशन पर जाने के लिए मनोज और प्रिया तैयार थे। कॉलेज में सुबह से ही चहल-पहल थी। पूरा बैच पहुँच रहा था। साशा और बाबा पहले

ही पहुँच चुके थे। मनोज, प्रिया के साथ पहुँचा। सेरीमनी शुरू होने वाली थी। मनोज अपने साथ अनुभा और गुनगुन को भी लेकर आया था। गजेंद्र का भी कोर्स उसी दिन ख़त्म होने वाला था। सभी मनोज के साथ फ़ोटो खिंचवा रहे थे। मनोज बैच के हर लड़के-लड़की से गले मिल रहा था।

अनुशा मनोज के पास आई। मनोज ने प्रिया को अनुशा से मिलवाया। मनोज ने अनुशा के बारे में प्रिया को बता रखा था। प्रिया ने अनुशा को अपने साथ बैठाया।

बाबा की माँ भी आई हुई थी। बाबा घूम-घूमकर उनको कॉलेज दिखा रहे थे। साशा मनोज और प्रिया के बीच में बैठी हुई थी।

सेरीमनी के बाद सबने अपनी ग्रैजुएशन ड्रेस की टोपियाँ हवा में उछालीं। ये तस्वीर हमेशा के लिए फ्रीज़ हो गई। सब एक-दूसरे से मिल रहे थे। कॉलेज में घूम-घूमकर यादें ताज़ा कर रहे थे। इस बीच धीरे से मनोज सबकी नज़र बचाकर कॉलेज से निकल गया। वह बस स्टैंड पहुँचा, उसने एक सरकारी बस ली, ठीक वैसे जब वह पहली बार कॉलेज से अपने गाँव के लिए लौट रहा था।

बस में उसको वही बाप और बेटा दिखे जो उसको फ़ाइनल एग्ज़ाम से पहले दिखे थे। वह उनके पीछे वाली सीट पर बैठ गया। उसने अपना मोबाइल बंद कर दिया था।

कुछ देर बाद कॉलेज में लोगों ने उसको ढूँढ़ना शुरू किया। मनोज के न मिलने पर कोई घबराया नहीं, सबको पता था कि अब इस बार वह भटका नहीं होगा।

तुम्हारे दिमाग़ में कहानियाँ छुपा रहा हूँ, बुरे वक़्त में ये कहानियाँ काम आएँगी। बाहर शोर बहुत है। जब भी परेशान होना तो इनमें से कोई कहानी बाहर निकालकर सुन लेना। मनोज को अपने पिता की बात पर कभी विश्वास नहीं हुआ था।

उस दिन अपने आगे बैठे बाप को उसने बेटे के कान में कहानी बोते

हुए देखा और उसकी बचपन की सुनी हुई सारी कहानियाँ सच होने लगीं।

बारह घंटे के सफ़र के बाद मनोज जब अपने गाँव पहुँचा तो सुबह होने वाली थी। हवा में नमी थी।

वो बाप-बेटा भी मनोज के साथ उतरे। वह उनके पीछे चलने लगा। जैसे-जैसे मनोज आगे बढ़ता जा रहा था उसका शरीर हल्का होता जा रहा था। कुछ ही देर में वो बच्चा बड़ा हो गया। मनोज ने देखा कि वो आदमी जो उसके साथ चल रहा है वह उसके पिता हैं।

मनोज का खेत आ चुका था। चिड़ियों की चहचहाहट शुरू हो चुकी थी। मनोज ने अपने कपड़े उतारे और उस खेत में लेट गया। ठीक वैसे जैसे पिता लेटा करते थे। मनोज को अपने सिर पर एक हाथ महसूस हो रहा था, सड़क पर पत्ते आवाज़ कर रहे थे और मनोज को पिता की तुतलाती आवाज़ सुनाई पड़ रही थी। मनोज ने अपने पिता का हाथ अपने हाथ में ले लिया। उसने उस हाथ को अपने माथे, सिर, गाल, पूरे शरीर पर लगाया। उसके पूरे शरीर में मिट्टी लग रही थी और वह हल्का होता जा रहा था। कुछ देर में वह इतना हल्का हो गया था कि हवा में तैरने लगा। खेत उसके लिए पिता हो गए, उसकी आँख कुछ देर के लिए लगी और उसकी बरसों पुरानी थकावट दूर हो गई। मनोज आधी नींद, आधी जागी हालत में कुछ बुदबुदा रहा था। वो शब्द क्या थे, सही से सुनाई नहीं दिए। मनोज ने गाँव की दु:ख की नदी में डुबकी लगाई, वो नदी गंगा हो गई। वह वहीं, नदी के किनारे बैठकर इंतज़ार करने लगा। उसको विश्वास था कि साशा ढूँढ़ते हुए उसके पास ज़रूर आएगी। मनोज नदी को बहते हुए देख रहा था। साशा चुपचाप आकर उसके पास बैठ गई। साशा ने अपना सिर मनोज के कंधे पर टिका दिया। मनोज के हाथ साशा का माथा सहलाने लगे। साशा और मनोज लौटने के लिए उठकर खड़े हुए। नदी के उस पार उन दोनों को वो बस वाले बाप और बेटा दिखाई दिए। मनोज ने हाथ हिलाया और साशा का भी हाथ उठा दिया। उन्होंने उधर से हाथ हिलाया। नदी के उस पार बाप अपने बेटे के सिर को ठीक वैसे सहला रहा था जैसे इधर मनोज। साशा

बुदबुदाई, "यार पापा... थैंक यू!"

हम एक रास्ता दो बार भटकते हैं। पहली बार कोई नया रास्ता खोजने की कोशिश में और दुबारा भटके हुए रास्ते पर फिर से चल पाने की इच्छा से। कई बार खुद से मिलने के लिए दुनिया भर के रास्ते भटकने पड़ते हैं।

पगडंडियों पर भटके हुए लोग

बचपन में ट्रेन से ननिहाल जाते हुए कई फेरी वाले आते। कई बार चना ज़ोर गरम वाले का चना उतना अच्छा नहीं होता, लेकिन चना बेचने के लिए जो कविता वह सुनाता उस पर मन अटक जाता।

मुझे नहीं मालूम कि चने से कविता का जन्म हो सकता है। या फिर उन ट्रेनों के रास्ते में सभी चने बेचने वाले किसी दूसरे ग्रह के कोई भूले-भटके कवि थे। एक चाय वाला ख़राब चाय के साथ ऐसी बातें करता कि चाय का ख़राब होना अखरता नहीं था।

मैं हमेशा सोचता कि लौटते समय तक उनकी कविता और कहानियाँ बदल गई होंगी। जब भी वे दुबारा टकराते तो एक अनजानी ख़ुशी होती। नानी, दादी के घर से मिले हुए पैसों से वो चना ख़रीदते हुए, उन छुट्टे पैसों को न लेते हुए मैं उनसे कहानियाँ सुनता।

मेरी हर कहानी पर ऐसे ही न जाने कितने लोगों का उधार है जिसको मैं कभी चुका नहीं पाऊँगा।

मैं खिड़की वाली सीट पर बैठकर पीछे छूटते हुए लोगों की कहानियाँ अपने मन में बनाता रहता। उस पूरी भीड़ में ट्रेन की खिड़की एक ऐसी दुनिया हो जाती जहाँ से असली दुनिया से कट्टी की जा सकती।

मैं अपने कमरे की खिड़की के बाहर जब झाँकता हूँ तो लगता है

कि घर में नहीं किसी ट्रेन में बैठा हूँ। अभी कोई फेरी वाला आएगा और अपनी कहानी सुनाकर मुझे उस एक नई दुनिया में ले जाएगा। मेरी ट्रेन एक चलता-फिरता हवाई जहाज़ बन जाएगी और मैं पूरी दुनिया घूम लूँगा।

'यार पापा' वही एक कहानी है जो मैं उस बच्चे को सुनाना चाहता हूँ जिसको खिड़की पसंद है। वो खिड़की जो हमेशा हमारे पास होती है, लेकिन कभी-कभी उसको खोलने में सालों लग जाते हैं। खिड़की के उस पार की दुनिया में आपका स्वागत है। किताब जैसी लगे बताइएगा ज़रूर।

ये भी बताइएगा

आप साशा की जगह होते तो क्या मनोज को माफ़ करते?

क्या गजेंद्र और अनुभा को साथ आना चाहिए था?

क्या आप अपने किसी दोस्त के लिए उस हद तक जाते जहाँ तक मीता गई?

क्या प्रिया सही में मनोज को माफ़ कर पाई होगी?

हर किताब एक प्रेमिका से ब्रेकअप की तरह ख़त्म होती है। चाहे जितना भी सजाकर, सँवारकर मैं ब्रेकअप करूँ, कुछ गाँठें रह जाती हैं, जहाँ मैं लौटना नहीं चाहता। एक लंबे साथ के बाद फिर कभी न मिलने के लिए विदा लेना आसान नहीं होता।

फ़िलहाल मनोज, साशा... यार, पापा, अब आपके हवाले। मुझे इन लोगों से मिलकर, कुछ देर साथ चलकर बहुत मज़ा आया। उम्मीद यही है कि आपको भी इनसे मिलकर उतना ही मज़ा आएगा।

With love, peace & Hope

दिव्य प्रकाश